엔젤

엔
ANGEL
젤

이시다 이라 지음

권남희 옮김

예문사

그는 돌아왔다.
이 끊임없는 불안과 고통의 세계로.

차례

프롤로그

아주 괜찮은 기분이다.

둥둥 어둠 속에 떠 있다.

위아래도 없고 좌우도 없다.

바람 빠진 풍선처럼 따뜻한 어둠을 떠다니고 있다.

이것은 분명 꿈이다. 오랜만에 꾸는 하늘을 나는 꿈.

한번 회전해 볼까.

그렇게 생각만 했는데도 그의 몸은 천천히 돌기 시작했다.

발밑에는 지평선 저편까지 이어진 완만한 산자락.

밤의 바닥은 선명한 초록이었다.

나뭇가지들은 부는 바람에 해초처럼 나부꼈다.

하늘에는 무수한 별과 유리 조각으로 깎은 초승달.

밤하늘이 이렇게도 눈부셨던가.

아무렇게나 버려 놓은 보석처럼 별들은 빛나고,

재색 빛이 별과 별 사이를 메웠다.

시험 삼아 공중을 살짝 이동해 보았다.

은색 선이 되어 뒤쪽으로 흘러가는 별. 조금의 공기 저항도 느껴지지 않았다.

그는 자신의 불편한 왼 다리를 떠올리고, 저도 모르게 환성을 질렀다.

꿈속에서는 이렇게 힘껏 발로 차는 것도 하늘을 나는 것도 자유롭다.

지그재그를 그리며 차갑고 맑은 초승달 쪽으로 올라갔다가,

제트코스터처럼 굴곡을 그리며 급강하도 해 보았다.

산비탈을 덮고 있는 나뭇잎을 손등으로 툭툭 치면서 여름밤을 날았다.

꿈속에서는 초능력이라도 있는 걸까.

손가락 끝에 닿는 한 잎 한 잎의 나뭇잎을 통해 식물의 감정이 고스란히 전해졌다.

싱싱한 초록에 생명의 힘을 담아 여름을 축하하는 목소리.

깊은 잠을 방해받아 언짢아하는 목소리.

하루가 다르게 쑥쑥 자라는 어린나무의, 거품이 보글거리는 듯한 기쁨과 고통.

몇백 번이나 여름을 지켜 온 늙은 나무의 차분한 만족과 포기.

그것은 신기한, 그렇지만 즐거운 꿈이었다.

숲 속의 좁다란 길과 자동차가 하늘을 나는 그의 시야에 들어왔다.

금이 쩍쩍 간 아스팔트 농로에서 수십 미터 떨어진,

잡목림 속에 하얀 왜건의 지붕이 부옇게 빛나고 있었다.

뒤 트렁크는 열려 있고, 헤드라이트도 차내등도 꺼져 있고,

차 안에 사람은 없었다.

그는 왜건 위를 돌다가 다시 밤하늘로 올라갔다.

숲의 숨소리를 끊고, 아래쪽에서 날카로운 소리가 올라왔다.

퍽, 퍽, 퍽.

그 소리는 총성처럼 그를 쏘았다.

퍽, 퍽, 퍽.

금속 날이 흙을 깎는 소리.

그는 밤 고양이처럼 나무 사이를 빠져나가 소리 쪽으로 날았다.

그곳은 키가 작은 관목이 드문드문 있는 숲 속의 빈터였다.

주위는 손전등 빛 하나 없는 까만 어둠에 가라앉아 있었다.

어둠 속에서 남자 그림자 두 개가 묵묵히 움직이고 있었다.

남자들은 옆에 있는 흙을 삽으로 퍼서 구덩이를 메웠다.

땅에는 관 크기만 한 직사각형 어둠이 입을 벌리고 있었다.

직사각형 구덩이에 누워 있는 것은 젊은 남자였다.

팔짱을 낀 손, 신경질적인 손가락 끝, 마르고 하얀 어깨에 다부진 목덜미.

구덩이 속의 남자는 알몸이었다.

어두워서 잘은 모르겠지만, 눈매가 단정했다.

그가 냉정하게 관찰할 수 있는 것은 거기까지였다.

자세히 보니 남자의 입술은 찢겨서 뒤집혀 있고,

맞아서 부러진 앞니는 피와 흙으로 범벅된 채, 엉뚱한 방향을 가리켰다.

아래턱은 원래 모양을 알 수 없을 정도로 망가졌다.

이 남자는 이미 죽었다─그는 직감했다.

남자의 얼굴에 뿌려진 흙과 모래는 눈두덩, 코, 입을 사정없이 메워 나갔다.

자신의 뺨에 서늘하고 축축한 흙이 뿌려진 느낌이 들어, 그제야 그는 이해했다.

'이건, 나잖아! 내가 묻히고 있어.'

신기한 꿈의 논리는 이유 없는 확신만 남기고,

하늘을 나는 즐거운 꿈은 정체 모를 악몽으로 변했다.

"그만!"

그는 비명을 지르며 남자들을 때리고, 불편할 터인 왼 다리로 걷어찼다.

그래도 두 남자는 아무렇지 않게 묵묵히 삽질했다.

덩치가 큰 쪽인 남자의 얼굴 앞에서 그는 소리쳤다.

"부탁이야. 그만해."

시야 가득 남자의 얼굴이 펼쳐졌다.

쌍꺼풀 없는 두꺼운 눈두덩 속에 감정이라곤 없는 석탄 부스러기 같은 눈동자,

도중에 희미하게 왼쪽으로 휘어진 굵직한 코와 사포로 민 듯한 거친 뺨,

지저분하게 기른 상고머리 아래에 칼자국 흉터가 깊은 물결을 그리는 이마.

왼쪽 귓불은 물어뜯긴 것처럼 없었다.

투견 같은 얼굴이었다.

남자들에게 그는 존재조차 하지 않는 것 같았다.

삽은 그의 몸을 통과하여 계속해서 시체에 흙을 퍼부었다.

투견같이 생긴 남자가 잠시 손을 쉬며, 벌레를 쫓듯이 얼굴을 흔들었다.

"형님, 왜 그러십니까?"

다른 한 명의 금발 빡빡머리가 묘하게 새된 목소리로 물었다.

"아니, 날벌레가 붕붕거리는 것 같아서. 뭐, 됐고, 얼른 정리하자."

그는 구덩이 위에 떠서 매장되는 자신을 멍하니 바라보았다.

남자들은 흙을 메운 자리를 삽으로 고르고, 고무장화로 꾹꾹 밟아서 다졌다.

"소변 좀 보고 오겠습니다."

아우뻘 되는 사람의 등이 숲으로 사라지자, 좔좔좔 하는 미지근한 액체가 지면을 때리는 소리가 들렸다.

이것은 정말로 꿈일까, 그의 속에서 처음으로 의문이 생겼다.

남자들은 왜건으로 돌아와 구두에 묻은 흙을 털어 내고, 피곤한 듯이 차에 올라탔다.

금발이 시동을 걸었다.

헤드라이트가 불에 달군 칼처럼 두 눈을 찔러,

그는 눈 속까지 관통하는 아픔에 비명을 질렀다.

심장은 불규칙적으로 격렬하게 뛰었다.

왜건의 방향지시등이 흐트러진 맥박에 맞춰 일제히 점멸을 시작했다.

"꺼. 눈에 띄면 안 돼."

금발이 스위치를 조작해도 꺼진 것은 헤드라이트뿐이었다.

"이상하네, 고장 났나."

방향지시등의 점멸은 더욱 잦아져,

심하게 울렁거리는 그의 심장과 거의 같은 리듬이었다.

이것이 꿈이 아니라면 …… 대체 나는 어떻게 된 건가.

왜건이 후진하자, 타이어가 마른 가지를 밟는 굉음이 밤의 숲에 울렸다.

포장도로로 되돌아왔을 무렵에는 이상한 점멸도 멈추었다.

2인조를 태운 자동차는 헤드라이트도 켜지 않고,

농로 끝에 이어진 어둠으로 사라져 갔다.

그에게는 흰색 왜건을 쫓아 하늘을 날 여유는 없었다.

머리에 있는 것은 단 한 가지 의문뿐.

이것이 꿈이 아니라면 …….

이것이 꿈이 아니라면, 나는 어떻게 된 건가.

이것이 꿈이 아니라면 저곳에 묻힌 시체는 무엇인가.

누가 왜 어째서 죽인 걸까.

나는 …… 살해당했나?

나는 이미 죽은 건가?

이미 시체가 되어 흙 속에 있는 건가.

그럼 이렇게 날고, 생각하고, 떨고 있는 건 누구지.

죽어 버린 나는 대체 '누구'지.

그때 빛의 소용돌이가 자기 묘 위의 허공에서 어쩔 줄 몰라 하는 그를 덮쳤다.

황금색 소용돌이는 부드럽게 그를 두르더니 온몸을 감쌌다.

그는 번쩍거리는 소용돌이 속에서 의식을 잃고, 아득한 시간과 공간 저 너머를 향해, 첫 도약을 했다.

플래시백

그곳은 어둡고, 따듯하고, 축축했다.

그 꿈의 연속일지도 몰라, 그는 순간 공포에 떨었다. 하지만 그
악몽과는 달리 그곳에는 절대적인 안도감이 넘쳤다. 그가 몸을
동그랗게 웅크리고 있는 곳은 몹시 좁아서 몸에 딱 붙었다. 온몸
을 얇고 강력한 고무 피막으로 조이는 듯한 압박감이 느껴졌다.

눈을 떠도 따듯한 어둠만 펼쳐져 있을 뿐이었다. 입속은 어째
선지 짰다. 혀끝으로 더듬어 보니 잇몸에는 이가 하나도 없고,
입속은 미지근한 소금물로 가득했다. 그는 그 신기한 향을 천천
히 맛보며, 당연한 듯이 삼켰다. 아랫배에 묵직함을 느끼고, 망
설임 없이 자신이 떠 있는 액체에다 소변을 보았다.

의식이 돌아온 뒤, 전혀 호흡하지 않고 있다는 사실을 깨닫고,
그는 패닉을 일으킬 뻔했다. 하지만 숨은 조금도 괴롭지 않았다.
호흡에 맞춰 가슴이 부풀지 않을 뿐만 아니라, 폐 속까지 소금물

로 가득 찬 것 같았다. 귓가에는 안심하라는 듯이 혈류가 콸콸콸 거대한 소리로 울리고, 몇 겹의 막을 뚫고 먼 곳의 대화가 아스라이 들려왔다. 배에 달린 가는 관을 통해 영양분과 산소가 물결치며 들어왔다. 괜찮아, 이곳이라면 안전해. 이것은 그 악몽과는 달라. 그는 평온한 마음으로 잠이 들었다.

그리고 한정된 시간 속에서 이미 과거가 된 미래를 향해 시계추처럼 던져졌다.

다음에 눈을 뜨자, 세상이 비틀비틀 흔들리고 있었다.

무언가가 시작되려 했다. 살덩어리에 눌린 왼 다리 끝이 안쪽으로 꺾여 조금 아팠다. 온몸을 덮는 격렬한 흔들림은 계속되었다. 지금까지도 이런 식으로 전체가 진동하거나 위아래로 흔들렸던 기억이 있다. 그러나 이번의 흔들림은 멈추지 않을 뿐만 아니라, 한층 더 격렬해지는 것 같았다. 돌이킬 수 없는 변화가 그의 세계에 일어나고 있었다.

주기적으로 반복되는 수축과 진동이 극한에 이르고, 부드러운 두개골이 깨져 버릴 것 같을 때, 그를 둘러싼 육질의 주머니 어딘가가 찢어지고, 눈앞이 검붉은 색으로 가득해졌다.

피다! 엄마가 큰일 났다.

누군가에게 이 위기를 전하고 싶었지만, 그는 아무것도 할 수 없었다. 진통의 주기는 분 단위에서 초 단위로 바뀌고, 출산도 이미 시작되었다. 본인의 의사와 달리 작은 몸은 발부터 먼저 좁은 터널을 비틀면서 밀려 나갔다. 왼발이 쭉 늘어난 터널을 빠져나가 바깥 공기에 닿았다. 누군가의 손이 구부러진 발목을 꽉 잡았다. 너무 아파서 울음이 터지려 했지만, 입속이 혈액과 양수로 차서 울 수조차 없었다.

바이스로 조이는 듯한 압박감 속에 삼십 분이 지났다. 하반신이 간신히 분만실 공기를 만났다. 그러나 어깨와 팔이 좁은 산도에 걸린 채, 옴짝달싹 못하는 그의 눈앞에는 어머니의 혈액이 넘칠 듯이 흔들렸다.

허리에 얼음 같은 차가움이 느껴지더니, 금속 겸자가 골반을 단단히 집었다. 다음 순간, 누군가가 힘껏 끌어냈다. 비스듬하게 내려간 왼쪽 어깨가 천천히 관문을 빠져나오고, 이어서 스르륵 오른쪽 어깨가 미끄러져 나왔다. 산도의 너비에 맞춰 머리가 세로로 길어지는 것이 느껴졌다. 두개골이 삐걱거리는 소리를 듣고, 혀에 피와 양수의 맛을 느끼면서 그는 그제야 살덩어리인 터널을 빠져나왔다.

기념해야 할 탄생의 순간은 참으로 불쾌했다.

바깥세상에서 처음 느낀 것은 압도적인 눈부심과 얼어 죽을 것 같은 추위였다. 머리 위 무영등에서 똑바로 볼 수 없을 정도의 빛다발이 민감한 피부에 호우처럼 쏟아졌다. 얼굴을 마스크로 가리고, 모자 속에 머리칼을 꼭꼭 밀어 넣은 파란 제복 차림의 사람이 몇 명이나 그를 둘러싸고 있었다. 탯줄을 자를 때도 통증은 별로 느껴지지 않았다. 그의 머리로 막혀 있던 대량의 혈액이 후산보다 빨리 분만대로 쏟아져 타일 바닥에 끈적이는 원을 그렸다.

"선생님!"

간호사 한 명이 비명처럼 소리를 질렀다.

"아기를 부탁해!"

주위 움직임이 갑자기 분주해졌다. 그를 받은 간호사는 분만대를 떠나 신생아의 몸을 거꾸로 들더니 등을 힘껏 때리기 시작했다.

안전한 장소에서 쫓겨난 분노, 엄마의 몸에서 떨어져 나온 불안, 극한의 낯선 세계를 향한 증오가 끈적거리는 목을 뚫고 드디어 폭발했다. 그는 온몸을 떨며 울었다. 목청껏 소리 내어 울며 그대로 세상이 소멸하기를 바랐다. 그렇게 우는 바람에 양수로 젖은 폐에 첫 공기가 흘러들어 왔다. 그는 그 공기의 차가움을 진심으로 증오했다.

간호사는 스테인리스 욕조에 오물투성이인 그를 담그고 소독한 수건으로 온몸의 오물을 닦아 냈다. 흡인기가 시끄러운 소리를 내며 그의 코와 입에서 가래와 양수를 뽑아냈다.

엄마를 살려 줘, 하고 필사적으로 울며 소리쳤지만, 이것이 꿈이 아니라면 결말은 알고 있었다.

빛에 익숙하지 않은 눈을 게슴츠레하게 뜨고, 그는 열심히 엄마의 얼굴을 기억에 새기려고 했다. 허리 높이의 침대에 엄마는 누워 있었다. 하반신은 파란 천에 덮여 보이지 않았다. 단단히 여민 가운의 목 주위가 땀으로 흠뻑 젖었다. 의식을 잃은 것 같았다. 넓은 이마에 가느다란 앞머리가 붙어 있었다. 눈 밑은 움푹 패고, 어두운 그늘이 져 있었다. 부풀어 오른 입술은 반쯤 벌어지고, 숨을 쉴 때마다 아래턱이 희미하게 오르락내리락했다. 그럼에도 죽음의 바닥에서조차 그의 어머니는 아름다운 여성이었다.

"혈압이 떨어지고 있어요."

간호사의 말에 의사가 소리쳤다.

"남편을 불러!"

"안 계세요."

다른 간호사는 엄마 귓가에 대고 연신 큰 소리로 이름을 불렀다.

"기미 씨, 기미 씨 …… 가케이 기미 씨 ……."

아버지는 무얼 하고 있는 거야. 그는 분노한 나머지 숨 쉬는 것조차 잊었다. 안다, 어차피 일하러 갔겠지. 늘 곁에 있길 바랐을 때, 아버지가 있었던 적은 없었으니. 분만대에서는 수혈과 긴급 수술 준비를 시작했다.

젊은 간호사가 그를 안아 올리더니 어머니의 베갯머리에 다가가 부드럽게 말을 걸었다.

"건강한 아드님이세요. 난산이었지만, 아주 잘 견뎌 주었네요. 어머니도 힘내세요."

그는 온몸을 떨며 울었다. 이 방을 나가 버리면 두 번 다시 엄마의 얼굴을 볼 수 없다. 이것이 꿈이 아니라면, 그는 그 사실을 알고 있었다.

그때 땀으로 얼룩진 베개에 묻힌 엄마의 얼굴에 미소가 서리는 것이 보였다. 죽음을 앞에 두고 아래턱 호흡 때문에 일어난 무의식의 경련이었을지도 모른다. 그러나 그 웃는 얼굴을 그는 확실히 알아보았다.

평생 잊지 않을게, 안녕, 엄마. 평생이라고 해도 엄마와 마찬가지로 짧은 일생이었지만.

자동문이 열리고, 그를 태운 대차는 어두컴컴한 복도로 떠밀려 나왔다. 에어컨을 끈 소독약 냄새 나는 병원 특유의 공기. 점점이 규칙적인 간격으로 켜진 형광등 아래를 이동하면서 또다시 정해진 운명을 더듬기 위해, 그는 미래를 향해 시간의 우물

속으로 떨어졌다.

　의식이 돌아오자 몸을 감싼 속싸개와 딱딱한 매트의 촉감이 느껴졌다. 사방은 하얀 철제 파이프로 둘러싸였다. 시야 한구석에 몇 개나 되는 같은 모양의 소형 침대가 보였다. 자신과 같은 신생아가 몇 명 더 이 방에 있는 것 같았다.

　누군가의 시선을 느끼고 발치 쪽 벽을 보았다. 붙박이 유리창 너머에 검은 양복 차림의 남자가 서 있었다. 창을 짚은 손에 이마를 대고 그를 보고 있었다. 유리가 아니라면 쓰러져 버릴 것 같았다. 트레이드마크인 콧수염이 보였다. 주위를 압도하는 동물적인 기운도 오늘은 그림자를 감춘 것 같았다.

　그 남자였다. 그의 예전 아버지. 그는 남자의 눈이 빨개진 것을 보고 놀랐다. 그 남자가 우는 것을 처음 보았다. 역시 엄마는 살지 못했구나. 조그마한 주먹이 힘없이 시트에 떨어졌다.

　그 남자는 한동안 그를 응시하더니 눈물을 닦고 병원 복도를 떠나갔다. 그는 머리 위에 걸린 작은 화이트보드를 올려다보았다. 그곳에 적힌 이름은 아버지의 모습을 보았을 때 이미 생각났다.

　가케이 기미 / 장남 · 준이치 / 1968.3.28 / 3260g

가케이 준이치. 그것이 그의 이름이었다. 행운을 부르는 이름은 아니었던 것 같지만, 자기 자신의 운명에는 체념과 평온한 슬픔밖에 느껴지지 않았다.

그 악몽 속에서 죽음을 자각한 뒤, 준이치는 한 번 더 자신의 인생을 맹렬한 기세로 플래시백하는 것 같았다. 왜일까, 이유는 전혀 알 수 없었다. 대체 회상하는 자신은 어떤 존재인가.

유령, 혼, 살아 있는 영, 고스트, 스피리트…… 현대 이 나라의 대부분 가정과 마찬가지로 무교 속에 자란 준이치는 사후의 존재를 표현하는 어떤 말도 이해할 수 없었다. 게다가 자신은 왜 죽은 건가. 그날 밤 참석자 없는 매장을 생각하면 누군가에게 살해당해 몰래 묻힌 것 같지만, 준이치에게는 동기도 범인도 전혀 짐작 가는 데가 없었다.

신생아실 공기가 금빛으로 물들었다. 또 억지로 날려가는 건가. 정처 없는 도약에 대한 공포심이 갓 태어난 아기에게도 전염된 것 같았다. 주름투성이인 신생아는 온몸을 떨며 울어 대기 시작했다. 간호사실에서 달려온 간호사의 발소리를 아득하게 들으면서 준이치는 금빛으로 빛나는 소용돌이에 삼켜졌다.

"준이치는 선천성 내반슬이라는 다리 장애입니다. 이건 태아 때 자궁에서 다리를 강하게 압박당한 탓에 생겼다고 할 수 있습니다."

왼발을 잡는 차가운 손 때문에 준이치의 의식은 급격히 눈을 떴다. 흰 가운을 입은 의사와 아버지가 아기를 사이에 두고 마주하고 있었다. 하얀 벽에 잿빛 철제 책상, 짙은 재색 비닐 매트. 책상에는 엑스레이 사진 필름이 포개져 있고, 문 바로 앞에 칸막이용 커튼이 에어컨 바람에 살랑거렸다. 병원 진찰실 같았다.

"내반슬은 발꿈치에서 복사뼈 아래 부분의, 이 세 개의 뼈."

중년의 의사는 친절하게 다리뼈를 하나하나 손가락으로 가리켰다.

"복사뼈, 발꿈치뼈, 주상골이라고도 하는 이 뼈가 변형되어 발끝이 안쪽으로 휜, 다리 골변형 장애입니다."

"고칠 수 있습니까?"

젊은 아빠가 몸을 내밀며 물었다.

"네, 일단은."

의사의 목소리는 밝았고, 얼굴에는 힘을 내라는 듯한 미소가 번졌다.

"내반슬은 다리 변형의 85퍼센트를 차지하는 흔한 장애입니다. 치료제도 많고요. 대부분 수술을 하지 않아도 태어나서 바로 기구나 신발로 교정하면 바른 보행을 할 수 있게 됩니다."

틀렸어, 그건 틀렸어. 준이치는 소리치고 싶었다. 어떤 일에든 예외는 있다. 내 왼 다리는 낫지 않았다. 나는 미래를 알고 있다.

"다행이군요."

"그러려면 먼저 이 변형된 왼 다리를 바른 모양으로 교정해 주어야 합니다."

아냐, 그건 쓸데없는 짓이야. 그만둬.

어린 준이치는 공포와 분노로 불에 데기라도 한 듯이 울기 시작했다.

"괜찮아, 괜찮아. 잘 걸을 수 있게 될 거야."

아버지의 위로는 준이치 귀에 들어오지 않았다. 교정 신발 때문에 복사뼈 아래의 피부가 떨어져 나가고, 상처에서 핏빛이 도는 뼈가 보인 적도 있었다. 그때조차 더 힘내라고 한 아버지다. 깁스와 교정 신발 때문에 끝이 없었던 통증을 떠올리고, 절대 그것이 도움이 되지 않았다는 사실에 준이치는 참을 수 없는 분노를 느꼈다. 교정 신발의 압박 때문에 왼 다리의 존재를 끊임없이 의식하면서 보낼 긴 세월이 이 아이 앞에 펼쳐져 있다.

그는 산다는 것은 무엇보다 멋진 일이라고 하는 낙천적인 사람들의 천진무구함을 저주했다.

이미 죽어 버린 자신은 그런 멋짐과는 무관한 삶을 살았다. 준이치 속에 빈정거리는 웃음이 일었다.

"아버님, 보세요. 아기도 기뻐하네요."

낯선 의사와 젊은 아버지가 준이치의 웃는 얼굴을 들여다보았다. 아기는 조그마한 손을 힘껏 위아래로 흔들며 소리 내어 웃었다. 그 웃음소리는 다음 눈물이 흐를 때까지 계속되었다.

그날, 의사의 손으로 첫 교정을 할 때까지.

눈을 뜨자 빗소리가 들렸다. 잠이 오지 않는 밤이면 몇 번이나 나뭇결을 세었던 삼나무 천장이 보였다. 그리운 방이었다. 고개를 돌리니 유리문 너머로 비가 오는 정원이 부옇게 보였다. 동그랗게 깎아 놓은 회양목의 작은 잎이 곤충 알처럼 흠뻑 젖어서 반짝거리고 있었다. 부드러운 봄비와 짙은 초록. 어릴 때는 곧잘 비 오는 정원을 멍하니 내다보곤 했다. 물웅덩이에 떨어진 빗방울의 파문은 아무리 보아도 질리지 않았다.

어린 준이치의 방은 정원으로 난 남향의 8조 다다미였다. 도쿄 도 무사시노 시, 이노카시라 공원 옆에 있는 아버지의 저택 중 한 칸이었다. 700평 정도의 부지는 토담으로 주위를 둘러싸서 바깥세상과 완전히 차단했다. 바깥세상으로 통하는 것은 돌로 만든 문기둥과 대형차 두 대가 지나갈 수 있는 거대한 철제문이 엄중한 정면 입구뿐이었다.

가케이 씨의 '도깨비 저택'.

그 별칭을 들을 때마다 불쾌한 기분이 들었던 생각이 났다.

아버지의 이름은 가케이 준지로. 기업 매수와 재건을 전문으로 하는 악명 높은 사업가였다. 준이치는 기본적으로는 아버지 일을 단순하게 생각했다. 문제를 안고 옴짝달싹하지 못하는 기업을 싸게 후려쳐서 강제 외과 수술로 불채산 부문과 잉여 인원을 깨끗이 잘라 버린다. 근육질만 남은 수익 부문은 이익을 남기고 다른 기업에 팔아 치우거나 자신의 사업 계획에 맞는 것이 있으면 그룹의 일원으로 소유한다.

그것은 악질 스테이크 하우스와 비슷했다. 썩기 직전의 숙성한 고기를 정육점에서 싸게 사들여, 여분의 지방을 잘라 내고 불에 구워 손님에게 먹인다. 혹은 마음에 들면 자기가 먹는다. 그것을 되풀이. 단 한 가지 준지로가 다른 점은 고기의 크기와 가격이 회를 거듭할수록 천문학적으로 치솟았다는 점이다.

냉혹하기 짝이 없는 완력에 반발과 트러블이 끊이지 않았지만, 준지로는 모든 문제를 힘으로 처리했다. 정치가나 공무원에게 뇌물을 바치고, 폭력단을 이용해서 저항하는 소수파를 짓뭉겠다. 준이치는 아버지의 말을 기억했다.

"야쿠자는 향신료 같은 거야. 여기다 싶을 때, 아주 조금 사용하면 돼."

가케이 준지로는 기업 M&A 전문가로 그 세계에서는 악명 높은 사람이었다. 한때는 경제지에서 '귀신 준지로'라고 대대적으로 비난한 적도 있었다고 한다. 물론 변호사 다카나시 선생은 우익 출신 편집장에게 어마어마한 가격의 광고를 의뢰받았는데, 단칼에 거절한 탓이라고 했다. 하지만 준이치는 아버지가 '귀신 준'이라는 것을 온몸으로 알고 있었다. 이십 년이나 함께 살면 누구라도 그 남자가 귀신이라는 것쯤 안다.

복도를 걷는 발소리가 가까워졌다. 유리 미닫이문이 열리고 다다미가 울리는 소리가 들렸다. 천장을 보고 누워 있는 준이치 위에 빨갛고 살집이 많은 얼굴이 쓱 나타났다. 소박한 표정의 젊은 여자였다. 하얀 앞치마에 보푸라기가 핀 감색 스웨터, 발목이 조이는 명주 바지를 입고 있었다. 아아, 준이치의 입에서 반가운 나머지 의미 불명의 소리가 새어 나왔다. 입주 가사도우미와 유모를 겸하고 있던 오카지마 도요코였다. 지금의 자기보다 어린 도요코의 젊음에 놀랐다.

"자, 우유 먹을 시간이에요."

도요코는 아기를 안고, 우유병을 입에 물렸다. 짙은 갈색 천연 고무 젖꼭지를 반사적으로 빨았다. 분유는 따뜻했지만, 거의 단맛을 느끼지 못했다. 계속 마시다 보니 몸에 힘이 나기 시작했다. 아기는 단숨에 반 정도 먹고 나서 트림을 하다가, 코와 입으로 폭포처럼 우유를 뿜었다. 도요코는 젖은 거즈 손수건으로 부드럽게 입가를 닦아 주었다. 고마운 마음을 전하고 싶어서 준이치는 거즈를 든 도요코의 검지를 꼭 잡아 주었다.

"아오, 어버, 어버, 어버."

"준이치 도련님은 수다쟁이네요. 우유 더 먹고 싶어요?"

금색 빛이 천장에 소용돌이치고, 파도가 출렁이듯 네 귀퉁이로 퍼지더니 천천히 바닥으로 내려왔다. 고무젖꼭지의 감촉을 혀에 남긴 채, 준이치는 시간의 벽을 넘어 도약했다.

의식이 돌아오자 하얀 선이 보였다. 동그스름하게 깎인 대리석 모퉁이였다. 그곳에 훌쩍 큰 아이의 손이 올려 있었다. 왼 다리가 묵직하게 아팠지만, 그보다 '움직이고 싶다, 내 다리로 걷고 싶다' 하는 의지 쪽이 훨씬 강했다. 준이치는 대리석 테두리를 짚으면서 몇 걸음 걸었다. 왼 다리를 앞으로 내밀 때마다 몸을 크게 오른쪽으로 기울여야만 했다.

유아의 낮은 눈높이에서는 체육관처럼 보였지만, 그곳은 아버지 저택의 응접실이었다. 8인용 검은 가죽 소파가 여유롭게 자리를 잡고 있었다. 전기 히터를 내장한 난로를 등지고, 넥타이를 느슨하게 매고 정위치로 앉아 있는 아버지의 모습을 발견하자, 준이치의 등에 서늘한 충격이 달렸다. 왼 다리의 통증은 더욱 심해져 저절로 눈물이 고였다. 아버지 앞에서 걷고 있다는 자랑스러움과 통증으로 눈물이 범벅되어, 어린 얼굴은 엉망진창이었다.

"자, 준이치. 더 걸어 봐."

소파 옆에 도요코가 걱정스러운 듯이 서 있었다. 준이치는 온 힘을 쥐어짜서 테이블 모퉁이를 돌아, 양옆으로 몸을 흔들며 두세 걸음 걷다가 엉덩방아를 찧었다.

"왜 그래, 또 안 되는 거야? 의사는 네 다리가 좋아지고 있다고 했어. 준이치, 어리광 부리느라 그렇게 주저앉으면 나을 것도 낫지 않아. 걸어 봐."

말하지 않아도 알아요, 그렇게 대답하고 싶었다. 그것은 재활 훈련을 하는 동안 몇 년째 듣게 될 대사다. 준이치는 다시 손을 짚고 걷기에 도전했지만, 몇 걸음 걷다가는 또 쓰러졌다. 뺨은 눈물로 젖었다.

"도요코, 준이치를 매일 꼭 걷게 해. 불쌍하다고 게으름 피우게 두면 용서하지 않겠다."

아버지의 차가운 목소리에 초조함을 느끼고 준이치의 분노도 폭발했다. 불에 덴 듯이 울기 시작한 아이에게 얼굴을 돌리고 아버지는 응접실에서 나갔다. 문이 기세 좋게 닫히자, 도요코가 준이치에게 달려와 눈물을 닦아 주었다.

"괜찮아요, 아빠도 준이치 도련님이 걱정되셔서 그래요. 열심히 하면 반듯하게 걸을 수 있게 될 거예요."

저 남자는 자신의 후계자가 걱정인 거다. 게다가 결국 내 몸에 손 한번 대지 않았다. 그때 준이치의 마음에 작은 분노 덩어리가 싹텄다. 그것은 긴 세월에 걸쳐 성장해 간 순수한 분노의 핵이 탄생한 순간이었다. 차갑게 불타오르는 핵을 안은 채, 준이치는 다시 정처 없는 미래로 도약했다.

"어때, 준이치. 아픈 데는 없고?"

요전의 의사 얼굴이 거울 속에 보였다. 의사는 세 살 정도 되는 남자아이 어깨에 손을 올리고 서 있었다. 병원 복도 같았다. 벽에는 전신 거울이 걸려 있고, 나무 손잡이가 끝없이 뻗어 있었다. 오른쪽에 나란히 있는 창으로 햇빛이 비스듬하게 쏟아져 회칠한 천장까지 넉넉히 빛이 튀었다. 어린 준이치는 칼라가 있는 하얀 반소매 셔츠에 감색 반바지의 외출복 차림이었다. 왼 다리에는 무릎까지 오는 알루미늄 부목을 댄 교정용 신발을 신고 있었다. 흰색 타이츠와 희미하게 빛나는 알루미늄 부목, 새로 만든 검은 가죽 구두가 재색 타일에 차갑게 스며들었다.

"괜찮니?"

의사가 부드러운 목소리로 물었다.

"네."

멋대로 대답이 나왔다.

"그럼 천천히 해도 괜찮으니 좀 걸어 볼까?"

준이치는 기묘한 감각에 휩싸였다. 이 아이는 이제 자신의 의식을 똑바로 가지고 있어서 신생아 때처럼 어른 준이치의 의사로 움직일 수 없었다. 남자아이는 거울 속에서 주뼛주뼛거리며 왼 다리를 내디뎠다. 구두 바닥이 타일에 닿자 부목을 거쳐 무릎까지 충격이 곧바로 전해졌다. 체중은 구두와 무릎으로 반씩 지탱하는 것 같았다.

"옳지, 더 걸을 수 있겠냐?"

등 뒤에서 아버지의 목소리가 들렸다. 남자아이는 돌아보더니 소리가 나는 쪽으로 걷기 시작했다.

"준이치, 무리는 하지 않아도 된단다."

"아뇨, 선생님, 이 정도는 괜찮습니다. 앞으로는 더 많이 걸어서 다리를 고쳐야만 합니다."

그렇다, 더 걸어서 다리를 고쳐야 한다. 그래야 친구하고 야구도 하고 자전거도 타며 놀 수 있으니까. 준이치의 의식으로 직접 아이의 희망에 찬 목소리가 울려 왔다.

준이치는 어린 자신을 칭찬해 주고 싶었다. 결국 야구는 할 수 없었지만, 할 만큼 했으니 그걸로 됐다. 처음 신는 교정 신발이 기뻤던 걸까, 거울 속에서 아이는 손을 활짝 펴고 좌우로 몸을 흔들면서 자랑스럽게 걷고 있었다. 올려다보니 아버지도 드물게 웃는 얼굴을 보였다.

준이치는 거울 속의 자신에게 말을 걸었다. 희망에 차 있는 동안은 그것이 어떤 희망이건, 확실하게 매달리면 된다. 그때 문득 어린아이의 웃는 얼굴에 네모난 구덩이에 누워 있는 젊은 남자의 데스마스크가 포개졌다. 피투성이가 된 입술과 깨지고 흙 범벅이 된 앞니. 너무 강렬한 이미지에 준이치가 주눅이 들자, 남자아이에게도 그 충격이 전해진 것 같았다. 부목을 댄 다리로 서지 못하고 쓰러져 버렸다. 타일 바닥을 짚은 작은 손이 눈앞에 보였다.

　이 아이는 아직 모른다.

　미래를 모른다는 것이 얼마나 행복한 것인지.

　빛의 소용돌이는 이번에도 느닷없이 찾아왔다. 바닥에 구멍이 뚫린 배처럼 병원 바닥에서 금색 빛이 스며들어 왔다. 의사도 준지로도 다시 걷기 시작한 남자아이도, 그 빛을 전혀 알아차리지 못한 것 같았다. 오로지 준이치 혼자, 도약에 대비해 마음의 준비를 하고 있었다.

　몸속에 우유 같은 안개가 서려 있었다.

　미열이 있는 것 같았다. 콧구멍에 무언가가 꽂혀서 숨쉬기가 괴로웠다. 게슴츠레 눈을 뜨자 왼쪽 팔에서 뻗은 투명한 관이 보였다. 공기 알갱이가 반짝반짝 빛나면서 링거 튜브를 올라갔다.

왼발 끝이 심장 고동에 맞춰, 멀리서 북소리를 울리듯이 아팠다. 몸은 침대 위에 둥둥 떠 있었다.

병원 침대. 링거. 왼 다리의 통증.

기억은 갑자기 되살아났다. 준이치는 초등학교 입학을 일 년 늦추고, 발꿈치 뼈의 '골단핵이 완전히 화골화'하기 전에 왼 다리 정형 수술을 받았다. 수술은 대성공이라고는 할 수 없었다. 자연스럽게 걷거나 운동을 할 수 있게 되지는 않았으니. 그렇지만 가볍게 다리를 저는 정도로 보행 장애가 눈에 띄지 않게 된 것은 사실이다. 그래도 의사의 말에 완치를 기대했던 아이의 낙담은 컸다.

준이치는 전신마취에 취한 소년의 안쪽에서 최근에 이 나른한 느낌을 맛본 적이 있다는 걸 느꼈다. 그게 언제, 어디서의 일인지는 생각나지 않았다. 희미한 기억을 쥐어짜서 기억을 더듬어 보았다.

어째서인지 어둠 속으로 주루룩 떨어져 가는 자신의 모습이 떠올랐다. 주위는 빛 한 자락도 보이지 않았다. 그저 캄캄한 어둠 속 검은 비탈을 미끄러지고 있었다. 신기하게 준이치는 비탈의 끝이 깎아지른 시커먼 절벽이라는 것을 알고 있었다. 절벽 끝에는 그저 시커먼 하늘이 펼쳐져 있을 뿐이어서, 한번 손잡이를 놓치면 어둠 속으로 한없이 떨어지는 것이었다. 짙은 안개가 몸의 내부에 드리워져 비명을 지를 수도, 손가락 하나 움직일 수도 없었다. 준이치는 시커먼 벼랑에서 시커먼 하늘로 던져진 채 끝도 없이 낙하했다.

계속 떨어지는 준이치의 뇌리에 바늘의 이미지가 번쩍였다. 그것은 끝이 비스듬한 주삿바늘로 꿀처럼 투명한 액체가 맺힌 채, 천천히 다가왔다. 준이치는 어둠 속에서 절규하듯 입을 벌렸지만, 쉰 소리 한마디 흘러나오지 않았다. 자신이 이미 호흡을 하지 않고 있다는 사실을 깨닫고, 온몸에 오한이 지나갔다.

(살려 줘! 더 이상 떨어지면 두 번 다시 돌아갈 수 없게 되잖아!)

준이치는 시커먼 하늘로 낙하하면서 진심으로 소리쳤다.

병실의 형광등이 제멋대로 깜박거리더니 완전히 꺼졌다. 침대 밑의 어둠에서 황금색 빛의 소용돌이가 일어나 타일 바닥에 번져 갔다. 어두운 병실에서 소리 없는 비명을 지르는 소년을 두고, 준이치는 정해진 미래로 도약했다.

올려다보니 많은 책이 나란히 꽂혀 있었다. 책은 손이 닿지 않을 정도의 높이까지 쌓여 있어, 종이의 쓰나미가 되어 무너져 내릴 것 같았다. 이곳에는 온 세상 책이 다 모여 있는 게 분명했다.

두근두근 설레는 의식의 단편이 들려 왔다. 티셔츠 밖으로 나온 팔은 가느다랗고 여렸다. 두 팔 안쪽은 시리도록 하얗다. 눈앞에는 어린이 대상의 이야기책이 빼곡히 꽂힌 책장이 높다랗게 서 있었다. 양옆에도 재색 철제 선반이 있고, 높은 창으로 여름 햇살이 비스듬하게 떨어져, 먼지 나는 서고의 공기가 연기처럼 흔들렸다.

준이치가 태어나서 처음으로 책이라는 것을 발견한 도서관의 아동실이었다. 그것은 아마 1976년, 여덟 살의 여름이었을 것이다. 그렇다면 그 책이 분명 있다. 생각대로 움직이지 않는 흔들리는 시야 속에서 준이치는 추억의 책을 찾았다.

에드거 라이스 버로스의《지저세계 펠루시다》. 도서관에서 오전과 오후에 책을 한 권씩 빌려 열병처럼 읽어 댔던 여름방학의 도화선이 된 책. 엄청난 전율에 호흡이 가쁘고 손바닥이 땀으로 흠뻑 젖었던 걸 기억한다.

그 책은 까치발을 하고 손을 뻗으면 간신히 닿는 책장 세 번째 단 끝에서 발견했다. 책등 글씨는 기억하고 있던 것보다 훨씬 컸다. 쥘 베른의《15소년 표류기》와 마크 트웨인의《허클베리 핀의 모험》사이에 끼어서, 조용히 숨을 쉬고 있었다. 준이치에게는 등표지 모두가 빛을 발하는 것처럼 보였다. 그곳에 꽂혀 있는 책 모두 그 여름 내내 정신없이 읽게 되겠지. 한 달 반의 여름방학 동안 준이치는 책장 삼 단분을 전부 읽어 치웠으니.

조그마한 손이 책장으로 뻗었다. 어린 남자아이는 목표로 한

책을 빼자 페이지를 훌훌 넘겼다. 익룡형 지저인이 동굴에 깎아 놓은 계단을 내려오는, 양쪽 페이지 가득한 삽화에 조그만 엄지가 손톱을 세웠다. 남자아이는 그 책을 가슴에 꼭 안고 왼 다리를 가볍게 절면서 대출 카운터로 향했다.

살아 있으면 즐거운 일도 있다. 계단을 내려가는 교정 신발 발소리가 도서관 홀에 점점 날카롭게 울렸다. 준이치에게는 그 금속음도 지금은 신경 쓰이지 않았다. 빛의 소용돌이는 다시 찾아와서 책을 안은 남자아이를 부드럽게 감쌌다.

좋은 걸 발견했네, 마음껏 즐기렴. 준이치는 어린 자신에게 말했다.

지저나 해저나 정글, 그리고 수억 광년 떨어진 다른 은하계. 무한히 펼쳐진 상상력의 필드에서 시작하는, 너의 한여름의 모험에 같이 어울릴 수는 없지만, 그것이 얼마나 즐거웠는지 내가 누구보다 잘 안단다.

마지막으로 그렇게 중얼거리고 준이치의 혼은 빛의 소용돌이 바닥으로 깊이 가라앉았다.

조그마한 손바닥 위에 파란색과 초록색 덩어리가 보였다.

천천히 후방으로 흘러가는 가드레일과 보도블록이 시야 끝에 들어왔다. 등에는 그리운 책가방의 무게를 느꼈다. 햇살은 이미

초저녁 무렵 같았다. 도로와 보도를 나누는 흰 선이 따스한 오렌지색으로 물들었다.

한 번 더 손바닥을 들여다보고, 준이치는 그 정체를 기억해 냈다. 당시 초등학생에게 대인기였던 슈퍼카 지우개였다. 파란색은 람보르기니 미우라, 초록색은 로터스 유럽. 요시하루의 페라리 카운타크랑 바꾸려면 미우라에 뭘 더 끼워 주어야 좋을까. 어린 준이치의 머리는 지우개 장난감으로 가득했다. 귀신 저택의 정문에 도착한 남자아이는 인터폰을 눌렀다.

"다녀왔습니다."

전자자물쇠가 열리는 소리를 들은 뒤, 남자아이는 어깨로 무거운 문을 밀었다. 슈퍼카 지우개를 보면서 본채 쪽으로 걸어갔다.

무언가 이상하네. 몹시 불길한 느낌이 들었다. 어쩌면 이것은 그때…….

남자아이는 자기 방에 가까운 쪽문으로 가려고 본채 뒤쪽으로 돌았다.

그 모퉁이를 돌아선 안 된다. 준이치는 어떡하든 방향을 바꾸려고 했지만, 소년은 왼 다리를 가볍게 절면서 천천히 뒤뜰로 들어갔다.

귀신 저택의 뒤뜰은 근처에서도 유명한 벚꽃 명소로, 절정이 지난 그날, 굵은 자갈에는 지저분해진 꽃잎이 **빽빽**하게 끼어 있었다.

끼익, 끼익. 전방에서 무언가가 마찰하는 소리가 들렸다.

남자아이의 시선은 천천히 올라갔다. 손바닥에서 자갈밭, 키가 작은 진달래 화단, 그리고 남은 꽃과 어린잎이 다투듯 핀 벚꽃나무로.

연분홍 구름 사이로 무언가가 덜렁거리며 바람에 흔들렸다.

맨발인 발끝은 힘없이 지면을 가리키고, 바지 앞은 검게 젖어 있었다.

어, 뭐지? 도요코가 코트라도 널어 놓은 걸까.

남자아이는 처음에는 그것이 초로의 남자 시체라는 사실을 깨닫지 못한 것 같았다. 미지근한 봄바람에 흔들리는 목맨 시체에서 시선을 움직이지 않았다. 준이치는 싫어도 질식사 현장을 계속 보게 되었다. 남자는 저택 쪽으로 고개를 돌린 채 목을 맸다. 발밑에 놓인 A4 크기 봉투 겉에는 붓으로 한 글자 '怨(원)'. 준이치는 그 남자를 생각했다. 준지로에게 빼앗긴 전자부품회사 사장이다. 아니, 그건 현관 앞에서 분신자살한 중년 남자였던가.

어린 준이치는 그제서야 그것이 사람의 시체라는 사실을 알아차린 것 같았다. 이번에는 비명이 멋지 않았다. 그날 밤은 잠에 빠질 때마다 벚꽃잎 사이로 흔들리는 검은 그림자 꿈을 꾸고, 밤

새 가위에 눌릴 것이다.

빛의 소용돌이가 다가와서 우두커니 멈춰 서 있는 남자아이를 감쌌을 때, 준이치는 혼자 한숨을 쉬었다. 이제야 이 시점에서 해방된다. 쪽문에서 달려 나오는 일하는 사람의 발소리와 어린 자신의 악몽 같은 비명을 들으면서 준이치는 시간의 격류에 휩쓸렸다.

"요시하루, 되게 잘하네."

어깨너머로 들여다본 모니터에는 노란색과 빨간색과 오렌지색 블록이 떠 있었다. 우주 공간처럼 끝없이 펼쳐진 칠흑의 바탕에 선명한 빛을 뿌리며 질서정연하게 늘어선 블록의 아름다움은 어린 준이치의 마음을 순식간에 빼앗았다.

하얀 공이 부딪힐 때마다 블록이 사라지고, 바람 빠진 테니스공 같은 멍청한 전자음이 기계 옆에서 새어 나왔다. 남자아이의 눈은 화면 속을 종횡무진 달리는 흰색 공과 그것을 되받아치는 작은 패드에 못 박혀 있었다.

이 아이는 무언가를 느끼고 몹시 흥분했다. 준이치는 흥분의 이유를 잘 알고 있었다. 태어나서 처음 해 보는 컴퓨터 게임이다. 기념할 만한 만남이다. 이후 게임은 짧은 생애의 마지막까지 준이치에게는 빼놓을 수 없는 존재가 된다.

그곳은 초등학교 하굣길, 친구 집에 책가방을 갖다 놓고 곧잘 놀러 갔던 볼링장 한 모퉁이었다. 레인이 비기를 기다리는 손님을 위해 만든 게임 코너에 어린 준이치는 친구하고 와 있었다. 그 코너에는 고전인 핀볼 머신이나 사격 게임을 제치고 벽돌 깨기가 등장하여 바로 인기 최고가 되었다.

친한 친구인 가와카미 요시하루가 마지막 샷을 실수하여 준이치의 차례가 되었다. 이 게임은 꽤 잘했었지 ……. 기대에 부풀어 플레이를 기다렸다. 하지만 백 엔짜리 동전을 삽입구에 넣자, 남자아이는 갖고 있던 구슬 세 개를 바로 다 써 버렸다. 어린 준이치는 머릿속의 심지가 뜨거워질 만큼 분했다.

레인 안쪽에서 핑크 레이디의 노래 「UFO」가 멀리 해명(海鳴)처럼 울려왔다.

"야, 캔디즈 해체했대. 너는 사귄다면 그중에 누가 좋았어?"

벽돌 깨기에 재도전하기 위해 차례를 기다리는 줄에 서 있는데 요시하루가 물었다.

"나 같으면 스짱. 왜냐하면 이렇잖아."

요시하루는 가슴에서 물풍선을 안은 포즈를 했다. 출렁, 출렁. 어린 준이치는 얼굴이 빨개지고 말문이 막혔다. 사귀다니 말도 안 돼. 아직 초등학교 4학년인걸.

"역시 란짱이 나을까."

노래는 비지스의 「나이트 피버」로 바뀌었다. 가슴을 드러내고 하얀 판탈롱 슈트 차림으로 춤을 추는 존 트라볼타의 모습은 어린 준이치도 알고 있었다. 통통 튀는 듯한 심장 소리가 들렸다.

'세뱃돈 저금한 걸 찾아, 다음에는 혼자 와서 해야지. 요시하루보다도 그 누구보다도, 벽돌 깨기를 잘할 수 있도록.'

머잖은 장래에 그 소원이 실현된다는 것을 준이치는 알고 있었다. 벽돌 깨기로 초등학교 제1의 실력자가 되자, 다음 해에는 스페이스 인베이더를 공략하고, 그다음 해에는 갤럭시안과 팩맨을 정복할 것이다. 어린 준이치와 게임센터의 제1황금기가 시작되고 있었다.

디스코 비트의 튀는 듯한 베이스라인과 볼이 핀을 쓰러뜨리면서 나는 통쾌한 작열음이 울리는 플로어에서 빛나는 소용돌이가 일며 소년을 둘러싸기 시작했다. 벽돌 깨기 한 게임만, 적어도 비지스 노래의 후렴구가 끝날 때까지만이라도 이 시점에서 멈추고 싶었으나, 빛의 힘에 등을 밀려 준이치는 미래로 도약했다.

어둠 속에서 라디오로 뻗는 손가락 끝이 보였다.

문화방송의 여성 DJ, 가와구치 마사요의 목소리가 들렸다. AM 라디오의 잡음이 반가웠다. 아이다운 통통한 손가락 끝이 익숙한 동작으로 다이얼을 돌려 단번에 듣고 싶은 방송의 주파수를 맞추었다. 침대 머리맡에 놓인 디지털시계의 푸른 숫자는 새벽한 시가 되어 갔다.

시보가 울림과 동시에 익숙한 기타 소리가 흘러나왔다. 일본 방송의 '올나이트 닛폰'. 목요일 제1부 진행자는 전년도 대디 다케치요에서 비트 다케시로 바뀌어, 중학생인 준이치가 놓치지 않고 듣는 프로그램이었다.

내성적인 소년에게 비트 다케시는 자유의 상징이었다. 숨이 막히는 세상과 가족의 중력권에서 무적의 웃음 추진력으로 탈출하는 우주비행사였다. 한창 성장 중인 몸을 타월이불로 둘둘 말고, 불을 끈 방에서 심야 방송에 귀를 기울였다. 나른하고 쾌적한 라디오의 밤. 그것은 소년의 하루 중에 긴장에서 해방되는 얼마 안 되는 한때였다. 그저 중학교에 다니는 것뿐인데 왜 이렇게 피곤한 건지.

"오늘 밤도 힘껏 역분사(逆噴射)!"

젊은 비트 다케시의 목소리가 라디오에서 고꾸라질 듯이 튀어나오며 프로그램은 시작되었다.

이른 봄에 일본항공의 하네다 추락 사고가 있었던 해에, 준이치는 중학교 2학년이 되었다. 기치조지의 번화가 끝에 있는 준이치네 학교는 초등학교부터 대학교까지 에스컬레이터식으로 진학하는 곳이어서, 유유자적한 교풍과 자유로운 분위기로 유명했다. 하지만 준이치는 이 혜택받은 환경에 적응하지 못했다. 친구도 적고, 동아리 활동에도 적극적으로 참여하지 않았다. 게임센터에서 새 게임을 공략하거나, 책을 읽거나, 지금은 이름이 바뀐 FEN(현재 AFKN—옮긴이)을 듣거나. 중학 시절 내내 언제나 고독했던 기억밖에 남아 있지 않았다. 서양 팝송을 듣기 시작한 것도 이 시기였다. 붐타운 렛츠가 월요일이 싫다고 학교에서 총을 난사한 아이들의 이야기를 노래했던 그 시절.

"불알 전력투구!"

다케시가 전국에서 보내온 기상천외한 자위 방법을 속사포처럼 읽어 주었다. 준이치는 침대에서 데굴데굴 구르며 웃었다. 반 친구에게 자위 방법을 배운 것도 이 무렵일 것이다. 육체를 잃어버린 지금, 성욕은 어떻게 되었을까.

금색 빛의 소용돌이가 파도를 치며, 준이치의 방 카펫에 펼쳐졌다. 배수구에 삼켜진 나뭇잎처럼 침대가 천천히 회전을 시작해도, 라디오에 빠진 중학생은 아무것도 느끼지 못하는 것 같았다. 비트 다케시의 듣기 좋은 변두리 도쿄 사투리를 귀에 남기고, 준이치는 시간의 벽을 넘었다.

완만한 언덕길이었다.

발치에 떨어뜨린 시선 끝에는 검은색의 새 코인로퍼가 반짝거렸다. 소년은 연신 옷깃에 손을 가져갔다. 손가락 끝에 닿는 감촉으로 넥타이를 매고 있다는 것을 알았다. 좋아했던 감색 니트 타이. 네이비블루 슈트에 파란색과 흰색 깅엄체크 무늬의 버튼다운 셔츠. 오늘은 한껏 차려입은 것 같았다. 주위 경치도 낯익었다. 삼면으로 날개를 펼친 호텔 오쿠라의 좀 칙칙한 건물이다. 준이치는 호텔 현관으로 이어지는 긴 언덕길을 왼 다리를 살짝 절면서 올라가고 있었다. 택시비 받은 것은 모았다가 7월에 나오는 닌텐도 '패밀리 컴퓨터'를 사야지, 소년의 의식이 또렷하게 전해졌다. 이것은 그날인가. 별로 생각하고 싶지 않은 날일수록 바로 기억이 되살아났다.

도어맨의 인사에 눈을 내리뜬 채 끄덕이고, 중학교 3학년인 준이치는 자동문을 빠져나와 로비 오른쪽 라운지로 들어갔다. 중년의 준지로가 창가 테이블에 앉은 채 손을 들어 준이치를 불렀다. 전성기의 일본 영화 스타처럼 번쩍거리는 정기를 주위에 뿌리고 있었다. 아버지 맞은편에는 젊은 여성의 어깨가 보였다. 가슴에 무언가를 안고 있는 것 같았다. 준이치는 천천히 테이블에 다가갔다. 등을 곧게 편 채 돌아보지도 못하고 있는 여성의 긴장이 준이치에게 전해졌다. 소년이 테이블에 다가가자, 머리카락도 제대로 나지 않은 아기를 꼭 껴안고 그녀가 일어섰다.

준지로가 퉁명스럽게 말했다.

"너한테 새엄마하고 남동생이 생겼다. 앞으로 잘 대해 줘라."

그 여성이 아기를 안은 채 깊숙이 머리를 숙였다.

"안녕하세요, 미네코예요. 이 아이는 준이치의 동생이 될 준타로예요. 갑작스러워서 놀랐겠지만, 다음 달부터 기치조지 집에 같이 살게 되었어요. 잘 부탁해요."

나이는 이십 대 후반일까. 연한 청색 투피스는 굴곡이 선명한 몸매를 가리지 않았다. 앞섶이 푹 팬 옷은 술집 여자 같은 냄새가 풍겼다. 미네코의 목덜미는 연한 청색에 무리 없이 녹을 만큼 하얗고, 파란 나뭇가지 같은 정맥이 얇은 피부에 비쳐 보였다.

"어차피 내가 반대한다고 달라질 것도 없잖아요."

애써 냉정함을 가장한 소년의 목소리에 어색한 침묵이 이어졌다.

"뭐, 그렇지."

준지로는 전혀 동요하지 않고 대답했다.

"알겠어요. 나도 앞으로 잘 부탁해요."

준이치는 꾸벅 머리를 숙이고는 등을 돌려 돌아가려고 했다.

"잠깐만, 준이치. 레스토랑 예약해 두었다. 같이 밥만 먹고 가."

웃기지 말라고 소리치려고 하는데, 미네코가 먼저 머리를 숙였다.

"나도 부탁할게요. 식사만이라도 같이 하고 가세요."

소년은 부탁을 받으면 거절하지 못하는 우유부단한 성격을 저주했다. 긴 저녁 식사가 될 거라는 마음의 소리가 들렸다. 하지만 어느 쪽이든 상관없었다. 준이치는 이 상황을 냉정하게 보고 있었다. 새엄마와 동생의 출현도 소년의 생활에는 거의 영향을 미치지 않을 것이다.

같은 집에 산다고 해도 얼굴을 마주칠 일도 말을 할 일도 거의 없다. 다음 해 고등학교에 입학하면 준이치는 식사 때 이외에는 자기 방에서 나오지 않는 은둔형 상태가 될 것이다. 아버지는 연일 한밤중이 지나야 돌아온다. 가끔 한밤중에 복도에서 스쳐 지나면, 잘 지내냐, 네, 하는 말을 나누는 것이 부자간 대화의 전부다.

체념한 소년은 새 가족과 테이블에 앉았다. 밀크티를 한 잔 주문했다. 은색 쟁반에 홍차가 나왔을 무렵, 희미한 빛의 소용돌이가 소년 주위를 휘감았다. 어색한 공기에서 해방되어 준이치는 겨우 한숨을 돌렸다.

그 알 수 없는 빛의 소용돌이가 이렇게 기다려진 적이 없었다.

"준, 너, 여자하고 사귄 적 없지?"

어른스러운 요시하루의 목소리가 들렸다.

"뭐, 그렇지."

"요리코는 어때?"

별 의미 없는 말들이 지나가고, 플라스틱 카운터에 놓인 한 권의 책에 급격히 의식의 초점이 모였다. 그리운 핑크색 천 표지의 단행본. 무라카미 하루키의 《세계의 끝과 하드보일드 원더랜드》였다. 요시하루에게 빌려준 채 받지 못한 게 기억났다. 그 책이 나온 것은 아마 1985년, 준이치가 고등학교 2학년 때였다.

빛의 소용돌이에서 눈뜬 준이치의 기억이 급회전했다. 그해, 패밀리 컴퓨터에서는 '슈퍼마리오 브라더즈'가 엄청난 붐을 일으켰고(준이치는 육 일 만에 전부 클리어), 소년 점프의 《드래곤볼》에서는 아직 꼬마인 오공이 레드 리본군과 싸웠던 시대. 음악은 소울과 디스코의 전성기. 미국 촌구석의 댄스밴드 앨범을 '레어'라고 하며 여기저기 수입 음반 가게를 잘도 찾아 돌아다녔다.

그곳은 하굣길의 아지트였던 기치조지 역 남쪽 출구의 맥도날드였다. 2층 창가 자리에서 횡단보도를 건너 역으로 향하는 인파가 보였다. 눈앞에는 셰이크와 라지 사이즈 프렌치 프라이가 흩어져 있고, 기름 냄새가 코를 찔렀다.

"하필 왜 요리코야?"

"아니, 그냥 요리코가 널 나쁘지 않게 생각한다고 에리나가 그러기에."

"흠."

고등학생 준이치는 동요하는 걸 눈치채지 못하도록 무관심한 척했다. 요시하루는 장난스러운 눈초리로 말했다.

"그 애, 별로 나쁘지 않잖아?"

아베 에리나와 오다키 요리코는 고등학교 1학년 때 같은 반 아이들이었다. 반은 바뀌었지만 음악 취향이 맞아서 시부야에 음반 찾으러 같이 간 적도 있었다. 일곱 살부터 같은 학교에 다녀서 준이치는 두 소녀를 잘 알았다. 이대로 편하게 부속 대학교에나 들어가면 된다고 생각하는 속 편한 타입. 더 좋은 대학을 지망하는 학생들은 준이치네 학교에서도 필사적으로 수험 공부를 했다.

에리나는 교내에서도 손꼽히는 미인이어서 종종 스카우트를 받는다고 자랑했다. 큰 키에 팔다리는 모던한 북유럽 가구처럼 쭉쭉 뻗었고, 머리와 눈동자는 색소가 옅은 밝은 갈색이었다. 요리코는 에리나와 절친으로 예쁜 소녀 옆에 있는 기가 센 조연 역이었다. 그래도 준이치는 요리코를 꽤 귀여운 아이라고 생각했다. 얼굴은 중상 정도, 보이시한 쇼트커트에 턱이 뾰족했다.

"나, 턱만은 콩콩(영화배우 고이즈미 교코의 애칭. 1980년대 인기 아이돌이었다─옮긴이) 닮았어."

요리코는 에리나보다 호기심이 왕성하고, 음악이나 독서 취향도 폭넓어서 준이치와는 이야기가 잘 통했다. 패션 감각도 앞서가서 유행을 좀 비튼 옷을 잘 입었다. 같은 감색 블레이저여도 다른 여학생보다 어딘가 샤프해 보였다. 여자 친구가 없는 준이치에게 요시하루의 이야기는 아주 기쁜 뉴스였다.

"그래서."

미래의 준이치에게는 무리하고 있는 게 뻔히 느껴지는 목소리였다.

"그것뿐이야. 뭐 기대한 거야? 너, 요리코한테 마음 있는 거 아냐?"

요시하루는 곁눈으로 히죽 웃었다. 준이치가 대답을 못 하고 있을 때, 동급생 어깨에 거치적거리는 긴 머리가 연한 금색 빛에 싸여 갔다.

팝송 가사에는 고등학교 방과 후에 즐거운 일이 잔뜩 있는 것처럼 노래하지만, 좋은 일 따위 전혀 없었군. 한숨을 한번 쉬고, 준이치는 빛나는 소용돌이 속 미래로 떨어졌다.

새 베갯잇에 눈을 꼭 감은 오다키 요리코의 하얀 얼굴이 야광 페인트처럼 부옇게 빛나고 있었다. 알몸의 가슴은 누워 있는 탓인지 유방의 봉긋함이 느껴지지 않았다. 준이치는 허망한 놀라움과 함께 그 시점을 떠올렸다. 고등학교를 졸업하던 해 봄, 이곳은 시부야의 러브호텔이다. 호텔 이름도 방 호실도 기억한다. 엔야마초의 '크레센트' 602호. 다른 방 어딘가에 요시하루와 에리나도 있을 터였다.

기억나는 방의 벽은 빨간 벽돌이고 침대 네 모퉁이에는 은색 기둥이 있었다. 소파 앞, 볼트로 고정한 삼각대에는 폴라로이드 카메라가 있었다. 고등학생 준이치는 카메라가 왜 있는지 이유를 알 수 없었다. 러브호텔에는 희미하게 곰팡내가 났다.

소년은 소녀의 몸을 깨지는 물건처럼 조심스럽게 다루었다. 입술에서 시작한 키스는 뺨, 눈썹, 감고 있는 눈두덩, 땀이 밴 이마로 옮겨 갔다. 공예품 같은 귀에서 목덜미를 지나, 쇄골을 가로로 미끄러져서 옆구리로. 입술 탐색을 끝내고 소녀의 딱딱한 유방으로 돌아왔다. 아무 맛 나지 않는 연한 꼭지에서 소년은 천천히 휴식에 들어갔다. 소녀의 조심스러운 한숨이 머리 위에서 들리고, 소년의 페니스는 지금까지 없을 정도로 딱딱해졌다.

"나여도 괜찮아?"

소녀는 말없이 끄덕였다.

소년은 떨리는 손가락 끝으로 콘돔을 끼고, 가는 허리와 허리를 맞대었다. 손가락 끝에 타고 내리는 애액을 가르고 소년의 페니스가 소녀 속에 길을 열어 갔다. 여자의 몸속은 이런 느낌이구나. 소녀의 손톱이 어깨에 파고들었지만, 아픔을 느낄 여유가 없었다.

"괜찮아? 아프지 않아?"

소녀는 또 눈을 감은 채 끄덕였다. 체중이 실리지 않도록 상반신을 팔의 힘으로 지탱했다. 체력이 약한 소년에게는 힘든 자세였지만, 꾹 참았다. 잠시 쉰 뒤에 천천히 움직이기 시작했다. 한숨이 연속으로 들렸다. 요리코도 처음이라고 했다. 몹시 아플지도 모른다. 머리 한구석으로 그렇게 생각했지만, 움직임을 멈출 수는 없었다. 만약 지금 머리가 날아간다 해도 허리만은 움직일지 모른다.

소년의 한계는 이내 찾아왔다. 자제심 둑 너머로, 찰랑찰랑 넘칠 듯한 쾌감이 밀려왔다. 허리 회전은 더욱 속도를 더해서 소녀와 붙어 있는 끝이 녹아 버릴 듯이 뜨거워졌다.

"간다."

"앗, 요시하루."

소녀가 흘린 희미한 중얼거림이 소년을 세차게 때렸다. 동시에 허리 쪽에서 절정의 거친 파도가 척추를 지나 후두부를 달렸다. 소년은 상처입은 마음인 채로 온몸에 경련을 일으키며 몇 번이고 사정했다.

준이치는 전부터 오다키 요리코가 요시하루를 좋아한다는 것을 알고 있었다. 그러나 요시하루는 에리나와 학교에서 공인된 베스트 커플이었다. 자신이 차선책이라는 것을 알고는 있었지만, 마지막 순간에 요리코의 입에서 흘러나온 친구의 이름에 소년은 눈물이 멎지 않았다.

　준이치는 소년을 조용히 보고 있었다. 흥분하지도, 불쌍해하지도 않았다. 그저 그런 인생일 때가 있었구나. 적어도 소녀가 거절했더라면 이런 첫 경험은 하지 않아도 됐을 텐데. 소리 죽여 소녀의 가슴에 눈물을 떨어뜨리는 소년의 뜨거운 뺨을 느끼면서 준이치는 다음 빛의 소용돌이가 찾아와 주기만을 기다렸다.

　"대학 생활은 어떠십니까?"

　물 밑에서 떠오르듯이 의식을 회복하자, 싱글벙글 웃으며 묻는 다카나시 고스케의 얼굴이 정면에 보였다. 오십 대 초반쯤이었을까. 안경 속에서 튀어나올 듯이 큰 눈이 반짝거렸다. 도수가 높은 렌즈 끝에 눈가의 주름이 비쳤다. 두꺼운 입술은 혈색이 좋은 탓인지 언제나 번들거렸다. 그러나 개성 있는 눈, 입과 관계없이 전체적인 인상은 단정하고 지적인 생김새였다. 원하지 않는 고객에게도 신뢰를 줄 수 있는 얼굴. 다카나시 고스케는 가케이 그룹과 준지로의 개인 법률 고문을 겸하고 있는 실력 있는 변호사였다.

　"별로 좋지도 나쁘지도 않아요."

　준이치는 빈정거리는 자신의 목소리 톤에 놀랐다. 오피스 가인 마루노우치 한 모퉁이, 세월의 흔적이 묻은 화강암 빌딩에 다카나시의 법률사무소가 있었다. 준이치는 집무실에서 다카나시와 대면하고 있었다. 거의 몸이 묻히지 않는 딱딱한 검은 가죽 소파, 아름다운 오늬무늬의 나무 내장, 벽에는 폭풍이 이는 바다를 그린 그림이 한 점 걸려 있었다. 복제인지 진짜인지는 알 수 없었다.

신은 자신에게 얼마나 심한 벌을 주고 싶은 걸까. 플래시백으로 다시 찾은 준이치의 인생은 지랄맞은 사건의 연속이었다. 이번에도 기억이 되살아날수록 마음이 무겁게 가라앉았다.

"오늘은 일부러 오시게 했는데, 아주 난감한 말씀을 드려야겠습니다."

다카나시 변호사의 얼굴이 굳어지며 비즈니스 표정이 되었다.

"준지로 님의 전달 사항입니다. 준이치 씨는 장남입니다만, 가케이 그룹의 상속권을 일절 포기해 달라고, 아버님이 말씀하셨습니다."

"무슨 소리죠?"

머릿속이 새하얘졌다.

"준이치 씨에게는 대학을 졸업해도 가케이 그룹 관련 회사 입사를 허가하지 않는다고 합니다. 만에 하나 아버님이 돌아가셔도 가케이 그룹 및 준지로 님 개인 자산 상속권은 인정받을 수 없습니다. 대신 ……."

"아들과 절연하는데 무슨 조건이 있습니까?"

"네, 대신 상속권 포기 각서에 사인하시면, 10억 엔의 신탁기금이 준이치 씨의 것이 됩니다. 대학 졸업 때까지는 제가 관리하겠습니다만, 졸업 후에는 마음대로 사용하셔도 됩니다."

"요컨대 나를 10억에 떨쳐 내버리겠다는 거네요. 이제 본가에도 가까이 오지 말란 소린가요?"

허세를 부렸지만, 황당해하고 있었다.

"모진 소리입니다만, 그런 의미로 생각합니다."

다카나시 변호사는 땀도 닦지 않고 대답했다. 미래에서 온 준이치는 변호사가 처한 곤혹스러운 처지를 동정할 만큼의 여유가 있었다. 상대 눈을 보지도 못하고, 손가의 서류에 시선을 떨어뜨리고 있는 변호사에게 평소의 날카로움은 없었다. 다카나시 아저씨는 어릴 때부터 잘 놀아 주었다.

"그건 미네 씨와 준타로를 위해서인가요?"

"그것도 있겠죠. 장래 그룹 내의 화근을 자르기 위해 아버님 스스로 결단을 내리신 것 같습니다. 물론 준이치 씨가 도저히 그런 사인을 할 수 없다고 한다면, 재판으로 갈 수도 있습니다."

"승산은요?"

"큽니다. 애초에 이건 말도 안 되는 얘기니까요."

"다카나시 씨는 제 변호를 해 줍니까?"

변호사는 가슴의 행커치프를 꺼내 흐르는 땀을 닦았다.

"아뇨, 유감스럽게도 그건 할 수 없습니다. 그렇지만 내가 아는 가장 우수한 변호사를 소개해 드리겠습니다."

"그래서 다카나시 씨와 아버지와 가케이 그룹과 싸우나요?"

"그렇습니다. 긴 재판이 되겠지요."

"그래도 승산은 있다."

"네. 앞으로 십 년을 재판으로 보낼 각오가 필요합니다만. 상대는 거대한 조직이고, 준이치 씨는 혼자입니다. 재판은 동시에 복수로 진행되겠지요. 그래도 준이치 씨에게 싸울 의지가 있다면 저도 뒤에서 응원하겠습니다."

10억 엔이라. 준이치에게는 상상할 수 없는 금액이었다. CD를 삼십만 장 이상 살 수 있다, 한심하다. 하지만 반대로 생각하면 이 이야기는 준지로와 인연을 끊을 좋은 기회일지도 모른다. 아버지가 사무적으로 나온다면 이쪽도 그러면 된다. 주저하거나 망설일 필요가 없다. 자신에게는 문어발처럼 복잡한 그룹을 이끌어 나갈 재능도 없고, 사업에 대한 야심도 없다. 애초에 대학을 졸업하면 어딘가 작은 회사에 취직해서 가케이 가와는 인연을 끊고, 혼자 조용히 살기로 마음먹고 있었다.

"알겠습니다. 서류는 이미 준비해 놓으셨겠군요."

변호사는 어깨를 떨어뜨렸다. 안심한 건지, 준이치가 말도 안 되는 명령과 싸우지 않는 데 낙담한 건지 알 수 없었다.

다카나시는 인터폰으로 비서를 불렀다.

"아까 그 서류."

갖고 온 각서는 검은 파일에 든 스무 장 정도의 서류였다. 준이치는 첫 장을 반쯤 읽다가 나머지는 읽기를 포기했다. 어차피 전부 이해하지도 못한다. 갑은 을의 법정 상속권을 영구히 포기하고 을은 갑에 대한 보상으로 ⋯⋯.

"다카나시 씨가 잘 만들어 준 서류일 테니, 뭐 됐어요. 나는 인감 같은 것 없으니 여기 지장을 찍고 모든 걸 끝내겠습니다."

"잠, 잠깐만요, 준이치 씨. 내가 아는 변호사를 소개하겠습니다. 준이치 씨 처지라면 이 열 배의 금액을 받을 수도 있습니다."

"아뇨, 그만 됐어요."

청년의 뜻은 흔들림이 없었다. 오히려 개운한 기분이었다. 준이치는 과거의 자신을 자랑스럽게 생각했다. 이름을 쓰고 지장을 찍은 것은 첫 페이지와 마지막 페이지 두 군데씩이었다. 각서는 두 부를 만들어 한 부는 나중에 우편으로 받기로 했다. 방을 나올 때, 준이치는 다카하시 변호사를 돌아보며 말했다.

"아버지한테는 이제 만나지 않겠다고 전해 주세요. 건강하고 안녕히 계시라고."

준이치는 조용히 문을 닫았다. 얼핏 냉정해 보이는 청년의 마음에는 고요한 결의가 굳어지고 있었다. 나는 절대 결혼하지 않는다. 당연히 아이도 만들지 않는다. 평생 절대로 가족을 갖지 않는다. 혼자 살 것이다. 지금까지 그랬듯이 그리고 지금 철저하게 깨달았듯이.

마루 복도를 걸어가는데, 테니스화 바닥이 끽끽 귀에 거슬리는 소리를 냈다. 갓 스무 살이 된 준이치는 굳은 결의를 한 채, 막다른 곳에 기다리는 황금색 빛의 소용돌이를 향해 어두운 복도를 곧장 걸어갔다.

"준, 일어나."

누군가가 어깨를 흔들어 눈을 떴다. 눈앞에는 여기저기 얼룩이 진 회색 부직포 카펫이 깔려 있었다. 바닥에 침낭을 깔고 자고 있었던 것 같다.

"자, 일하자."

스무 평 남짓한 원룸 사무실 벽 쪽에는 당시 드물었던 21인치 대형 모니터가 딸린 컴퓨터 넉 대가 나란히 있었다. 이미 몇 명은 일을 시작한 것 같았다. 준이치는 침낭에서 기어나와 크게 기지개를 켰다. 몇 시간 눈을 붙이는 걸로는 붓고 열이 나는 눈의 피로도, 철판을 넣은 듯한 어깨와 등의 뭉침도 회복되지 않았다. 스물여덟 시간 연속 컴퓨터 게임을 했으니 당연한 대가였다.

빛의 소용돌이에서 내던져진 충격에서 정신을 차리고, 준이치의 의식은 생생하게 움직이기 시작했다. 이곳은 시부야 도겐자카에 있는 컴퓨터 게임 제작사 '게임 프런티어' 사무실이다. 사장이자 프로듀서 겸 디렉터인 구로사키도, 프로그래머 요시가와도, 그래픽 디자이너 도루의 모습도 보였다. 게임 음악은 당시 신시사이저 오타쿠인 음대생에게 외주를 주었다. 아직 그 회사가 활기 넘치고 가족적인 분위기였을 무렵이다. 힘들지만 즐거운 아르바이트였다.

각서를 교환하고 집을 나온 준이치는 다카나시 변호사에게 월 30만 엔의 생활비를 송금받았다. 하지만 송금에 의지하여 사는 것이 싫었던 준이치는 월세만이라도 직접 벌려고 일찌감치 아르바이트를 시작했다.

아르바이트 찾기에는 초등학생 때부터 단련된 게임 솜씨가 도움이 되었다. 이즈음 컴퓨터 게임은 장래 유망한 비즈니스의 한 분야로 주목을 받기 시작했다. 게임 프런티어에서 준이치가 하는 일은 완성된 게임을 철저하게 '완파하는' 것이었다. 버그를 찾고 게이밍 개량책을 제안하고, 난이도를 평가하고, 필요하다면 스토리에 깊이를 더하는 서브플롯을 고안하고, 마니아가 기뻐할 숨은 아이템 아이디어를 짜냈다. 영화로 말하자면 시나리오 각색과 편집을 관객 입장에서 하는 것과 같은 작업이었다. 아르바이트를 한 것은 대학 생활 후반 삼 년이었다. 이 바쁜 분위기를 보아하니, 4학년 가을의 아수라장이 아니었을까.

1990년 11월에 발매 예정인 닌텐도 '슈퍼마리오 패밀리 컴퓨터'의 등장에 맞춰서, 게임 프런티어에서도 롤플레잉 게임 신작을 준비했다. 마니악한 게임 팬이라면 기억할지도 모르겠다. 제목은 '로스트 인 더 다크', 지하 던전을 무대로 한 점잖은 검과 마법의 RPG(롤플레잉게임)였다.

이야기를 분석하면 RPG의 구조는 언제나 단순했다. 『로스트 인 더 다크』에서도 악의 마왕에게 빼앗긴 공주와 왕가의 보물, 그리고 마왕만이 아는 주인공의 진짜 이름과 출생의 비밀을 찾아, 종자를 거느린 히어로가 음산하고 때로 재미있는 환상세계에서 모험을 펼친다. 괴물과 공포와 싸우고, 길을 잃고 또 발견하고, 무수한 수수께끼에 대답하며 경험과 지성의 수치를 높여간다. 자기의 진짜 가능성을 찾아 판타지 세계에 헤매 들면서, 그래도 실제 인생보다는 지루하지 않게, 간결하게 전개하는 성장 스토리. 그것은 준이치에게도, 엄청난 수의 게임 팬에게도 몇 번이고 시도해 볼 가치가 있는 이야기였다.

정면에 놓인 모니터 속, 16×16 도트 그림으로 그려진 주인공이 세 명의 종자―승려, 여검사(女劍士), 격투가―를 데리고, 화면을 일렬로 가로질러 갔다. 모든 문, 모든 질문, 모든 함정과 결투를 하면서.

"준, 지하 제5플로어 마무리했다. 네 아이디어인 지저 호를 살렸어. 잘 체크해서 좋은 꺼리 있으면 부탁한다."

프로그래머인 요시가와에게 막 완성한 플로피디스크를 건네받았다. 대학생인 준이치는 보지도 않고 말없이 그걸 받아 들었다. 준이치의 사람을 피하는 버릇은 이 무렵 한층 심해졌다. 사무실에서 동료와 얼굴을 마주하고 밤샘 작업에 들어가도, 아무하고도 말을 하지 않는 일이 신기하지 않았다.

준이치는 무표정하게 플로피디스크를 열었다. 모니터에 파란 수정 호수가 펼쳐지자 저절로 가슴이 뛰었다. 이것이 마니아에게 인기였던 제5던전이구나. 하지만 아름답게 열매를 맺은 자신의 아이디어에도 준이치의 표정은 달라지지 않았다. 맑은 지저 호를 비추는 모니터를 둘러싸고 금색의 빛이 천천히 내려왔다. 빛나는 소용돌이는 컴퓨터와 우롱차 빈 깡통이 나란히 있는 책상을 조용히 삼켰다.

단백질과 유지방이 타는 고소한 향이 감돌았다. 하룻밤 말린 임연수어, 오징어 소면, 구운 주먹밥과 먹다 만 맥주병이 아무렇게나 널려 있었다. 냄새의 기억은 순식간에 되살아났다. 그곳은 뒤풀이 때 곧잘 이용했던 시부야 햐켄다나의 화로구이 집이었다. 삼십 대 전반의 사장 구로사키를 중심으로, 게임 프런티어 멤버들이 모여 있었다.

"유감이네.『로스트 인 더 다크』, 그럭저럭 평판 괜찮았는데."

나카니시 도루가 말했다. 도루는 준이치와 동갑이지만, 디자인 전문학교에 다니던 시절부터 컴퓨터 그래픽 일을 해서, 게임 업계에서는 이미 베테랑 부류에 들어갔다.

"사장님, 어디 돈 빌릴 데 없어요?"

프로그래머인 요시가와의 차분한 목소리가 들렸다.

"은행도 신용금고도 장난감 공장을 하는 지인한테도 다 돌아 봤어. 그렇지만 어디서나 새로운 담보를 대지 않으면 더는 한 푼도 빌려주지 않겠대. 아무리 좋은 작품이어도 제작 중인 게임을 담보로 맡아 주는 곳은 이 나라에 없어."

구로사키는 그렇게 말하고 단숨에 맥주를 마셨다. 컵 바닥이 탁자를 때렸다.

"그럼 어떻게 해야 좋을까요."

요시가와의 목소리는 언제나 그렇듯이 남의 일처럼 절박감이 없었다.

"『로스트 인 더 다크』에서 수입이 들어오면 그걸로 조금씩 제작을 계속할 수밖에 없지."

"그건 좀 힘들잖아요. 이제 그 게임은 한풀 꺾였으니까요. 우리 월급이나 사무실 유지비도 간당간당하면서."

언제나 자기가 생각한 것을 분명히 말하는 도루도 몹시 안타까운 것 같았다.

이해, 준이치의 대학 생활은 오 년째를 맞이했다. 버블이 깨졌어도 구직자 우위의 취직 시장은 여전히 계속되고 있었다. 내성적이고 과묵하고 가벼운 대인기피증인 준이치는 일반 회사에 취직하는 것을 생각할 수 없었다. 그 점, 대량의 오타쿠가 유입된 게임업계는 사회성이 부족한 규격 밖의 사람이어도 받아들여 주는 넓은 도량을 갖고 있다. 준이치에게 게임 프런티어는 사회로 통하는 유일한 문이었다. 그런데 자금난으로 신작이 중지되고, 그 회사가 일어서지 못할 상태가 되려 하고 있다.

준이치는 잘 못 마시는 맥주를 묵묵히 입으로 가져갔다. 얼굴에는 드러나지 않았지만, 내면의 갈등은 격렬했다. 비밀을 말하고 나면 동료들과 두 번 다시 지금까지처럼 어울릴 수 없을지도 모른다.

전해에 게임 프런티어에서 『로스트 인 더 다크』가 슈퍼패밀리 컴퓨터용에 맞서 발매되었다. 게임지나 평론가의 평가는 나름대로 높아서 만족스러운 결과였지만, 정작 중요한 매출에는 이런 분위기가 생각처럼 반영되지 않았다. 그러나 작은 제작회사는 멈춰 서는 게 허락되지 않는다. 한 작품의 성공을 확인하기 전에 다음 작품 『로스트 인 더 다크Ⅱ～매장된 천사』 제작을 급하게 추진했다.

처음에는 그때까지의 내부 융통으로 제작비를 맞춰 나갈 수 있었지만 파트Ⅱ부터는 이야기 자체 스케일이 현격히 커지기도 하여, 제작비가 첫 번째 작품의 몇 배로 뛰어 버렸다. 이럴 때 예산에 맞춰 스토리를 깎을 수 있는 사람은 애초에 게임 제작에 맞지 않는 사람이라고, 디렉터 구로사키 본인이 훗날 게임 전문지 인터뷰에서 얘기했다. 여기저기서 대출을 받으며 사원들이 무리해서 간신히 6할 정도 완성했을 즈음, 사운을 건 대작은 좌절해 가고 있었다. 일도 하지 않고 초저녁 이른 시간부터 이 화로구이 집에서 술을 마시는 것이 사원들의 일상이 되었다.

"저기 ……."

준이치는 주뼛거리며 입을 열었다.

"어쩐 일이야. 말하고 싶은 게 있으면 해."

"…… 앞으로 얼마 더 있으면 파트Ⅱ를 완성할 수 있어요?"

준이치는 눈을 내리뜬 채 작은 목소리로 물었다.

"시간 말이야, 돈 말이야? 돈만 있으면 준이 졸업할 때까지 완성할 수 있지."

"자금 문제입니다."

준이치는 얼굴을 들고 사장의 눈을 똑바로 보며 말했다.

"그러게, 앞으로 한 4천? 발매 때 광고나 홍보를 생각하면 5천만 엔은 있어야 하겠지. 그렇지만 무리하면 3천500만 엔으로도 어떻게든 될 거야. 너희 집, 엄청난 부자냐?"

준이치는 회사에서는 아무한테도 아버지 준지로나 가케이 그룹 이야기를 하지 않았다. 지방에서 올라와 혼자 살고 있다. 부모님은 사고로 돌아가시고, 숙부 부부에게 생활비를 송금받으며 대학을 다니고 있다. 어딘가에서 들은 고학생 이야기를 적당히 섞어서 경력을 얼버무렸다.

신작 시나리오의 3분의 1 정도는 준이치의 아이디어에서 나왔기 때문에, 준이치의 파트Ⅱ에 대한 애착도 그만큼 강했다. 지금까지 없었던 획기적인 전투 장면도 준비되어 있고, 도루의 그래픽도 숨을 삼킬 정도로 아름다운 장면이 곳곳에 있었다. 주인공을 둘러싼 수수께끼는 첫 번째 작품보다 훨씬 깊이를 더해, 그게임은 게임 키즈를 매료할 그 정의할 수 없는 이상한 흡인력을 갖추고 있었다.

준이치는 대박을 예감했다. 보통 제작 단계에서 그것은 단순한 냄새나 믿음에 지나지 않지만, 훗날 그 희미한 냄새를 느끼는 능력이야말로 어떤 강력한 자금력이나 연줄보다도 중요하다는 것을 뼛속 깊이 느끼게 될 것이다.

"…… 저기, 제가 그 자금을 …… 댈 수 있을지도 모릅니다."

탁자에 시선을 떨어뜨린 채, 준이치는 가는 목소리로 말했다. 맥주잔의 동그란 물방울 자국에 꼼꼼하게 접어 놓은 젓가락 봉지가 붙어 있었다. 그 한마디는 벼랑에서 뛰어내릴 용기가 필요했지만, 주위 반응은 태연했다.

"너, 어느 나라 황태자냐? 그러기에는 게임을 너무 잘하는걸, 준은."

도루가 옆에서 한마디 하자, 웃음소리가 터졌다.

"잠깐 조용히 해 봐."

구로사키 사장의 눈이 빛났다.

"넌 도루와 달리 반드시 자신 있을 때만 시나리오 아이디어를 내지. 그래, 준, 5천만 엔이야. 정말로 믿을 데가 있나?"

준이치의 입가에 경련이 일었다.

"침착하게 얘기해 봐."

"…… 어, 아마도 …… 아는 …… 변호사한테……부탁해서 준비할 수 있을 것 같아요 …….."

"네 마음대로 정할 수 있다니 그게 누구 돈인데?"

소리는 알아듣기 어려울 정도로 작아졌다.

"…… 어 …… 뭐, 제 돈이라고 …… 생각합니다."

"정말이야, 준? 너 대단하다!"

도루가 눈을 반짝거리며 말하자, 준이치는 산소가 결핍된 물고기처럼 호흡이 거칠어졌다.

"…… 그러지 마 …… 도루."

"뭐, 어떻습니까. 준이치 군, 부자인 게 부끄러운 건 아닙니다."

요시가와가 드물게 농담을 했다.

"좋아, 스폰서도 붙었고, 이렇게 됐으니 오늘 밤은 실컷 마시자. 준, 그 돈 이야기, 좀 더 자세히 해 줄래?"

구로사키가 맥주를 추가 주문하자, 가라앉았던 분위기가 단숨에 활기를 띠었다. 당장은 자신을 보는 주위의 눈이 달라지지 않을지도 모른다. 물수건으로 손바닥 땀을 닦으면서 대학생 준이치는 안도했다.

한편, 미래에서 이 시점에 돌아온 준이치는 감개가 무량했다. 때로는 놀라울 정도로 행운이 찾아올 때도 있는 법이다. 그 게임 『로스트 인 더 다크Ⅱ～매장된 천사』는 다음 시즌을 대표하는 대표작이 된다. 다카나시 변호사와 준이치가 만든 계약서에 따르면 준이치의 지분은 손익분기점을 넘긴 순이익 30퍼센트. 그래도 준이치는 투자액의 열 배 가까운 배당을 몇 년에 걸쳐 받게 된다.

비기너스 럭(beginner's luck)이라고는 하지만, 준이치의 천직이 이때 정해졌다. 파트Ⅱ의 성공을 계기로 준이치는 게임 제작자가 아니라 게임 제작자를 포함한 다양한 프로젝트를 자금으로 후원하는 벤처캐피털의 길로 들어서게 되었다.

물론 벤처캐피털이라는 말보다 준이치 자신은 '엔젤'이라는 명칭을 좋아했다. 경영학에서 말하는 엔젤이란 하얀 날개를 펄럭이는 신의 하인이 아니라, 벤처 기업 창업 때 일어서기 위한 자금(=시드머니)을 제공하고 창업을 후원하는 개인 투자가를 말한다. 벤처캐피털만큼은 주식을 요구하지 않고, 절대적인 경영권을 확보하려고도 하지 않았다. 돈은 대지만 아무런 간섭도 하지 않는 개인 투자가로, 벤처 사업 창업자에게는 천사처럼 고맙고, 일본에서는 천사처럼 실제로 만나기가 어려운 존재다.

오랜 세월 기름 연기로 꺼멓게 번들거리는 천장 대들보 사이로 빛의 소용돌이가 천천히 내려왔다. 황금색 빛은 화로에서 피어나는 연기를 만나자, 오로라처럼 번쩍이는 커튼이 되어 좁은 가게 안을 가득 채웠다.

자신이 선택한 길은 잘못되지 않았다. 만족스러운 혼은 빛나는 하얀 소용돌이로 사라져 갔다.

"넌 어떻게 할 거야?"

도루의 목소리가 들렸다. 준이치의 시선은 동그랗게 깎은 얼음이 가라앉은 온더록 글라스에 멈추어 있었다. 시선을 들자 정면의 거울 박힌 캐비닛에는 다양한 색과 모양의 술병이 얼어붙은 파도처럼 진열되어 있었다. 잔을 들어 한모금 마셔 본다. 보드카가 목으로 미끄러져 떨어지자, 들풀 향이 혀에 남았다.

"…… 나도 게임 프런티어 그만둘 거야."

목소리는 작았지만, 말은 매끄러웠다. 이 무렵 준이치도 도루와의 대화만큼은 부담스럽지 않게 되었다. 동갑이기도 하고, 같은 회사에서 보낸 사 년간의 노력이 열매를 맺은 것일지도 모른다. 옆 스툴에는 티셔츠와 반바지 차림에 예의 메이저리그 야구 모자를 쓴 도루의 모습이 보였다. 샌디에이고 파드리스.

"그렇겠지. 그래도 게임은 앞으로도 만들 거지?"

"아니, 난 제작에서 손을 뗄 생각이야."

"아깝네. 너라면 디렉터도 할 수 있을 텐데."

까만 피아노처럼 마감 처리한 카운터가 가게 안을 향해 뻗어 있었다. 회사 근처 노기자카에 있는 회원제 고급 바는 도루가 발견한 가게였다. 가게 안은 빨간색과 검은색의 모던한 투톤으로 통일했다. 벽에 걸린 스크린에는 영화 『시계태엽 오렌지(A Clockwork Orange)』가 소리를 죽인 채 비치고 있고, 어디 있는지 모를 스피커에서 라벨의 현악사중주가 나지막하게 흘렀다. 준이치는 신기했다. 영혼뿐인 존재에서는 모든 욕망이 사라졌는데, 음악의 매력은 조금도 달라지지 않았다. 제2악장의 격렬한 피치카토가 시작되자 가슴이 뛰었다.

『로스트 인 더 다크Ⅱ~매장된 천사』가 대박이 터지고, 작은 회사에는 큰 전기가 찾아왔다. 사원은 매주 늘어나, 도겐자카의 원룸은 이내 좁아졌다. 버블이 깨지고 두 해째, 도심의 사무실 임대료는 눈사태라도 난 것처럼 급락해서, 게임 프런티어는 아주 싼 보증금과 임대료에 노기자카 일등지에 있는 첨단 빌딩의 제일 위층 두 층을 새 사무실로 얻었다.

구로사키는 사장 일에 전념하고, 도루는 CG 디자인 실장, 준이치에게는 완성 검사실장이라는 직책까지 주어졌다. 준이치는 나이와 관계없이 부하를 다루는 게 고역이었다. 게임 조작에는 준이치를 능가할 부하가 없었지만, 공적으로건 사적으로건 의사소통을 하는 데 극도로 힘들어서 관리직은 할 수 없었다. 결국 지나치게 성공하는 것은 실패하는 것과 마찬가지구나, 준이치는 미래에서 씁쓸하게 돌아보았다.

"감사 그 노인네만 없으면."

"그러게."

"게임 제작하는 데 집단지도제니 원가계산이니, 그게 제대로 될 거라 생각한 건가, 그 영감탱이."

감사는 예전에 '파트Ⅱ' 제작비 대출을 꺼렸던 은행 출신이었다. 주거래 은행에서 온 트로이의 목마다. 구로사키는 새 게임 프로젝트를 네 편 동시에 진행했고, 차입금은 전에는 생각할 수 없을 정도의 액수로 불어났다.

"…… 도루는 어떻게 할 거야?"

"난 물론 게임 만들 거야. 준, 너 돈 대라. 좋은 아이디어도 있고 잘하는 놈들 몇 명에게 제안해 놓았어. 너한테도 말하려고 생각하던 참이었지만."

"그랬구나 …… 나도 회사를 만들려고 생각해 …… 유령 회사지만."

"무슨 회산데?"

"도루 같은 사람이 일을 할 수 있도록 …… 그, 대출해 주는 회사 …… 파트Ⅱ 때 게임 프런티어에 했던 것처럼."

"낙찰. 돈 대라. 그렇지만 우리 사무실에서는 감사 필요 없다."

"좋은 게임만 만들어 주면 돼 …… 난 그런 돈, 사실 아무래도 좋으니까."

잔을 부딪혔다. 도루네 회사는 대박은 터트리지 않지만, 독특한 게임으로 마니아 팬들을 사로잡는 감각 있는 게임 회사가 된다. 준이치의 회사에 오랜 동안 중요한 거래처가 된다.

내가 죽어서 도루는 어쩌고 있을까. 죽었다는 사실을 이미 알고 있을까. 플래시백도 끝날 때가 다가오고 있다. 자신은 대체 누구에게 어떻게 살해당했을까. 삶의 기쁨과는 멀었던 준이치의 인생에서 최대의 수수께끼가 명확해질 때가 가까워졌다.

현악사중주는 라벨에서 쇤베르크로 바뀌었다. 이 가게에는 사중주 마니아인 바텐더가 있는 게 분명하다. 피아노 선처럼 강인한 소프라노가 네 개의 현악기 사이를 달려 나와, 검은 송수관이 드러난 바의 높은 천장으로 사라졌다.

준이치의 음악 취향도 이십 대 중반에 걸쳐 바뀌기 시작했다. 6, 70년대풍의 멜로디나 편곡을 바탕으로 반성의 그림자도 없이 확대재생산을 계속하는 팝에 싫증이 나서 클래식을 듣는 일이 많아졌다. 물론 록 신보도 체크는 했지만, 열의는 없었다.

한쪽 눈에만 가짜 속눈썹과 화장을 하고, 웃으면서 여자를 강간하는 맬컴 맥도웰이 크게 비치고 있는 스크린에서 금색 빛의 소용돌이가 일어나 바를 감쌌다.

다음은 어느 미래로 날아갈까. 만약 현재를 따라잡으면 자신은 누군가에게 다시 한 번 살해되어 …….

비에 젖은 창이 보였다. 창밖에는 긴자 뒷골목의 고르지 않은 빌딩 그림자가 잿빛으로 펼쳐졌다. 앤티크 로즈우드 책상에는 신문이 던져져 있었다. 머리기사가 너무 커서 읽지 않아도 눈에 들어왔다. '교조 첫 공판!' 준이치는 한 번 더 신문을 집어 들었다. 옴 진리교 관련에 가려서 작아진 그 밖의 사건 마지막, 사회면 제일 구석에 시선을 보냈다. 평소 같으면 보지도 않을 부음난이었다.

가케이 준지로 씨(가케이 그룹 대표) = 15일 오후 7시 20분, 교통사고로 사망, 62세. 도쿄 도 출신. 장례식은 18일 정오부터 도쿄 도 주오 구 쓰키지 3-15 쓰키지 본원사에서. 상주는 장남 준타로 씨.

몇 번을 다시 읽어도 내용은 같았다. 아버지의 악명 높은 재건 전문가로서의 모습은 전혀 언급하지 않은 간결한 사망 기사였다. 준이치는 어떤 감정을 느껴야 할지 몰랐다. 멍하니 비 내리는 창을 바라보는 동안 시간은 흘러갔다. 죽어도 죽지 않을 사람이라고 생각했던 그 남자가 교통사고로 어이없이 죽다니. 예전의 장남으로서 뭐라고 해야 좋을까. 부모 자식의 인연을 돈으로 해소했다고는 하지만, 일 년에 한 번 정도는 얼굴을 마주칠 기회가 있었다.

그곳은 투자사 '엔젤펀드' 사무실이었다. 혼자 사용하기에 아무런 부족함 없었던 아홉 평 남짓한 원룸은 일에 필요한 사무기기만 놓여 있는 살풍경한 방이었다. 준이치는 관리가 귀찮아서 관엽식물 하나 가져다 놓지 않았다. 혼자 사용하는 사무실은 가

부키초 뒤, 긴자 3초메에 있는 적목 장난감 같은 포스트모던 스타일의 펜슬 빌딩 7층이었다.

준이치는 다카나시와 상담해서 주식회사를 설립했다. 대표에는 다카나시를 대신 앉히고, 변호사와 준이치 이외에 임원 세 명의 명의는 명의 대여 전문 업자에게 비싼 돈을 주고 샀다. 엔젤 펀드는 실질적으로는 완전한 준이치의 개인 투자사였다. 상사도 부하도, 보고하는 것도 보고받는 것도 싫었다. 그러면 시간이 너무 걸리고, 공동 작업은 너무 부담스러웠다.

비즈니스의 규칙은 간단했다. 자신이 결정하고 잘못하면 자신이 손해를 본다. 투자 밑천으로는 『로스트 인 더 다크Ⅱ~매장된 천사』로 부풀린 신탁기금을 썼다. 나카니시 도루의 회사뿐만 아니라, 이미 몇 개의 프로젝트를 진행하고 있었다. 신인 엔젤로서는 나쁘지 않은 출발이었지만, 준이치는 그것은 자신의 힘이 아니라고 냉정하게 판단했다.

어떤 업계 전체에 빛이 비치고 있을 때는 그저 흐름에 몸을 맡기고 있기만 하면 된다. 버블 붕괴 후의 경제계에서 게임 업계는 몇 안 되는 성장 산업이었다. 준이치는 먼 옛날 볼링장 한쪽 구석에서 벽돌 깨기를 만난 행운에 감사했다.

오늘은 그만 돌아가자. 준이치는 노타이셔츠에 마 재킷을 걸치고 차 키를 들었다. 복사기와 컴퓨터 전원을 끄고, 사무실 문을 잠갔다. 지하 주차장에는 초등학생 때부터 동경했던 은색 로터스 에스프리가 서 있었다.

하루미도리를 지나고 가치도키 다리를 건너 언제나의 길대로 가지 않고, 신오하시도리에서 핸들을 왼쪽으로 꺾었다. 오른쪽에 준지로의 장례식 준비로 바쁜 쓰쿠지 본원사의 둥그런 이슬람풍 청동 지붕이 비로 부옜다.

장례식 날, 내가 이곳에 올 일은 없을 것이다. 액셀러레이터를 밟자 터빈의 고주파 음이 날카롭게 울리고, 로터스는 비 오는 거리를 요란하게 달려갔다.

쓰쿠다 대교에 들어서자 고층 빌딩이 늘어선 강가의 풍경이 단숨에 펼쳐졌다. 하늘에는 재색 비구름이 무리를 이루지 않고 달리고, 다리 아래로 유리 지붕의 관광선이 천천히 거슬러 올라갔다. 세인트루크스의 트윈타워, 오카와바타 리버시터21, 수많은 오피스빌딩과 맨션. 스미다 강 양쪽 강가에는 새로운 고층 건물이 잇따라 솟아서 도쿄에서 가장 아름다운 도시 능선을 그렸다. 계절따라 하늘 색이 달리 비치는 수면이 펼쳐진 이곳이 니시신주쿠보다 낫지 않을까. 스케일이 작은 맨해튼 같았다.

그러나 그곳에는 뉴욕에서는 볼 수 없는 매력도 많았다. 로터스는 쓰쿠다 대교를 건너 쓰쿠다지마에 늘어선 집들을 미끄러지듯이 빠져나갔다. 생선 가게, 목욕탕, 스미요시 신사. 화단이

즐비한 골목은 우산을 쓰고 지나가기 힘들 정도로 좁고, 주택가를 가르고 빙 둘린 수로에는 무수한 유람선이 정박해 있었다. 그 모든 것이 잿빛 비에 젖어 있었다. 나룻배가 한가로이 쓰키지와 쓰키시마를 연결했던 옛날 도쿄의 변두리 이미지는 버블의 소란 속에도 무사히 버텨서 아직도 선명하게 남아 있었다.

오래된 주택가가 끊기고 자동차는 완만한 언덕으로 들어섰다. 손질이 잘된 초목 속에 대리석으로 둘러싸인 맨션 입구가 보였다. 리버 포인트 타워 제일 위층은 낮은 비구름에 수묵화처럼 녹아 있었다.

로터스는 지하 주차장으로 이어지는 경사면을 내려갔다. 준이치는 지하 주차장에서 36층의 집까지 엘리베이터로 단숨에 올라갔다. 기압 변동을 조정하기 위해 도중에 두 번 숨을 삼키는 것이 무의식중에 습관이 되었다. 준이치의 집은 넓은 원룸 맨션으로, 구입할 수도 있었지만 일부러 임대를 했다. 맨션을 자기 소유로 하는 것이 부담스러웠다. 준이치는 사람이나 물건과 끊을 수 없는 관계를 맺는 데 극단적으로 겁쟁이였다.

네 귀퉁이에 굵은 기둥이 튀어나온 거실로 돌아오자, 준이치는 CD플레이어 스위치를 켰다. 쓰러지듯이 소파에 누워, 위스키를 따른 잔을 가슴에 올렸다. 평소 같으면 스미다 강 하구의 수산 도매시장이 내려다보이는 창이, 비구름으로 물들어서 전면이 젖빛 유리 같은 회색 널빤지가 되었다.

맑은 코러스와 여유로운 현의 발걸음이 방에 가득 차고, 바흐의 '미사곡 B단조'가 시작되었다. 머릿속이 뜨겁고 몹시 졸렸다. 어느샌가 준이치는 양쪽 눈을 오른팔로 덮고 있었다. 조금쯤 울었을지도 모른다. 어쩌면 운 것은 꿈속의 일이었을지도 모른다. 그건 당사자인 준이치도, 플래시백한 혼도 알 수 없었다. 쏟아지는 하모니 속에 금색 빛이 찾아와서 소파를 부드럽게 감쌌다.

준이치는 시공의 벽을 넘어 시간도 장소도 예측할 수 없는 미래를 향해 빛나는 소용돌이의 바다 깊은 곳으로 떨어져 갔다.

**현재로
돌아오다**

밤하늘. 따듯한 바람. 똑바로 볼 수 없을 만큼 눈부신 초승달과
별들.

이곳은 어디일까.

준이치는 지금까지처럼 확실한 육체의 존재를 느끼지 못했다.

공중에서 천천히 한 바퀴 돌아보았다.

발밑에 펼쳐진 것은 지평선까지 이어지는 완만한 산들과 바람
에 일렁이는 밤의 나무들.

이곳은 그 악몽이 시작된 곳이다!

출발 지점으로 되돌아왔다.

나는 왜 살해당했을까. 누구에게 어떤 식으로 살해당했을까.
이래서야 전혀 알 수 없지 않은가. 플래시백이 죽음의 수수께끼
를 풀어 줄 것으로 기대했건만.

준이치는 따듯한 어둠을 떠돌며 잃어버린 결말에 어이없어하

면서, 자신의 죽음을 의심할 여지 없는 사실로 받아들였다. 준이치는 인생의 단편을 다시 살며 깨달았다. 자신의 인생은 시시하고 가치 없는 일생이었다. 준이치의 죽음에 눈물을 흘리는 사람은 없을 것이다. 가족도 친구도 애인도, 계약 애인조차도 없다. 아무도 사랑하지 않았고 아무에게도 마음을 열지 않았으니, 누구 하나 울어 줄 리 없다.

준이치는 자신을 가련하다고도, 다시 한 번 산다면 좀 더 충실한 삶을 선택할 거라고도 생각하지 않았다. 간단한 결론이다. 자신 같은 사람은 차라리 죽는 게 나았다. 준이치는 동물이나 곤충의 울음소리가 러시아워처럼 시끄러운 밤의 숲을 내려다보고 있었다. 저 생의 세계를 접하는 일은 이제 없을 것이다. 살기 위해 목숨을 서로 빼앗고, 끝없이 계속되는 순위 매기기와 의자 뺏기 게임. 그것은 문명화한 인간 사회에서도 마찬가지 아닐까.

준이치는 숲 속의 빈터에 흐물흐물 내려갔다. 흉악한 2인조가 자신의 시체를 묻은 곳. 아마 부패와 백골화가 진행되고 있을 자신의 시체.

꿈처럼 흔적도 없기를, 하고 마음 한편으로 기대하면서 구덩이 위의 상공에 정지했다. 살아 있을 때의 버릇이 남은 것일까. 예전의 시선과 같은 높이에 자연스럽게 떠 있었다. 지면을 확인해 보니 삽으로 긁어 놓은 자갈 섞인 흙의 표면에는 장화 발자국이 남아 있었다. 역시 꿈이 아니었다. 다시 상공으로 돌아와, 하얀 왜건이 사라진 농로를 더듬어 이동해 보기로 했다.

밤공기는 짙은 신록의 냄새로 가득했다. 빛과 소리에 과민하듯이 냄새에도 민감해진 건가. 준이치는 공기 속에 몇 겹으로 포개진 다양한 종류의 냄새를 맡을 수 있었다. 꽃과 잎과 줄기의 미묘하게 다른 냄새, 달콤새콤한 흙냄새, 먼지 내 나는 마른 돌멩이 냄새. 모든 것이 태어나서 처음 맡는 신선한 냄새였다. 여름밤 하늘에는 극채색 향의 리본이 나풀거렸다.

날아가는 속도는 고작 시속 몇십 킬로미터 정도로 액셀러레이터를 밟으면 경차도 따라잡지 못할 것 같다. 왼 다리를 절면서 걷는 것보다 훨씬 빨랐지만, 이 산속에서 만약 도쿄까지 이동하려면 엄청나게 시간이 걸릴 것이다.

준이치는 도쿄를 자신의 고향이라고 생각한 적이 없었다. 무표정한 타인이 어수선하게 모인 거리, 건조한 콘크리트와 유리의 거리, 사람들이 태연하게 어깨를 부딪히며 오가고, 배기가스와 음식물 쓰레기 집하장 냄새가 나는 도시. 도쿄의 단점을 줄줄이 꼽으면서 입가에는 저절로 미소가 지어졌다.

밤하늘을 달리는 준이치의 뇌리에 쓰쿠다의 맨션 발코니에 펼쳐진 도쿄의 시내가 선명하게 되살아났다. 스미다 강에서 돌출한 모래톱에서 곧게 하늘로 뻗은 오카와바타 리버시티21. 알전

구를 뿌려 놓은 듯한 도쿄의 야경. 몇 개 안 되는 별이 힘없이 반짝이는 밤하늘. 이미지는 점점 예리해져, 눈을 뜬 채 꿈을 꾸는 것 같았다.

그 도시로 돌아가고 싶다! 도쿄가 내가 있을 곳이다.

시계가 똑딱 하고 일 초가 지날 사이, 완벽한 공백이 준이치의 의식에 찾아왔다.

장면 전환은 갑작스러웠다. 눈을 뜨니 까마득한 아래쪽에 납색의 스미다 강이 흔들리고 있었다. 가치도키 다리의 난간은 파란색과 초록색 조명 속에 떠오르고, 세인트루크스 트윈타워에는 대부분 층에 불이 켜져 있었다. 수면에서 들려오는 파도 소리, 자동차 클랙슨, 백 군데 가까운 몬자야키 가게가 줄줄이 이어져 있는 쓰키시마 상점가의 흥청거림. 생기가 도는 시내의 소음이 한 덩어리가 되어 발밑에서 쓰나미처럼 밀려와 준이치는 하늘 높이 날려 올라갔다.

시끄러운 도시의 잡음에 얻어맞는 것이 기뻤다. 어떻게 해서인지는 모르겠는데, 순식간에 준이치는 도쿄로 돌아와 있었다. 어린 시절 열중했던 SF소설처럼 순간이동을 한 걸까. 영문을 모르는 채 환성을 지르며, 스미다 강과 하루미 운하를 나누는 빛의 탑 주위를 날아다녔다.

흥분이 가라앉자, 한 번 더 지금의 '이동'을 시도해 보기로 했다. 그것은 사후의 존재가 갖는 본연의 능력일지도 모른다. 이번에는 36층 자신의 집에서 수십 미터 떨어진 공중에 떠서, 자택 거실을 강하게 떠올렸다.

베이지색 천의 러브소파. 청소할 때 옮기기 성가셨던 무거운 유리 테이블. 책과 CD가 잡다하게 꽂힌 오픈 선반. 북엔드 대신 사용하는 것은 오키나와산 시사(사자 모양의 조각상—옮긴이)였다. 키 높이 정도 되는 거대한 스피커 사이에는 36인치짜리 텔레비전과 모든 종류의 가정용 게임기가 전용 선반에 수납돼 있었다. 벽에는 포스터나 액자 같은 것이 하나도 없었다. 공허한 주인과 마찬가지로 안락함이라곤 없는 공허한 집이었다.

다시 일 초 정도 느낄 수 있는 완전한 공백이 찾아왔다.

의식을 되찾은 준이치는 거실에서 소파에 걸터앉아, 방 안을 바라보았다. 익숙한 집에 돌아와 보니, 육체가 없다는 사실을 믿을 수 없었다. 에어컨이 조용히 윙윙거렸다. 실내에는 싸운 흔적도 없고, 정리는 잘되어 있어 전혀 이상함을 느낄 수 없었다. 소파에서 올려다본 벽시계는 아홉 시 십오 분을 가리키고 있었다.

준이치는 소파에서 책상으로 이동했다. 이 따뜻함을 보아하니 계절은 아마 여름일 것이다. 몇 년도일까. 마지막으로 플래시백한 시점에서는 아버지 준지로의 사고 소식이 보도되었다. 그것은 아마 1996년일 것이다. 책상 달력을 확인했다.

1998년!

두 해나 기억이 빠져 버렸다. 잃어버린 두 해 동안 무슨 일인가 일어났고 그 결과, 자신은 살해되었다. 죽음의 수수께끼를 풀고 싶다, 진실을 알고 싶다는 욕구가 온몸으로 느끼는 것처럼 확실하게 준이치의 속에서 끓어올랐다.

준이치는 그날 밤 오랜만에 자기 집에서 보냈다. 바로 조사를 시작했다. 지하 주차장을 확인하니, 로터스는 언제나처럼 주차 공간에 서 있었다. 한동안 사용하지 않았는지, 보닛의 먼지가 꽤 두꺼웠다.

1층 우편함을 보니 몇 통의 우편물이 보였지만, 우편함은 거의 비어 있었다. 우편함 문에 붙은 다이얼식 열쇠를 돌리는 것도 편지를 꺼내는 것도 할 수 없었다. 준이치에게 물리적인 힘은 전혀 없어, 전단 한 장 꺼내는 것조차 할 수 없었다. 목적지로 순간 이동은 할 수 있지만, 준이치는 완전히 무력했다.

이 맨션은 임대료, 광열비, 관리비가 은행 계좌에서 자동이체 되어, 집주인이 없어도 당분간은 영향이 없을 것이다. 육체가 없는 집주인이 살기에는 적절한 집이었지만, 그 유리함은 자신을 죽인 범인에게도 마찬가지다.

서향의 거실에서 도쿄 만 일출은 보이지 않았지만, 새벽이 가까워지자 준이치는 자신도 모르는 사이 금색 빛의 소용돌이에 삼켜졌다.

다음 날 밤부터 잃어버린 기억을 되찾기 위한 탐색을 시작했다. 준이치는 기억에 남은 모든 장소를 순간이동으로 찾아가 보았다. 기치조지의 아버지 집, 한밤중의 학교, 게임제작사 몇 곳, 긴자의 엔젤펀드. 그러나 준이치의 기억 장애는 막강했다. 생애 마지막 두 해의 공백이라는 벽은 꿈쩍도 하지 않았다.

어느 날 밤, 준이치는 추억 여행을 나섰다. 괴로운 첫 체험을 마친 러브호텔은 어떻게 되었을까. 맑게 갠 여름밤, 쓰쿠다의 맨션에서 시부야까지 순간이동을 하지 않고, 열기가 남은 하늘을 날기로 했다.

잔업에서 돌아오는 회사원, 손님을 기다리는 택시, 원색의 네온사인. 밤의 도시를 만드는 모든 것이 반갑게 느껴졌다. 쾌적한 속도로 여름 하늘을 달리자, 눈 아래 규칙적으로 늘어선 가로등 불빛의 리듬에 취해 버릴 것 같았다. 짙은 감색의 밤하늘을 등진 여름 가로수, 신호등의 파란색, 고층 빌딩 모퉁이에서 깜빡이는 빨간 항공 장애등. 도쿄의 밤은 아름다운 것으로 가득했다.

시부야에 도착하자 인파를 내려다보며 도겐자카를 떠돌았다. 낯익은 커피숍 모퉁이를 돌아 추억의 호텔을 들여다보았다. 지금쯤 오다키 요리코는 어떻게 지내고 있을까. 결혼해서 아이도 생겼다고 들었는데. 순간이동에 맞춰, 빨간 벽돌 방의 이미지를 떠올렸다.

정신을 차리고 보니 준이치는 캐노피가 달린 침대 위에 떠 있었다. 시폰 커튼을 통해 십 대 커플이 포개져 있는 것이 보였다. 어두컴컴한 시트 위, 소년의 마른 등에 근육의 그림자가 나타났다가는 사라졌다. 피부 아래 무언가 다른 생물이 있는 것 같았다. 소년의 왼쪽 귀에는 은색 피어스가 한 줄로 부옇게 빛났다. 소년의 아래에는 수영복 자국도 없이 온몸이 근사한 갈색인 소녀가 껌을 씹으면서 다리를 벌리고 있었다.

"유리, 좀 빨아서 서게 해 줘."

"좋아."

유리라는 소녀는 껌을 뱉어서 침대 옆에 붙였다. 금색에 가까운 머리를 고무줄로 묶고, 익숙한 손놀림으로 소년의 성기를 잡았다. 준이치는 공중에 뜬 채, 호기심에 치달려 두 사람의 작업을 지켜보았다. 소녀는 잠시 후 입을 떼고 말했다.

"이 정도면 됐지?"

소녀는 천장을 향해 누우며 다리를 폈다. 소년은 다시 소녀 위에 포개졌다. 리듬이 맞지 않는 어색한 움직임이 이어져, 지루해진 준이치는 방 안을 둘러보았다. 소파도 텔레비전도 새것으로 바뀌었다. 폴라로이드 카메라는 없어지고, 새롭게 노래방 기기와 마이크, 게임기 컨트롤러가 생겼다. 예전의 직업이 직업이어서, 준이치는 게임기에 세팅된 소프트웨어를 체크했다. 그리운 『로스트 인 더 다크Ⅱ』. 이용해 주셔서 감사합니다.

침대에서 들리는 소년의 신음이 시끄러워졌다.

"안 돼, 오늘은 안에 하면."

"그렇지만 …… 유리 …… 참을 수가 …….”

소년의 하얀 엉덩이가 경련을 일으키며 움직임을 멈추었다. 이쪽을 향한 왼쪽 엉덩이에 커다란 종기가 두 개 보였다. 다들 똑같구나, 준이치는 미소를 지으려고 했다.

그때, 눈앞에 수천 개의 플래시가 일제히 터지듯이 섬광이 쏟아지고, 시야는 어둠에 감싸였다. 모든 것을 관통할 듯한 날카로운 빛이 러브호텔의 낡은 방을 가득 채웠다. 빨간 벽돌 벽의 먼지 낀 틈새조차 빛으로 넘쳤다. 잠시 후 그 빛은 천천히 후퇴하여 한 점으로 수습되어 갔다. 남은 것은 단 한 개의 알갱이. 그 입자는 수영복 자국이 없는 소녀의 매끄러운 아랫배 위에 떠 있었다. 구슬만 한 크기로 천천히 회전했다. 이따금 빛을 머금은 하얀 구슬에서 광선이 새어 나왔다. 준이치는 어안이 벙벙하여 소녀를 보고 있었다.

"뭐 하는 거야, 안 되잖아. 오늘은 위험한 날이라고."

소녀는 아무 일도 없었던 듯이 티슈를 사용했다. 아랫배를 닦는 소녀의 손이 지나가도 빛 구슬은 조용히 반짝이고 있었다. 저 섬광이 이 두 사람에게는 보이지 않았던 걸까.

"미안, 미안, 유리, 기분이 짱 좋아서."

소년도 티슈를 꺼냈다. 빛 구슬은 소년의 배에는 떠 있지 않았다. 학교 이야기, 아르바이트 이야기, 두 사람의 천진난만한 대화는 계속되었지만, 준이치의 귀에는 전혀 들어오지 않았다.

그 하얀빛은 분명 새 생명 탄생의 섬광이다. 준이치는 시부야 역 하치코 광장으로 날았다. 만남의 장소여서 붐비는 광장 공중에 떠서 여성들을 관찰했다. 배에 하얀빛 구슬을 품고 걸어 다니는 여성이 드물게 눈에 띄었다. 임신 후기여서 배가 불룩한 여성에게는 크기는 똑같지만 더 밝게 빛나는 구슬이 보였다. 중학생으로밖에 보이지 않는 어린 소녀가 교복 치마 위에 그 빛을 달고 있어서 놀라기도 했다.

거리에는 이토록 생명의 빛이 넘치고 있구나. 준이치는 하치코 광장 상공에 높이 뜬 채, 지나가는 인파를 께름칙한 마음으로 보고 있었다.

밤하늘을 날거나, 타인의 생활을 훔쳐보는 것 이외에도 사후 세계에는 큰 즐거움이 존재했다. 준이치의 경우, 그것은 영화와 음악이었다.

연일 탐색에 지쳐 나가떨어졌을 때, 영화관의 어둠은 마음을 평온하게 했다. 지정석의 하얀 커버 몇 미터 상공에 떠서 감상하는 영화는 고독한 준이치에게는 딱 좋은 스트레스 해소법이었다. 자신의 몸을 뚫고 지나가는 빛이 스크린에서 아름다운 여배우가 흘리는 눈물이 되기도 하고, 괴물이 흘리는 산성의 타액이 되기도 한다. 살아 있을 때는 거액의 제작비를 선전하는 액션이나 SF 대작을 좋아했지만, 사후에는 섬세한 감각으로 그린 연애영화나 가족영화에 끌렸다.

그것은 전보다 훨씬 민감해진 시각과 청각 탓도 있을 것이다. 발포나 폭탄 장면의 백열광과 굉음은 준이치에게 물리적이라고 해도 좋을 정도의 충격을 주었다. 실제 죽음을 체험해 보니 영화 속에서 연기하는 허구의 죽음에는 관심이 덜해졌다. 가짜 죽음과 잔혹함을 내세운 작품에서 저절로 발길이 멀어졌다. 주말 밤은 오로지 심야 극장을 전전하는 것이 사후의 새로운 습관이 되었다.

영화는 독서의 빈자리 메우기란 의미도 클지 모른다. 준이치는 생전에 중증의 활자중독증이었다. 긴자의 아사히야, 구마자와 서점이나 이에나 같은 단골 서점에 들러도 표지밖에 볼 수가 없었다. 그 많은 책의 홍수 속에서 단 한 권도 펼쳐 볼 수가 없었다. 마음에 드는 책을 뽑아 그 두께와 무게를 손바닥에 느끼고, 종이 질과 문자열을 차분히 즐기고 싶었다. 싫어했던 저자의 사진조차 반갑게 느껴졌다. 여느 손님처럼 지루한 척 가장하며 서서 읽다가 손에 몇 권 들고 돌아오는 길에 커피숍에서 읽을 수 있다면 돈이 얼마라도 낼 텐데.

그래도 사후의 깊이 있는 즐거움이라는 점에서는 영화보다 음악 쪽이 훨씬 근사하지 않을까, 준이치는 그렇게 생각했다. 사후의 '생'에서 최대의 예술은 음악이었다. 아니, 음악은 죽은 이를 위해 존재하는 예술이라고 하는 편이 좋을지도 모른다. 준이치는 밤마다 생각날 때마다 순간이동으로 콘서트홀을 찾았다.

클래식, 재즈, 록, 솔, 팝, 포크, 에스닉, 가요곡, 민요. 장르는 무엇이든 상관없었다. 그곳에 좋은 음악만 있으면 음악은 글자 그대로 준이치의 혼을 떨게 했다. 공기처럼 실체 없는 사후의 존재를 아름다운 음의 파도가 직접 흔드는 것일까. 육체가 없는 마음에 음악은 촘촘히 스며들었다.

음악이 이토록 아름답게 들리다니, 음악을 좋아했던 준이치조차 예상 못 한 일이었다. 피아노 화음 하나, 바이올린 현 긋기 하나, 전자기타의 스트로크 하나, 땅울림처럼 낮게 조율된 베이스 드럼. 단 하나의 소리가 준이치를 슬픔과 기쁨의 정점으로 가뿐하게 데려가 주었다.

자리에 얽매이지 않는 것도 사후 음악 감상의 멋있는 점이었다. 어떤 때는 솟아 있는 파이프오르간 끝에 앉아 백 명의 오케스트라를 내려다보고, 어떤 때는 피아니시모를 연주하는 그랜드피아노 아래 드러눕고, 어떤 때는 무대에서 백댄서와 함께 미친 듯이 춤을 춘다. 콘서트는 매번 멋진 음악 축제가 되었다.

불만인 점은 한 가지. 자신의 방에 누워서 편히 음악을 들을 수 없다는 것이다. 전용 선반에 수납해 놓은 수천 장의 CD는 바라보기만 할 수 있어서 도움이 되지 않았다. 콘서트에서 외로운 것은 선곡이 자유롭지 않다는 것으로, 준이치는 장르의 벽을 넘어 흥이 나는 대로 CD 듣는 것을 좋아했다. 바흐, 바르톡에서 비치 보이스, 브라이언 페리를 거쳐 서아프리카의 민족음악과 오키나와 민요로. 신간을 읽고 좋아하는 음악의 새 음반을 자신의 스테레오로 여유롭게 들을 수 있다면 좋을 텐데.

그렇게 콘서트를 찾아 다니다가 어느 날 밤, 준이치는 처음으로 자기 이외의 죽은 이를 만나게 되었다.

그날 밤 콘서트는 실내악이었다. 이케부쿠로의 도쿄예술극장 중간 홀. 원형 극장의 1층은 60퍼센트쯤 찼지만, 2층은 한산했다. 현악사중주 곡은 하이든, 베토벤을 마치고, 프로그램 마지막 연주곡인 쇼스타코비치 6번에 접어들었다. 준이치는 마지막 악장의 제1바이올린에 맞춰 공중에서 춤을 추었다. 북풍에 날리는 낙엽처럼 비틀거리면서 끝없이 날아오르는 선율을 타고, 홀이 높은 천장에 거꾸로 포물선을 그려 보았다. 다리가 불편해서 내성적이었던 준이치는 살아 있을 때는 춤을 춰 본 적이 없었다. 그런데 지금은 쇼스타코비치의 복잡한 멜로디에 맞춰, 공중을 오르락내리락, 한 바퀴 돌았다가 지그재그로 왔다 갔다 하며 무중력 상태의 발레 댄서처럼 영감에 몸을 맡기고 자유롭게 춤을 추었다.

"즐거워 보이네요."

노인의 쉰 목소리가 들려, 준이치의 공중 발레는 급정지했다. 찬물을 퍼부은 듯이 등줄기에 오한이 달렸다.

"아, 계속하세요, 계속."

목소리밖에 들리지 않았다. 준이치는 공중에서 정지한 채 주위를 둘러보았다. 아무도 보이지 않았다. 공포가 슬금슬금 발끝에서부터 기어올라 왔다. 준이치는 순간이동 준비를 하면서 말을 쥐어짰다.

"…… 모습을 보여 주지 않겠습니까?"

사후 처음으로 내는 소리는 가늘고 쉰 소리여서 다른 사람 같았다.

무대 한쪽 구석의 그늘에서 반투명 비닐봉지로 만든 인형 같은 것이 떠오르더니, 금세 남자 모양을 만들었다. 흰 셔츠에 검은색에 가까운 재색 슈트와 넥타이. 가죽 구두는 검은색. 옷이 두 사이즈는 커서, 헐렁한 천 속에 철사 공작품 같은 몸이 헤엄치고 있었다. 어딘지 모르게 지친 분위기가 나는 몸집 작은 초로의 남자로, 축 처진 하얀 눈썹 아래에는 성실해 보이는 작은 눈이 반짝거렸다.

"놀라게 해서 미안해요. 난 고구레 히데오라고 합니다. 마음에 안 들면 이대로 물러나겠습니다만."

노인은 공중에서 가볍게 머리를 숙였다. 몸을 흔들며 열연하는 사중주의 상공 3미터 높이에서 두 사람은 마주 보았다. 준이치는 눈을 내리뜬 채 자기소개를 했다.

"아뇨, 그대로 ……. 나 이외의 유령 …… 이라고 할까요 …… 을 만나는 것이 처음이어서 놀랐을 뿐입니다 …… 고구레 씨 말고도 있습니까?"

"간혹 있습니다. 이곳은 어수선하니 2층으로 옮길까요?"

고구레가 앞장서서 공중을 날아, 난간 너머로 무대와 객석이 내려다보이는 2층 특등석 의자에 앉았다.

"영혼은 살아 있는 인간만큼 많지는 않습니다만, 찾으면 있습니다. 이쪽 세계에 강한 미련을 남긴 사람들이 많죠. 당신이 누구와도 만난 적이 없는 것은 당신 자신이 무의식적으로 다른 영혼과는 만나지 않겠다는 파장을 보내며 존재하기 때문입니다. 깊은 원한을 가진 사람도 있어서 단독 행동을 하는 사람은 다들 그냥 내버려 둔답니다. 긁어 부스럼을 만들지 않는다고 할까요. 콘서트에서 당신을 몇 번 봐서 마음먹고 말을 걸었습니다만, 실례가 되지 않았습니까."

검버섯이 핀 고구레의 손 너머로, 의자의 빨간 천이 그대로 보였다.

"고맙습니다. 아무하고도 만나고 싶지 않다는 생각은 하지 않았습니다. 그저 어쩌다 보니 혼자 이 세계에 돌아와 있더군요."

"그런 사람도 있습니다. 하지만 좀 지나면 다른 존재를 깨닫고 대화를 하게 되죠. 근데 당신은 자기 적성도 모르는 것 같군요."

준이치는 시선을 돌린 채 잠자코 있었다. 적성검사라는 걸 떠올렸다. 사후 적성검사?

"적성이라기보다 특기라고 할까요. 예를 들어 나 같으면 …… 좀 봐 주세요."

고구레는 오른손을 들어 마른 가지 같은 손가락으로 공중에 빙글빙글 원을 그렸다. 동시에 바람도 없는 홀에 작은 회오리바람이 일어나고, 콘서트 전단이 천장 높이 날았다. 몇 명의 손님이 놀라서 2층 쪽을 올려다보았다.

"대단해요."

"아뇨, 대단하지 않습니다. 아무리 유령이어도 개인기가 있는 법이죠. 어떤 이는 빛을 조종하고, 어떤 이는 비나 물에 작용하고, 어떤 이는 나처럼 바람을 사용합니다. 특이한 사람은 동물이나 곤충이나 식물하고 대화하는 사람도 있어요."

"어떻게 하면 자신의 적성을 알 수 있나요?"

끝없이 이어지는 앙코르 속에, 준이치는 몸을 내밀며 물었다.

"적성은 처음부터 정해진 것이지, 자기가 선택하는 것이 아닙니다. 당신이 처음에 눈을 떴을 때, 뭔가 특이한 표시가 없었습니까? 어떤 자연현상이 있었다거나. 자세히 얘기해 보세요."

어딘지 모를 숲에 있는 구덩이 이야기를 했다. 그 악몽 같은 밤의 자세한 이야기. 고구레 히데오는 슬픈 표정으로 듣고 있었다.

"그래서 자동차 방향지시등이 심장 박동에 맞춰서 이상한 점멸을 했군요. 나 때는 태풍 같은 강풍이 갑자기 불어 댔어요. 아마도 당신 경우는 전기일지도 모르겠네요. 전기를 사용하는 사람도 최근에는 많아졌으니."

"전기를 어떻게 하는 겁니까?"

"전기의 흐름을 바꾸는 겁니다. 전기기기를 이용하여 소통의 수단으로 삼죠. 혹은 ……."

온화했던 고구레의 얼굴에서 감정이 사라졌다. 순식간에 나무

탈 같은 굳은 표정이 되었다.

"…… 복수를 위해 사용할 수도 있어요."

그 말을 들었을 때, 준이치의 마음속에서 무언가가 슬그머니 움직였다. 이끼 낀 바위를 뒤집은 것 같았다. 마음속 저 밑바닥에 눌러 두었던 어두운 감정이 일제히 움직이기 시작하는 것을 느끼고, 준이치는 숨을 삼켰다.

"어떻게 하면 적성을 더 키울 수 있을까요?"

"꾸준한 의지력과 단련으로. 사람마다 제각각 방식이 다르니, 당신한테 조언할 수는 없습니다."

몹시 낙담했지만, 대답은 자연스럽게 나왔다.

"알겠습니다 …… 얼른 집으로 돌아가서 해 보겠습니다."

고구레 히데오에게 부드러운 미소가 돌아왔다. 다시 손가락 끝으로 회오리바람을 만들자, 콘서트가 끝나고 돌아갈 채비를 하느라 웅성거리는 홀에 잔물결처럼 바람이 달렸다. 몇 명의 여성이 치맛자락을 눌렀다.

"이 정도 할 수 있게 될 때까지 몇 개월이나 걸렸답니다. 뭐, 나는 늙어서 그렇지만. 당신이라면 아직 젊으니 습득도 빠를 겁니다."

"고구레 씨를 또 만나려면 어떻게 해야 합니까?"

"나도 곧잘 실내악 콘서트에 옵니다. 여기저기 콘서트홀을 찾아 보세요."

준이치는 인사를 하고 쓰쿠다 맨션을 떠올렸다. 전기로 무엇을 할 수 있을지는 모른다. 하지만 오늘 밤부터 시작해 보자.

사후 처음으로 할 일이 생겨서 준이치는 그날 밤 마냥 기뻤다.

집에 돌아와서도 무엇을 해야 할지 도통 알 수 없었다.

거실은 어둠 속에 가라앉았고, 켜져 있는 에어컨 소리만 조용히 흘렀다. 준이치는 생각했다. 방향지시등을 점멸할 수 있었으니, 아마 전기제품을 켜고 끄는 것도 가능하지 않을까. 그것도 물리적인 동작은 무리일 테니, 기계식이 아니라 전자식 스위치 쪽이 희망이 있을 것 같았다.

처음에 선택한 것은 책상에 놓인 매킨토시였다. 재색 화면을 보며, 움직여, 움직여, 하고 필사적으로 생각을 모아 보았다. 집중은 십오 분 정도밖에 이어지지 않았다. 모니터보다 컴퓨터 본체 쪽이 좋을지도 모른다, 그렇게 생각하고 책상 옆에 앉아 바닥에 놓인 랩톱형 본체에 다시 명령했다. 하다 지쳐서 소리를 내 보았다.

움직여. 켜. 움직여. 연결해. 작동해. 흘러. 눈 떠.

속삭임에서 소리를 쥐어짠 절규까지 생각나는 모든 말로 매킨토시에 말을 걸고, 명령하고, 애원했다. 그러나 한 시간, 두 시간 필사적으로 노력해도 모니터는 무표정한 잿빛이고 본체 전원도 켜지지 않았다.

새벽녘, 준이치의 인내도 한계에 이르렀다. 또 내일 밤이 있어. 준이치는 자신을 격려하면서 새벽의 금빛 소용돌이 속으로 사라졌다.

다음 날 밤도 바로 전기 연습에 돌입했다. 뭐라도 한 개쯤은 궁합이 맞는 기계가 있을지 모른다. 컴퓨터뿐만이 아니라, 집에 있는 모든 가전제품에다 시도해 보았다. 모든 방의 전등, 텔레비전, 비디오, 스테레오, 전기면도기, 냉장고, 전기밥솥, 시계, 카메라, 믹서, 욕실 수온 조절판, 원두 분쇄기, 환풍기, 작은 모터가 들어간 전기식 참깨 분쇄기부터 화장실 비데 스위치까지. 전기제품은 뜻밖에 많은 곳에 존재했지만, 어느 것 하나도 주인의 명령을 듣는 것은 없었다.

그날 밤이 끝날 무렵에는 전기제품만 눈에 띄면 반사적으로 "움직여!" 하고 마음속으로 생각하는 게 버릇이 되었다. 짜증 나긴 했지만, 준이치는 포기하지 않았다. 아직 두 밤밖에 도전하지 않았다. 고구레 히데오는 무슨 일이든 꾸준한 의지와 인내가 필요하다고 했다.

장기전을 각오하고, 다음 날 밤부터 전처럼 영화나 콘서트에도 가게 되었다. 한번은 시부야의 오차드 홀에서 고구레와 얘기할 기회가 있어서, 준이치는 자신의 연습 방법과 악전고투를 보고했지만, 고구레는 웃기만 할 뿐이었다.

"힘들겠지만, 그럴 때 열심히 해야 해요."

기분 전환 삼아 나간 외출에서 돌아오면 전기제품에 명령만 하는 단조로운 생활이 다음 날 밤에도 또 다음 날 밤에도 계속되었다. 그리고 이 주 뒤, 준이치의 의지력은 바닥을 보여 갔다. 그러나 아무리 정신을 집중해 명령해도 기기는 전혀 반응하지 않았다.

무서운 의심은 전기 부리는 연습을 시작한 지 십칠일 째, 새벽 세 시가 지나서 찾아왔다.

사실은 나한테 전기 적성 같은 게 없는 것 아닐까.

처음에는 작은 의문이었다. 쓸데없는 노력을 하고 있는 게 아닐까. 미미한 의지력과 어리석은 믿음에만 의지하여 두 주 동안이나 막다른 길에서 헤매는 것뿐인 게 아닐까. 일단 자기 자신을 의심하기 시작하자, 폭풍우의 구름처럼 급속히 부풀었다.

무엇보다 스위치를 켜서 어쩌겠다는 건가. 면도기도 필요 없고, 보고 싶은 텔레비전 프로그램도 없다. 준이치는 분노를 억누를 수 없었다. 죽고 싶어서 죽은 것도 아니고, 유령이 되고 싶어서 된 것도 아니다. 죽을 거라면 깨끗하게 아무것도 없이 제로가 되길 바랐다.

자신은 살아서도 죽어서도 전혀 불필요한 존재다. 의미 없는 인생을 보낸 가치 없는 인간이 영문 모를 살해를 당하고, 지금은 한심한 유령이 되었다.

불이 꺼진 거실에는 에어컨의 윙윙거리는 소리만 조용하게 흘렀다. 그 희미한 소리가 몹시 귀에 거슬렸다. 주위에 있는 모든 것이 짜증 났다. 준이치는 엉겁결에 거칠게 소리쳤다.

"시끄러워, 조용히 해!"

그러자 거실 에어컨의 파란 운전 램프가 꺼지고, 한숨 같은 소리와 함께 천천히 상하 움직임을 반복했던 송풍구의 핀이 멈추더니 에어컨 내부로 들어갔다. 준이치는 순간 그 의미를 이해하지 못했다.

에어컨이 멈추었다. 전원이 꺼졌다. 시끄럽다고 소리친 것만으로!

다음 순간, 준이치는 마구 환성을 지르면서 거실을 날아다녔다. 드디어 해냈다. 전기를 자신의 의지력으로 움직였다.

그리고 새벽까지 준이치는 집중력을 쥐어짜며 에어컨에 매달렸다. 두 시간에 걸쳐 한 번 더 에어컨을 켜는 데 성공한 뒤에야 충분히 만족하고 그 기념할 아침, 금빛 빛 속으로 녹아들어 갔다.

절대로 움직이지 않을 거로 생각했던 벽도 일단 넘어 버리니 아무것도 아니었다. 전기를 다루는 기술은 며칠 만에 급속히 능숙해졌다. 에어컨을 켜고 끄는 건 물론, 텔레비전 채널을 바꾸거나 비데 스위치를 켜는 것도 간단히 할 수 있게 되었다. 준이치는 누군가에게 성과를 보고하고 싶어서 견딜 수 없었다. 고구레 히데오를 찾으러 밤거리로 나갔다.

순간이동으로 음악회장을 일일이 방문했다. 네 번째 콘서트홀에서 고구레를 발견했다. 연주곡은 모차르트의 바이올린 소나타. 고구레 히데오는 살아 있는 사람들에 섞여서 울림이 좋은 자리에 앉아, 즐거움과 슬픔을 정확히 같은 양 포함한 신기한 음악에 귀를 기울였다. 준이치는 등 뒤에서 가만히 속삭였다.

"괜찮으시면 할 얘기가 있습니다만."

고구레 히데오는 돌아보지도 않고 소리를 죽여 말했다.

"이 곡이 끝나면 나가죠."

바이올린 여운이 홀의 높은 천장으로 사라지자, 두 사람은 많은 사람들로 흥청거리는 긴자 뒷골목으로 나왔다.

"히비야 공원에라도 가지 않을래요?"

두 영혼은 바람의 빠르기로 나미키도리 상공을 날았다.

"잠깐만 봐 주십시오."

준이치는 가스등을 모방한 긴자의 가로등 갓을 건드리고 지나갔다. 준이치의 비행에 따라 파란 유리 갓을 쓴 등이 줄줄이 파도치듯 꺼졌다가, 몇 초 뒤 다시 켜졌다.

"훌륭합니다."

두 사람은 프렝탕 백화점에 부딪히자, 하늘 높이 올라가서 백화점 꼭대기를 넘어 곧장 히비야 공원으로 향했다. 신호 대기를 하던 자동차가 일제히 브레이크를 밟고, 하루미도리는 빨간빛으로 강을 이루었다. 도라노몬의 관청가는 번쩍거리는 거대한 주사위를 쌓아 올린 것 같았다. 빌딩가 사이에 펼쳐진 녹색 숲을 향해 두 사람은 내려갔다. 출입금지 화단에 들어가, 축축한 잔디에 앉았다. 여름이 끝나 가는 밤, 화단을 둘러싼 벤치는 커플로 가득해서 빈자리가 보이지 않았다.

"적성을 키우는 방법은 가르쳐 줄 수 없다고 전에 말씀하셨잖습니까. 그 의미를 잘 알 것 같습니다."

준이치가 숨을 헉헉거리며 말하자, 고구레는 눈을 게슴츠레 뜨고 끄덕였다.

"그건 의지력의 한계를 한 번 넘지 않으면 안 됩니다. 사람은 제각기 한계가 다르기도 하고요. 당신은 음악을 좋아하는 것 같으니, 오케스트라 이야기는 들은 적이 있겠지요. 진짜 앙상블이란 것은 단원 한 사람 한 사람이 온 힘을 다해 악기를 연주해야 비로소 태어나는 거라고 합니다. 우리의 의지력도 마찬가지일지 몰라요."

"힘을 충분히 발휘한 끝에 있는 것."

"그렇습니다. 안전한 곳에 있으면 생기지 않는 힘입니다."

"그러나 그 힘은 애초에 우리의 것이 아니겠죠. 고구레 씨 경우라면 공기가 없으면 바람을 불게 할 수 없고, 저도 전기가 흐르지 않는 곳에서는 아무것도 할 수 없어요. 이미 존재하는 것의 흐름을 정리하고, 목적에 맞춰 움직이기만 하는 것뿐이겠죠."

그것은 준이치가 지난 삼 주 동안 몸으로 깨달은 사실이었다.

"그것이 비결입니다. 사람이 하는 일은 모두 같을지도 몰라요. 거대한 제철 회사도 철광석은 자기 회사에서 만들지 못하고, 유리 공장도 규소를 발명한 게 아닙니다. 우리 산업은 원래부터 있는 재료를 순화해서 목적에 맞게 짜 맞출 뿐인 거죠. 그건 의외로 모차르트 같은 천재도 마찬가지일지 몰라요. 음악은 역사가 시작하기 전부터 이 세계에 넘쳐 났어요. 그는 그걸 독특한 방식으로 다듬어서 흐름을 좋게 만든 것일지도 모릅니다."

"그게 그런 기적 같은 음악이 될 수도 있군요."

"그러나 바람이나 전기를 조금 사용하는 정도라면 그리 대단한 것도 아니죠. 우리는 역사에 이름을 남길 걱정은 필요 없잖아요."

고구레 히데오는 그렇게 말하고 조그맣게 웃었다. 준이치는 전부터 궁금했던 것을 물어보았다.

"고구레 씨는 어떻게 유령이 되셨습니까? 괜찮다면 가르쳐 주지 않겠습니까?"

고구레 히데오의 얼굴에서 지난번과 마찬가지로 표정이 사라졌다.

"그 얘기는 다음에 만났을 때 하죠. 그런데 당신은 적성을 앞으로 어떻게 사용할 생각입니까?"

"연습에 몰두해 있는 동안에는 생각하지 않았습니다만, 내가 왜 죽었는지 그 진상만큼은 확실히 파헤치고 싶습니다."

"그렇습니까 ……."

고구레 히데오는 잠시 입을 다물었다.

"한 가지 조언할 게 있습니다. 오지랖일지도 모르겠군요. 그러나 몰라도 되는 것은 모르는 게 좋을 수도 있다, 그것만큼은 잊지 말아 주세요. 모르는 채 있는 것이 행복일 수도 있으니까요."

"어려운 이야기군요."

"그럴지도 모르겠네요. 다만 아는 것은 일방통행입니다. 어떤 사실을 알아 버리면, 모르는 상태로는 절대 돌아갈 수 없어요. 죽음의 수수께끼를 쫓다 보면 앞으로 누군가를 죽이고 싶도록 미워하게 될 가능성도 있다는 것을 잊지 않는 편이 좋아요. 난 이만 실례하겠습니다. 다음에 또."

그렇게 말하고 고구레 히데오는 안녕이라는 인사도 기다리지 않고, 순간이동으로 어딘가로 사라졌다. 준이치는 아무도 없는 파란 잔디만 한참 바라보았다. 죽이고 싶을 만큼 누군가를 미워할 가능성. 태연히 중얼거리던 고구레 히데오의 목소리가 귀에서 떠나지 않았다.

방으로 돌아온 준이치는 매킨토시를 켜서 작업용 종합 비즈니스 소프트웨어를 가동하여 문서파일 인덱스를 열었다. 그 파일에는 엔젤펀드가 지금까지 관여한 투자 관련 서류가 모두 전자문서화하여 담겨 있었다. 방대한 파일 목록에서 준이치는 최근 두 해 동안의 프로젝트를 선택하여 차례차례 모니터에 띄웠다.

1996년 이후, 진행 중인 프로젝트는 다섯 건이었다. 그전부터 계속되어 오는 것들은 기억을 잃지 않은 부분도 있어서 일단 뒤로 미루었다.

Ⅰ. 히노마루 제작소 『HYAKUKI〜백귀』

Ⅱ. 엔들리스 비전 『스타 크래셔Ⅲ』

Ⅲ. 스튜디오 코르크 신작 장편 애니메이션

Ⅳ. 니시카사이 연구소 휴대용 전자 완구 『복화군』

Ⅴ. 기도사키 프로덕션 신작 영화 『소동(가제)』 한정 파트너십

파일을 열어, 한 개 한 개 꼼꼼하게 훑어보았다.

제일 먼저 히노마루 제작소부터. 이 회사는 나카니시 도루가 하는 게임제작사로 『HYAKUKI～백귀』는 플레이스테이션용 신작 게임이었다. 백 마리의 요괴를 퇴치하면서 정교하게 만든 에도 거리를 모험하는 롤플레잉 게임으로, 도루에게 직접 구상을 들었던 기억이 난다. 총 투자액은 6천250만 엔. 여분의 돈은 빌리고 싶어 하지 않는 도루다운 어중간한 숫자였다. 다카나시 법률사무소에서 작성한 계약서는 낯익은 정식 서류여서 이상한 점은 발견되지 않았다. 프로젝트 출발은 1996년 9월이었다.

다음 엔들리스 비전은 슈팅 게임에 강한 게임제작사였다. 일곱 개의 요새 혹성을 돌파하여 은하의 악의 제왕 본거지·암흑의 이중성을 공략하는 『스타 크래셔Ⅱ』가 크게 히트했다. 마니아 사이에서, 종료까지 항성계를 모두 파괴하는 장대한 스케일이 화제가 됐던 것을 준이치도 기억하고 있었다. 투자는 1997년 2월에 1차로 1억 엔, 1998년 7월에 추가로 5천만 엔을 대 주었다.

투자가의 본능에 빨간 경고등이 켜졌다. 준이치는 어지간한 일로는 추가 투자는 하지 않았다. 더욱이 1차 변제를 기다리지 않고 추가 대출을 했다. 상식적으로는 생각할 수 없었다. 계약서를 살펴보니 이 건도 딱히 이상한 점은 발견할 수 없었다. 두 번

다 정식 계약 같았다. 준이치는 세차게 흘렀던 플래시백조차 넘지 못한 기억장애의 신기함을 생각했다. 지난 두 해 동안 자신은 대체 어떻게 된 걸까.

세 번째 건은 스튜디오 코르크의 신작 장편 애니메이션이다. 여기까지 현시점에 가까이 왔는데도 업무 내용이 전혀 기억나지 않았다. 기획서를 읽고서야 이해했다. 그 작품은 『로스트 인 더 다크』세계를 배경으로 한, 신작 장편 애니메이션이라고 한다. 그렇다면 준이치에게 이야기가 돌아오는 것도 무리는 아니다. 출자자에는 엔젤펀드뿐만이 아니라, 그리운 게임 프런티어나 대형 게임기 회사까지 이름을 올리고 있었다. 이쪽도 계약서는 이상 없음. 투자액은 1억5천만 엔이고, 입금은 1997년 10월이었다.

파일 네 건째, 니시카사이 연구소는 들어 본 적이 없는 회사 이름이었다. 게임 회사도 아닌 것 같고, 휴대용 전자 완구도 아닌 것 같았다. 게임보이 같은 건가. 마구 호기심이 생겨『복화군』파일을 스크롤했다.

기획서 첫 장에는 이상하게 그린 뚱뚱한 새가 한 마리. 아마추어가 그린 일러스트로 아주 코믹한 맛이 있었다. 새의 배에는 작은 액정 패널이 박혀 있고, 리젠트 바른 앞머리처럼 튀어나온 머리 깃에는 열쇠고리가 달려 있었다. 일러스트 밑에 '획기적인 휴대용 복화술 게임 『복화군』 등장!!'이라고 굵은 사인펜 글씨가 춤을 추었다. 준이치는 프로의 기획서답지 않은 유치함이 마음에 들었다.

기획서를 읽어 나가다 보니, 단순한 인공지능 기능을 갖춘 이 게임기는 주인의 대답 패턴을 기억해서 계속 흉내를 내다가 복화술사 인형이 비수 같은 속엣말을 던지도록, 점차 빈정거리는 대꾸가 프로그램되어 있다고 했다.

니시카사이에 있어서 회사 이름이 니시카사이 연구소. 이 『복화군』 개발자도 틀림없이 면담을 했을 테지만, 준이치의 기억은 공백이었다. 어떤 인물이었을까. 프로젝트 개시는 1998년 3월, 투자액은 2천200만 엔에 지나지 않았다.

그리고 마지막으로 기도사키 프로덕션이 남았다. 준이치는 게임 관련 애니메이션이라면 몰라도, 비즈니스 관계로 일본 영화 제작에 관여했던 기억이 없었다. 제안이 들어오는 기획이 없는 건 아니고, 영화 자체는 좋아했지만, 현재 일본 영화계에는 게임 업계에서 볼 수 있는 기초적인 활력이 결여되었다. 비즈니스로는 위험도가 너무 컸다.

기도사키 프로덕션은 문화 진흥이라는 타이틀에 이의를 달 수 없는 제작사였지만, '우리나라의 문화 진흥에 공헌하기 위해' 어쩌고 하는 수상한 생색은 준이치가 싫어하는 부분이었다.

준이치는 기도사키 쓰요시가 감독한 작품은 흑백영화 시절부터 모두 보았다. 일본 영화 수준을 세계에 인정받게 한 멋진 시대극들로 몇 갠가 국제 영화상도 받았다. 준이치도 이 시기의 대표작 대부분을 레이저디스크로 수집하고 있었다. 컬러 영상이 된 후의 기도사키 쓰요시는 중후함과 철저한 일본적 미학 추구로 유명했지만, 개인적으로는 흑백영화 시절의 스피드와 약동감으로 넘치는 오락시대극 취향으로, 최신작은 훌륭한 주제를 아름답게 찍고 있지만, 정적이고 속도감이 약하고, 스토리에 의외성이 부족하다는 평가를 받고 있었다. 그래도 기도사키 쓰요시는 신작 공개 때마다 준이치가 영화관까지 가는 몇 안 되는 영화감독 중 하나였다.

신작 시놉시스는 기획서 속에서 발견되었다. 실력 있는 떠돌이 낭인이 이름도 없는 작은 번(藩)의 집안 소동에 휘말려 적대 세력을 교란시키다 마지막에는 공멸을 초래하여, 정통성 있는 후계자를 번주로 삼는다는 줄거리였다. 전성기의 코믹 시대극을 생각나게 하는 전개로 최첨단 촬영 기술로 선명하게 흑백영상화한다고 한다. 화제성도 충분하고 흥행도 기대할 수 있을지 모른다.

이 기획서도 전혀 기억이 없었다. 기도사키 팬인 자신이 이것을 읽었다면 이야기의 시비는 어쨌건 잊을 리가 없다. 잃어버린 기억이 점점 신기하게 느껴졌다. 기도사키 프로덕션에는 1998년 7월에 입금을 마쳤다. 무심코 금액란을 보다가 준이치는 깜짝 놀랐다.

¥700,000,000.

7억 엔. 기억하는 한, 그것은 엔젤펀드 최대의 투자액이었다. 황급히 기획서 세부 사항을 읽었다. 한정 파트너십은 할리우드나 브로드웨이 등에서 곧잘 사용하는 제작비 모금 방법이라고 한다. 손실에 대한 채무가 투자액 범위로 한정되고, 그 이상은 어떤 개인적 채무에서도 자유롭다. 보수로는 작품 순이익의 50퍼센트에서 총제작비 대비 투자액의 비율과 동등한 배당을 받을 수 있다고 한다.

"이번에 도입하는 한정 파트너십은 우리나라 투자가에게 유리하도록 세부적으로 몇 가지 개량했습니다."

준이치는 마음에 들지 않았다. 먼저 일개 개인인 자신이 제작비 예산 20억 엔의 35퍼센트나 투자했다는 사실을 믿을 수 없었다. 기도사키 쓰요시의 최근작 몇 편을 떠올려 보아도, 개봉 때 대박 친 작품은 없었다. 아무리 국제적으로 명성이 높다 해도 일본 영화의 세계 배급은 루트가 한정되어 있다. 그러면 원금인 제작비를 회수하려면 몇 년 뒤의 비디오 발매까지 기다려야 한다. 도저히 타산이 맞는 투자라고 할 수 없었다.

개량이라는 말도 걸렸다. 세세한 리스크 배분은 기획서를 자세히 읽어 봐야 판단할 수 있겠지만, 외국에서 무언가를 들여와서 개량이라는 이름으로 손을 댄 경우, 대부분은 어떤 권리 제한이 있거나, 메리트와 디메리트를 평균화하는 경우가 많다. 비교적 자유로운 게임업계에서도 이런 사례는 쓸어다 버릴 정도로 많았다.

다카나시 법률사무소에서 작성한 계약서를 꼼꼼히 검토했다. 이번에도 이상한 점은 보이지 않았다. 일반적인 절차와 사인, 회사 인감도 진짜였다. 계약 내용으로 판단하는 한, 이 영화가 히트하면 그리 나쁘지 않은 투자 같기도 했다.

새벽 네 시 가까이 되어, 준이치는 일단 파일을 덮고 컴퓨터 화면상에서 주거래 은행에 전화했다. 이십사 시간 가능한 텔레뱅킹 서비스로 은행의 호스트 컴퓨터에 바로 연결되는 방식이다. 컴퓨터 스피커에서 중성적인 합성 음성이 흘러나왔다. 두 개 있는 암호 번호를 음성 가이드를 따라 입력하고, 엔젤펀드의 당좌예금 잔액을 확인했다. 기도사키 프로덕션에 거액 투자를 하여, 남아 있는 금액은 2억 엔대도 되지 않았다. 총자금의 65퍼센트까지라고 하는, 준이치 자신이 정한 투자액의 한계를 대폭 초과했다. 이러면 신규 안건을 개시하기에 어려운 수준이었다.

다음에는 거래처의 입금 내역을 체크했다. 대부분은 순조롭게 진행되는 것 같았지만, 4월부터 시작되었어야 할 엔들리스 비전의 변제 내역은 기록에 없었다. 월세나 공과금도 자동이체되고 있었다. 그러나 세세한 생활비 인출은 7월부터 딱 끊겼다.

은행 계좌로 보는 한, 아무도 준이치의 죽음을 깨닫지 못했을 가능성이 컸다. 살해 사실이 공공연해졌다면 이 집도 수색했을 것이다. 컴퓨터가 손을 대지 않은 상태로 남아 있는 것은 준이치에게 행운이었다. 이 데이터가 파괴되었더라면, 어디서부터 손을 대야 좋을지 머리를 감쌌을 것이다.

동틀 녘이 가까워져, 남은 시간도 얼마 되지 않았다. 마지막으로 큰마음 먹고 나카니시 도루에게 이메일을 보내보기로 했다. 혼자 끙끙거려 봐야 아무 소용 없다. 모르는 것이 있으면 시간과 관계없이 메일을 보내서 대답을 알 만한 사람에게 물어보기. 변화 속도가 빠른 게임업계에서는 그것이 당연한 습관이었다.

도루에게

오랜만이다. 『백귀』 진행 상황은 어때?

몇 가지 확인하고 싶은 일이 있으니, 답장 부탁한다.

출장지에서 읽을 거야.

① 최근 엔들리스 비전 소문 뭐 들은 거 없는지?

② 스튜디오 코르크의 『LID』 장편 애니메이션 진행 상태,
　 알고 있는지?

③ 기도사키 프로덕션의 신작 영화에 관해서 들은 정보가
　 있는지?

④ 다카나시 씨한테 내 스케줄에 관해 어떤 식으로 들었
　 는지.

이상, 갑작스레 미안하지만 되도록 빨리 답장 부탁할게.

　글씨를 입력할 때는 키보드를 이미지화하고 한 글자씩 치는 쪽이 편했다. 모니터에 직접 염력으로 말을 보내도 엉터리 글씨나 기호만 늘어놓았다. 준이치는 도루의 메일 주소를 선택하고, 잠시 생각한 뒤 제목을 '엔젤의 질문'이라고 썼다. 화면상으로 보내기를 클릭하고 종료했다.

　창밖은 벌써 환해지고 있었다. 사후 처음으로 편안한 피로감을 느끼며, 준이치는 새벽과 빛 소용돌이의 방문을 기다렸다.

　다음 날 밤 눈을 뜨니, 도루에게 답장이 와 있었다.

　'어떻게 지내냐? from T.' 도루다운 제목이었다.

다카나시 씨한테 미국에 갔다고 들었는데,

언제까지 있는 거야, 준? 금발 애인이라도 생긴 거냐?

너는 너무 놀지 않으니, 가끔은 그런 것도 좋겠지만.

질문 건, 아는 범위에서 대답하긴 하는데,

네가 더 잘 아는 일들 아니냐?

① 엔들리스 비전은 이제 안되겠다는 소문이야. 무서운 형
   님들이 사무실 앞에서 진을 치고 있다고 하네.

② 코르크의 애니메이션은 잘되고 있지 않나. 예의 구로사
   키 아저씨가 원작자입네 하면서 각본에 일일이 트집을
   잡는 것 같지만, 그건 돈을 대는 네 쪽이 더 잘 알겠지.
   사람한테 너무 잘해 주는 것도 생각해 볼 일이야. 그 아
   저씨는 이제 끊을 시기라고 생각한다, 나는.

③ 기도사키 프로덕션의 신작 영화? 나는 몰라. 일본 영화
   는 좋아하지 않으니까. 그러나 사무실의 시대극 마니
   아한테 물어보니, 이번 주에 제작 발표 기자회견이 있
   다고 하네. 이혼으로 시끄러운 여배우가 나와서, 와이
   드 쇼에도 나올 수 있다는 얘기야. 너는 미국에 있을 테
   니 비디오로 녹화해 주마.

④ 다카나시 씨한테는 네가 큰일을 하나 마무리하고, 미국

으로 시찰 여행을 갔다고 들었어. 게임업계의 새로운 동향과 인터넷 게임 진척 상황, 그리고 일본 만화나 애니메이션의 가능성 조사도 겸해서, 라고.

이상, 간단하지만 도움이 됐는지.

『백귀』는 막바지에 접어들어서 매일 밤샘이다.

나는 스태미나 음료(한 병에 3천 엔!)를 너무 마셔서 흥분 상태.

네가 게임 제작에서 손을 뗀 것은 옳은 선택이었을지도 몰라. 나도 언제까지나 할지. 다음 일은 아직 생각할 수 없지만.

돌아오면 연락해라.

한잔하며 시시한 게임 흉이나 실컷 보자.

메일을 읽는 동안, 준이치의 가슴은 뜨거운 감정으로 채워졌다. 고독한 인생이라고 고집부렸지만, 어쩌다 보니 친구가 생겼다. 자신에게도(적어도 한 사람은) 친구가 있었다. 도루와 어딘가 바에 가서 옛날처럼 게임을 안주 삼아 아침까지 마시고 싶었다.

준이치는 메일을 닫고, 비디오 녹화 예약을 했다. 아침과 낮에 하는 와이드 쇼를 모두 담을 수 있도록 여섯 시간 녹화 예약이었다. 이제 기도사키 프로덕션의 신작 회견을 볼 수 있다.

컴퓨터를 조작하여, 문제의 다섯 개 회사 주소와 대표자 이름을 창 하나에 모았다. 준이치는 모니터 앞에서 팔짱을 꼈다. 이번에는 컴퓨터가 아니라 직접 자신의 눈으로 확인할 차례였다. 죽은 이에게 시간만은 넉넉했다.

가장 마음에 걸리는 장소부터 조사해 보자. 화면상으로 소재지를 확인했다. 미나토 구 아카사카 4초메. 지요다 선 아카사카역 교차로를 상상하며 순간이동했다.

오후 아홉 시, 아카사카의 밤은 이제 막 시작되었다. 불경기인 탓인지 취객의 모습은 적고, 호객하는 호스티스가 심심해하며 모퉁이에 서 있었다. 헤드라이트가 눈에 부셔서 자동차가 올 때마다 고도를 높여야 했다. 어째서 번화가의 공기에는 기름 탄 냄새가 날까. 준이치는 거리 중간쯤에서 사진현상소 모퉁이를 왼쪽으로 돌았다.

아카사카는 큰길은 시끌벅적 흥청거리는 환락가지만, 50미터만 뒷골목으로 걸어가면 조용한 주택가로 표정이 바뀐다. 무가 저택의 자태가 남아 있는 근사한 대문과 중간층 고급 맨션이 늘어선 골목을 몇 번 왕복하다, 준이치는 현대조각 같은 신기한 모양의 건물을 발견했다.

거대한 콘크리트 입방체를 아무렇게나 모서리가 어긋나게 쌓아 올리고, 유리블록을 벽면에 끼워 넣은 조형물이었다. 입구 옆의 주차장에는 벤틀리며 벤츠가 훈련 잘된 사냥개처럼 서 있었다. 우편함을 확인하니, 4층 건물 제일 위층에 목적지인 사무실이 있었다. 젖빛유리의 오토 록 문을 순간이동으로 빠져나가, 엘리베이터 옆 계단을 올라갔다. 계단의 정적이 음산했다. 4층 엘리베이터 홀에는 한 아름이나 되는 생화가 꽂혀 있고, 정면에 아름다운 나뭇결의 이중문이 보였다.

'기도사키 프로덕션'

무광택 금색 간판에는 회사 이름 부분에만 도금이 남아 있었다. 준이치는 크게 숨을 들이마시고 문을 빠져나갔다.

안쪽은 상영 중인 영화관처럼 불을 끈 접수대였다. 접수대 뒤에는 기도사키 영화의 명장면을 콜라주한 스틸 사진이 벽을 메우고 있었다. 공주님 차림으로 의연하게 전방을 바라보는 젊은 시절의 미도리 후사코가 있었다. 들보 한 장 차고 흙투성이가 되어 긴 칼을 휘두르는 미요시 와타로가 있었다. 크레인 위에서 삼천 명은 족히 넘는 엑스트라를 동원한 스펙터클 신을 연출하는 기도사키가 있었다. 그 콜라주에서는 전성기 일본 영화의 빛이 후광처럼 방사되고 있었다. 준이치는 한동안 소기의 목적 따위는 잊어버린 채, 영화감독 기도사키 쓰요시의 위대함에 빠져들었다.

갑자기 접수대의 전화가 울렸다. 놀라서 날아오르자, 젊은 여성이 안에서 나와 전화를 받았다.

"네, 기도사키 프로덕션입니다."

부드럽고 깊이 있는 목소리였다. 하지만 그 목소리에 깃든 가녀림에 준이치의 등에 기묘한 오한이 달렸다. 그녀는 박스형의 밝은 재색 원피스에 심플한 검은색 단화 차림으로, 화장은 거의 하지 않은 거 아닐까. 왼손의 가느다란 백금 팔찌 말고는 액세서리도 몸에 지니지 않았다. 나이는 이십 대를 넘어서고 있을까.

아름다운 여성이었다. 매끄러운 살은 피부 아래에 불이라도 켜 놓은 것처럼 빛나고, 내리뜬 속눈썹은 정교한 인형처럼 길고 미묘한 곡선을 그렸다. 약간 사시 기미의 검은 눈동자는 준이치의 보호 본능을 강렬히 자극했다. 이런 여성을 지킬 수 있다면 …… 어울리지 않게 고동이 빨리 뛰었다.

접수대 위의 조명이 파도치듯이 명암을 되풀이했다. 그녀는 수화기를 든 채, 이상하다는 듯이 천장을 올려다보았다. 하얀 목, 움푹한 쇄골, 연한 먹색의 귀밑머리. 이 여성을 계속 바라보고 싶은 마음과 한시라도 빨리 그곳에서 벗어나고 싶은 충동이 마음속에서 싸웠다. 손이 닿을 리 없는 아름다운 여성에 대한 호기심과 공포. 준이치는 행복한 연애를 몰랐다.

접수대 여성에게 미련을 남긴 채, 카펫이 깔린 어두컴컴한 복도를 걸어갔다. 빛이 새어 나오는 문을 들여다보았다. 실내는 사무실과 일반 가정의 거실, 중간 분위기였다. 방 한구석에 책상과 책장, 서류함 등 사무용품이 모여 있고, 반대쪽에는 모던한 검은 가죽 소파와 대형 프로젝터가 놓여 있었다. 벽 쪽에 놓인 사이드보드에는 영화제에서 받은 트로피나 기념패가 빼곡하게 널려 있었다.

초로의 남자가 2인용 소파에서 무언가 얘기를 하고 있었다. 둘 다 대학 시절에 럭비 선수가 아니었나 싶을 만큼 건장한 체격이었다. 한 사람은 위아래 데님 옷에 연한 갈색 선글라스를 끼고, 운동화 신은 다리를 꼬아서 테이블에 올리고 있었다. 영화 팬이라면 누구나 아는 얼굴. 소개할 때마다 '세계적인'이라는 형용사가 붙는 영화감독 기도사키 쓰요시였다.

그 맞은편에 앉아서 움직일 때마다 줄무늬 빛이 달리는 짙은 감색의 실크 슈트를 입고 있는 사람은 감독의 친동생인 프로듀서 기도사키 와타루였다. 이쪽은 어지간한 영화 마니아가 아니면 모르는 얼굴이다. 준이치는 우연히 레이저디스크 라이너에서 기도사키 와타루의 얼굴을 본 적이 있었다.

"감독님, 기자회견 원고는 읽어 봤습니까?"

"아니, 아직. 귀찮아. 왜 영화를 만들 때마다, 보면 누구나 다 알 설명을 기자들 불러 놓고 일일이 해야 하는 건지. 한심한 짓

이야."

프로듀서는 기도사키 쓰요시에게 맞춰 쓴웃음을 지었다. 소파 빈자리에 앉아서 준이치는 두 사람의 대화를 꼼꼼히 듣고 있었다.

"장사는 장사니까요. 제대로 안 하면 안 돼요."

"그보다 너야말로 이번에 내 각본 어떻게 생각하냐? 내가 썼으니 재미있는 건 재미있는데 얼마나 재미있는가 물으면 좀처럼 ……."

기도사키 쓰요시는 헛기침을 했다. 손바닥으로 목덜미를 꼭 눌렀다. 심한 기침은 한동안 계속되어, 숨을 쉬는 것조차 괴로워 보였다. 동생 와타루는 걱정스러운 듯이 보고 있었지만, 기침이 멎기를 천천히 기다렸다가 대답했다.

"잘 썼던데요. 완벽한 각본은 없겠지만, 감독님의 지금까지 작품 중에는 가장 완벽에 가까운 완성도입니다. 이번 영화 대박일 거예요. 칸이나 아카데미도 노릴 수 있어요."

"너는 옛날부터 나를 너무 치켜세워."

"같이 초고를 볼까요?"

두 사람은 원고를 읽기 시작했다. 원고지로 일곱 장 정도 되는 문장에 빨간 펜으로 교정을 하면서 기도사키 쓰요시는 소리 내어 읽었다. 다 읽고 나자 프로듀서에게 윙크했다.

"해 볼까."

그렇게 말하더니 침착한 톤으로 신작에 임하는 포부를 이야기하기 시작했다. 이따금 쉬기도 하고, 즉석 농담도 끼워 넣었다. 그 자리에서 내용을 생각하며 얘기하는 것처럼 들렸다. 놀랄 만한 기억력과 연기력. 늙었다고는 하지만, 준이치는 기도사키 쓰요시의 역량에 압도당했다. 그렇게 한 시간, 계속 감탄하며 회의를 지켜보았다. 엔젤펀드에 관해서는 한마디도 하지 않았다.

사무실 불이 꺼지자, 준이치는 아카사카 시내로 순간이동했다. 뜨거워진 머리를 식히기 위해 아카사카미쓰케의 육교 난간에 앉았다. 수도고속도로의 복잡한 입체교차로가 빛의 리본을 묶고, 늘어선 호텔의 방충창으로 객실 불빛이 밤하늘에 쏟아졌다. 저 창 하나하나에 어떤 인간이 있고, 어떤 사랑과 인생이 있을까. 죽은 내게는 새로운 사랑도 욕망을 이룰 몸뚱이도 없다.

외로움을 떨쳐 내며, 에이단 지하철 도자이 선 니시카사이 역으로 그날 밤 마지막 탐색에 나섰다. 전철이 끊긴 역 앞 로터리는 인적도 드문드문하고, 활기가 느껴지는 것은 손님을 기다리는 택시 줄과 편의점뿐이었다. 선로를 따라 지바 방면으로 가다 세 번째 거리에서 바다 쪽으로 꺾었다. 밤하늘을 날다 보니 점점 바다 냄새가 강해졌다.

같은 넓이의 부지에 같은 모양의 건물이 늘어선 신흥 주택지

한 곳에 들어섰다. 그중 한 집의 정원에만 강력한 불빛이 비치고 있었다. 주차장에 내걸린 손글씨 간판의 유치한 '복화군' 일러스트에 준이치는 자기도 모르게 미소를 지었다.

반쯤 내린 셔터로 들어가니, 전자기기로 어수선한 작업장이 나왔다. 남자 혼자 웃통은 홀떡 벗고 아래는 파자마 차림으로 책상에 앉아 있었다. 뭐라고 중얼거리면서 구형 컴퓨터를 두드렸다. 땅딸막하고 머리숱이 적은 탓인지 나이를 가늠할 수 없는 남자였다.

"여긴 뭐라 하지, '땡땡이치지 마'라고 할까."

키보드 옆에 쌓인 것은 고교생 대상의 스트리트 패션 잡지 더미였다. 이 인물이 『복화군』 발안자인가. 게임업계에는 흔히 있는 유형이다. 자신의 아이디어에 빠져, 주위도 둘러보지 않고 혼자 멋대로 달리는 사람.

"'땡땡이치지 마' 다음에는 어떻게 할까나. '끝까지 쫓아갈 거야' 이게 좋을까."

여기는 됐다. 이 남자는 특이한 놈이긴 해도 2천만 엔 정도의 돈에 인생을 헛되게 할 만큼 가난한 것 같지 않았다. 『복화군』에 대사를 입력하는 중얼거림을 들으면서 준이치는 집으로 돌아갔다.

새벽녘 금색 빛에 삼켜지기 직전, 왠지 마지막에 생각난 것은 기도사키 프로덕션에 있는 그 여자였다.

잠복 이틀째는 엔들리스 비전에서 시작했다. 준이치는 생전에 몇 번 방문한 적이 있어서 주소도 확인하지 않고 날았다. 오모테산도 뒷골목, 조용한 주택가에 엔들리스 비전의 본사가 있었다. 게임업계에서 남들보다 빨리 자사 빌딩을 지어서 동료들 사이에서 꽤 화제가 된 것을 기억하고 있었다.

3층짜리 모던한 노출 콘크리트 건물은 제일 위층이 둥근 유리 돔이었다. 건물은 여전했지만, 주변 전봇대나 입구 자동문에는 손으로 쓴 전단이 덕지덕지 붙어 있고 분위기가 이상했다.

'돈 내놔!'

'어린이의 꿈을 더럽히지 마라!'

'사장은 애인에게 쓸 돈이 있으면 빚부터 갚읍시다'

근처 노상에는 검은 오프로드 차량 두 대가 서 있었다. 차 지붕에는 메가폰과 목재 데크를 신고, 사람이 올라갈 수 있도록 만들었다. 폭력단과 우익들이 사용하는 거리 선전용 차인가. 짙은 선팅으로 차 안의 모습은 알 수 없지만, 이따금 생각난 듯이 메가폰에서 성난 소리가 쏟아졌다.

"이웃 여러분들께는 대단히 죄송합니다. 엔들리스 비전 사장, 비인간적인 기요카와 도시후미 씨는 ......"

준이치는 놀랐다. 엔들리스 비전의 위기 때문이 아니었다. 이토록 궁지에 몰린 회사에 불과 한 달 전에 준이치의 회사에서 5천만 엔이란 큰돈을 대출해 주었다.

채권 징수는 폭력단이 얽히면 절망적으로 힘들어진다. 소비세 수준의 푼돈으로 포기하거나, 다른 폭력단을 써서 회수율을 높이거나 해야 한다. 하지만 그 경우에는 폭력단과의 성가신 관계를 남기는 또 다른 문제가 생긴다. 그런 인간과의 거래는 3배 배상이 시가다. 섣불리 대했다가 되레 뼛속까지 털리게 된다. 이 상황이라면 모든 채권은 달라붙어 있는 저 조직이 다 가져가지 않을까. 개인 투자가에 지나지 않는 엔젤이 나설 자리는 없을 것 같았다.

준이치는 사옥에 들어갔다. 전에 방문했을 때에 비해 사원이 절반으로 줄었다. 침통한 분위기 속에서 몇 안 되는 남은 스태프들이 묵묵히 게임 개발을 하고 있었다. 유리 돔의 사장실을 들여다보았지만, 당연히 기요카와 사장은 없었다.

준이치는 기요카와의 요트에 초대받았던 오후를 떠올렸다. 찰랑거리는 사가미 만을 바라보면서 신작 게임을 향한 포부를 이야기하고, 수영복 차림의 도우미에게 레드와인 지식을 자랑하던 훤칠한 청년 실업가. 주간지 표지까지 장식하더니, 겨우 두 해 만에 추락하고 있다.

이 회사는 언제까지 버틸까. 남 일이지만 걱정이 되었다. 도산한 경우, 부동산은 어쨌거나 『스타 크래셔』 신작의 권리는 어디로 갈까. 은행도 폭력단도 그 가치는 제대로 평가할 수 없을 텐데. 게임이 완성되기 전이라면 더욱 그렇다. 그때까지 소비한 제작자들의 막대한 노력과 시간을 생각하니 마음이 무거워졌다. 이곳은 요주의다, 분명 무언가가 뒤에 있다. 멀리서 거리 선전차의 고성이 울리는 가운데, 준이치는 다음 목적지인 스튜디오 코르크로 날아갔다.

헌책방과 리사이클 숍이 나란히 있는 고엔지의 준세이 상점가를 빠져나와 와세다도리를 지나 나카노 구로 들어섰다. 복잡한 주택가에 홀로 오도카니 있는 스튜디오 코르크의 사옥은 아무리 보아도 오래된 공장이나 창고로밖에 보이지 않았다. 이 회사는 애니메이션 쪽은 팬들 사이에 전국적으로 그 이름이 알려졌지만, 경영이 여유롭지 않은 것 같았다.

날림 공사로 지은 조립주택 같은 사옥을 하늘에서 내려다보았다. 밤 열 시 가까이 됐지만, 불빛이 꺼진 창은 하나도 없었다. 끝없는 잔업과 저임금으로 그 섬세하고 꿈을 꾸는 듯한 애니메이션이 태어난다. 게임 제작 현장에 있었던 준이치는 그 모순을 누구보다 이해했다. 질이 떨어지는 게임 하나 만드는 데도 관여하는 인간의 모든 것을 필요로 한다.

신작의 진행 상황을 알아보려고 준이치는 스튜디오 안을 돌아다녔다. 『로스트 인 더 다크』 시리즈로 최대 히트를 기록한 파트Ⅱ를 인제 와서 애니메이션화한다는 기획 자체가 이미 무리일지도 모른다. 그 시리즈는 한때 롤플레잉 게임의 대명사가 될 정도로 유명해서, 대기업 샐러리맨 프로듀서에게는 딱 통할 기획이었을까. 기억을 잃은 준이치에게는 어떤 경위로 이 프로젝트에 투자했는지 정확한 것은 알 수 없었다.

하지만 아마 투자 건은 게임 프런티어의 구로사키 사장에게 제안받았을 것이다. 파트Ⅱ는 게임 제작자 준이치의 최고 걸작이어서 구로사키는 그 점을 이용한 게 아닐까. 장편 애니메이션으로 만들어서 한 번 더 꽃을 피우고 싶다. 시리즈 신작도 애니메이션 공개에 맞춰서 준비하고 있다. 그런 이야기라면 결과를 기대할 수 없어도 일단 편승했을 것이다.

다만 신뢰할 수 있는 파트너를 내세워라, 지금의 자신이라면 분명 그렇게 말했을 것이다. 구로사키는 게임기 회사나 광고 에이전시를 껴안고 엔젤펀드에 의지한 게 아닐까. 확실하게 신작 애니메이션 제작만 추진한다면, 어디에도 위험은 없을 것이다.

준이치는 스튜디오 코르크의 사내에 침입했다. 좁은 방은 더욱 좁게 칸막이가 되어 있고, 책상과 책상 사이는 몸을 옆으로 하지 않으면 지나갈 수 없을 정도의 틈밖에 없었다. 책상마다 젊은 남녀가 등을 구부리고 붙어 앉아 있었다. 손목과 어깨에 붙인 파스가 안쓰러웠지만, 멈추고 있는 손은 없었다.

원화, 동화, 배경, 채색, 검토, 촬영. 애니메이션의 복잡한 제작 공정에 셀 수 없을 정도의 많은 사람 손이 더해져서 비로소 한 장의 셀화가 완성된다. 준이치는 수만 장이라는 막대한 양의 셀화를 생각하니 정신이 아득해졌다. 거대한 세포 속에서 생명이 하는 일처럼 스튜디오에서는 제작이 착착 진행되었다. 자정을 지나, 작업 열기는 한층 뜨거워진 것 같았다. 헤드폰으로 음악을 들으면서 자신이 좋아하는 일에 열중하고, 마음껏 솜씨를 발휘하는 젊은 애니메이터들의 열기가 기분 좋게 전해졌다. 책상에 붙은 제작 달력을 보니, 삼 주 정도 스케줄이 늦어진 듯했다. 밤샘 작업은 아직 계속될 것 같았다. 제작 스태프의 건투를 빌며, 준이치는 새로운 목적지로 날았다.

마지막으로 체크할 곳은 히노마루 제작소였다. 게임 프런티어를 퇴직한 후, 나카니시 도루는 사무실을 유행의 첨단을 달리는 거리로 고르지 않았다. JR 다카다노바바 역 앞의 중고 맨션에 사무실을 차리고, 그곳에 최신 컴퓨터와 주변 기기를 준비한 뒤, 대학생이나 고등학생에게 무료로 개방했다. 자유로운 환경에서 일하길 바라는 게임 크리에이터나 경험이 없어도 우수한 제작 지망 학생이 지금은 도루의 사무실에 많이 모이게 되었다.

준이치는 사무실 안으로 순간이동했다. 모리, 가즈, 히메, 도루. 만화와 게임과 컴퓨터가 끝없이 자가증식을 되풀이하는 15조 정도의 거실에서 언제나의 멤버가 또 밤샘 작업을 하는 것 같았다.

도루는 반바지에 티셔츠 차림으로 트레이드마크인 야구모자를 쓰고 있었다. 철골로 정교하게 만든 단층 주택에 빗물받이 판자의 질감을 한 장 한 장 렌더링하여 붙여 놓았다. 에도 시대의 7칸 단층집을 컴퓨터그래픽으로 만들어 내는 시대였다. 기도사키 쓰요시의 시대극이 불멸의 가치를 가지면서도, 시류에 뒤떨어지는 것은 어쩔 수 없는 일인지도 모른다.

롤플레잉 게임 『백귀』 제작도 절정에 접어든 것 같았다. 평소처럼 많은 잡담도 없고, 사무실 공기가 팽팽했다. 심심한 준이치는 도루의 어깨 너머로 화면을 들여다보며, 에도 시대 거리가 완성되어 가는 것을 멍하니 지켜보았다. 모리 미유키가 누구에게랄 것도 없이 말했다.

"《오네헤이한카초》에 나오는 냄비요릿집, 이름이 뭐였더라."

준이치가 무의식적으로 대답했다.

'고데쓰'.

도루가 돌아보며 말했다.

"지금 누가 내 귀에다 뭐라고 말하지 않았어?"

"아무도 말하지 않았는데요. 도루 씨, 계속 밤샘해서 환청이 들리는 것 아닌가요?"

요시이 가즈히로의 지친 목소리에 이어, 도루가 이상하다는 듯이 말했다.

"이상하네, 고데쓰라는 소리가 들린 것 같은데."

"아, 맞아요, 그 냄비요릿집, 고데쓰였죠. 좀 귀여운 요괴한테 그 이름을 붙일까 싶어서요. 쇠 부스러기가 변신한 요괴여서 ……."

준이치의 귀에 모리 미유키의 말은 들어오지 않았다. 필사적으로 도루를 보았다.

'내 목소리가 들리는 거냐, 들린다면 대답을 해 줘!'

도루의 눈앞에서 소리쳤지만, 이번에는 전혀 들리지 않는 것 같았다. 도루는 준이치를 무시하고 시바모토 히메코에게 말했다.

"이봐, 내 뒤에 뭐 없냐? 아까부터 모니터에 사람 그림자 같은 게 홀끗홀끗 비치는 것 같아."

"부탁이니 좀 그만하세요, 도루 씨. 난 영감이 강해서 그런 말 자꾸 하면 정말로 귀신이 나한테 모인다구요."

일손을 멈춘 시바모토 히메코에게로 이동해서 준이치는 말을 걸었다.

'나야말로 부탁이야, 제발 내가 있다는 것을 알아차려 줘.'

준이치의 절규는 깨끗이 무시당하고, 멤버들은 제각기 작업으로 돌아갔다.

이렇게 단순한 방관자로 언제까지 이어질지 모르는 사후의 '생'을 살아야만 하는 걸까. 준이치는 한 번이라도 좋으니 게임기 컨트롤러를 잡아 보고 싶었다. 밤샘 작업으로 뜨거워진 몸에 차가운 캔맥주를 부어 넣고 싶었다. 공중을 비행하는 게 아니라 한여름 땡볕에 땀을 흘리며 점심시간에 식당을 찾아가고 싶었다.

아까 도루에게 내 목소리가 들린 건 우연이었을까. 다음에 고구레 씨를 만나면, 살아 있는 사람과 대화하는 방법을 꼭 들어야지.

준이치는 아쉽지만, 집으로 돌아가기로 했다. 이대로 도루의 사무실에 있으면 자신이 더 이상해질 것 같았다.

사후에도 자살할 수 있을까, 그런 생각을 하면서 새벽이 가까운 스미다 강 상공으로 날았다.

그날 밤, 준이치는 잠복을 하며 알게 된 것, 느낀 것을 적어 넣을 새로운 파일을 매킨토시에 만들었다. 다섯 개의 파일은 각각 A4 용지 한 장 분량밖에 되지 않았지만, 이 단계에서도 앞으로의 잠복에 중점을 두어야 할 목표는 판단할 수 있을 것 같았다.

도루의 히노마루 제작소, 스튜디오 코르크, 니시카사이 연구소의 위험도는 각각 D, C, D 등급으로 평가했다. 이 세 곳은 며칠 간격으로 방문해서 변화가 없는지 체크만 하면 된다.

남은 두 곳, 폭력단에게 시달리고 있는 엔들리스 비전과 투자액이 단연 최고인 기도사키 프로덕션은 매일 항상 잠복하기로 했다. 위험도는 A와 B⁺. 이 두 개 회사의 경우, 생활비 인출도 없는 7월에 송금된 것이 마음에 걸렸다.

기도사키 감독의 기자회견을 체크하기 위해 비디오를 재생했다. 와이드 쇼를 빨리감기 하자 탤런트의 결혼, 출산, 불륜, 이혼이 빠른 속도로 흘러갔다.

제작 발표 회견 코너의 제목은 '요시하라 교코, 연하와 불륜, 드디어 파국인가?'로 되어 있었다. 금병풍을 등진 감독이 비친 것은 십오 초 정도로, 사 분짜리 비디오 클립의 대부분은 이십 대 가수와 불륜 소동으로 이혼 위기에 처한 주연 여배우만 나왔다.

출연자들이 죽 앉은 테이블 끝에 기도사키 프로덕션의 접수대에서 본 여성의 모습이 비쳐, 준이치의 가슴은 술렁거렸다. 그녀가 배우였나. 기자의 질문을 무시하고 신작 영화에 대한 포부를 당당히 이야기하는 요시하라 교코를 비스듬하게 비춘 장면에서 화면을 정지했다.

화면 구석에 비친 접수대의 그녀를 관찰했다. 진한 청색에 광택이 나는 원피스, 올림머리, 목에는 알이 고른 진주 목걸이가 완만한 곡선을 그렸다. 플레이 버튼을 누르자, 화면은 스튜디오로 돌아가 사회자가 크랭크인은 10월 초라고 전했다. 세계에 자랑할 만한 멋진 영화가 만들어지면 좋겠군요, 어느 대학교수가 영혼 없는 목소리로 말했다. 생리용품 광고로 바뀌었을 즈음에 준이치는 비디오를 껐다.

계속된 몇 주 동안의 잠복은 아무런 성과도 없었다. 준이치는 순간이동도 하지 못하고, 살아 있는 몸으로 때로는 몇 달이나 용의자를 따라다니는 경찰의 인내력에 진심으로 감탄했다. 남의 생활이나 일을 지켜보는 것만큼 지루한 일은 없다.

그럴 때 준이치에게 힘이 된 것은 예의 접수대 여성이었다. 어느새 기도사키 프로덕션으로 순간이동하여 제일 먼저 찾는 것이 그녀의 모습이 되었다.

잠복을 계속하는 동안에 그녀에 관한 정보도 모였다. 이름은 후지사와 후미오. 예명이 아니라 본명이라고 했다. 직업은 잘나가지 않는 배우. 기도사키 프로덕션 전속으로 배우 일이 한가할 때는 접수나 사무 일을 돕고 있었다.

준이치는 사후 연애에 관해 이따금 생각할 때가 있었다. 그저 바라보기만 할 뿐인 성취 가능성이 없는 연애. 기도사키 감독이

미팅에 들어가자, 준이치는 접수 카운터로 이동하여 다양한 각도에서 그녀의 얼굴을 보며 보냈다. 잠복은 지겨웠지만 후지사와 후미오의 얼굴은 아무리 봐도 질리지 않았다.

이렇게 영원히 이어지는가 싶은 단조로운 일들에 최초의 변화가 찾아온 것은 9월도 중순을 지난 어느 날 비 오는 밤이었다. 엔들리스 비전을 찾았던 준이치는 가끔은 재미있을지도 모르겠다고, 거리 선전차의 지붕 데크에서 잠복을 계속했다. 그날 밤 몇 번째인가의 메가폰 소리에 기묘한 가슴 떨림을 느꼈다.

이 목소리를 어딘가에서 들은 기억이 났다. 고성 공세는 계속되었다.

"이봐, 기요카와, 얼굴을 보여 봐. 월급 밀려서 사원들이 울고 있잖아. 훌륭한 빌딩 짓고 애인한테 맨션 사 줄 여유가 있으면 빌린 돈도 갚아야지. 그게 인간으로서의 도리 아냐? 이렇게 하면 됩니까, 형님?"

큰마음 먹고 차 안으로 순간이동했다. 넓은 차 안에는 세 명의 남자가 앉아 있었다. 운전사는 머리를 깎아 올리고 특공대 복을 입은 십 대 소년이었다. 이 녀석이 아니다. 뒷자리 좌석을 보았다.

'찾았다!'

그 악몽 같은 밤, 어느 숲의 빈터에서 자신을 매장했던 2인조. 아우뻘의 금발 빡빡머리는 신나서 연설을 계속했다. 화려한 무늬의 스카프와 실크 셔츠, 풀어 헤친 가슴에는 수갑처럼 굵은 금색 목걸이가 늘어져 있었다. 단순한 것도 같고, 보기에 따라서는 사람 좋아 보이는 얼굴이었다. 조직폭력배라기보다 젊은 코미디언 같았다.

형님이라고 불린 남자는 가랑이를 구십 도로 벌리고 시트에 몸을 묻고 있었다. 검은색 슈트에 하얀 셔츠 차림으로, 셔츠 앞섶은 배꼽까지 열려 있었다. 흉터가 있는 이마, 작은 눈, 왼쪽으로 굽은 코, 귓불 끝이 찢어진 왼쪽 귀. 틀림없었다. 그날 밤의 투견 같은 얼굴을 한 남자였다.

준이치는 검은색 밴 차량으로 잠복 대상을 바꾸고 계속 기다렸다. 밤 열 시 조금 전에 다른 오프로드 차가 오고, 젊은 남자가 내리더니 투견에게 인사하러 다가왔다. 빗속에서 직립부동으로 머리를 숙였다. 어쩐지 교대 시간 같았다. 투견을 실은 거리 선전 차량이 일본 민족의 훌륭함을 노래하는 남성 합창을 씩씩하게 틀면서 오모테산도 뒷골목을 달려갔다. 준이치는 빗속을 달리는 차량의 지붕 데크에 매달려 따라갔다.

검은색 밴은 오모테산도에서 아오야마도리를 지나 진구 구장 방면으로 좌회전했다. 십 분 만에 목적지에 도착했다. 진구마에의 칙칙한 타일 벽으로 된 건물이었다. 한때 유행했던 고급 맨션 구조였다. 현관 옆 주차장에 차를 세우더니, 남자들은 엘리베이터를 타고 말없이 올라갔다. 준이치는 자신을 죽였을지도 모르는 2인조와 좁은 상자 안에서 얼굴을 마주하고 있었다. 몸뚱이가 없는데도 위 근처에 뜨거운 덩어리를 느꼈다. 공포로 인한 구토인지 격렬한 분노인지 자신도 알 수 없었다.

엘리베이터에서 내린 세 사람은 밤이 내린 진구 숲이 보이는 바깥 복도를 걸어서, 막다른 곳의 문 앞에 섰다. 문에는 '(주)미야타 커뮤니케이션'이라고 쓰인 플라스틱 팻말이 붙어 있고, 문 위에는 비디오카메라가 방문객을 내려다보고 있었다. 빡빡머리 특공대 복장의 남자가 인터폰을 눌렀다.

"이제 돌아왔습니다."

자물쇠 열리는 소리가 세 번 이어졌다. 소년이 문을 열고 그대로 잡고 있자, 2인조가 먼저 실내로 들어갔다. 준이치도 따라갔다. 현관으로 들어가 어두컴컴하고 긴 복도를 걸어갔다. 그 끝은 12조 정도의 넓은 방이었다. 벽을 따라 재색 사무용 책상과 파일 캐비닛이 늘어서 있고, 중앙의 보라색 소파에 중년 남자가 혼자 앉아 있었다. 에어컨 옆에는 불단(佛壇)이 있었다. 돌아보니 젊은 남자 두 사람이 뒷짐을 지고 문 양옆을 지키고 있었다.

"형님, 지금 돌아왔습니다."

투견과 금발이 소파의 중년 남자에게 머리를 숙였다.

"오, 수고. 어때, 후지이, 기요카와네 상태는?"

"여전합니다. 사원들은 제법 그만두었습니다만."

투견의 이름이 후지이인가. 이 남자, 짖어 대기만 하는 건 아니구나.

"뭐, 좋아. 상관없이 계속 밀어붙여. 상대는 아마추어야. 언젠가 꺾이겠지."

2인조는 묵묵히 끄덕였다. 준이치는 중년 남자를 꼼꼼히 관찰했다. 다크슈트에 다림질한 하얀 셔츠. 넥타이도 슈트와 같은 색 계통의 수수한 사선 무늬였다. 차림새만으로는 은행원이나 회사원과 구별할 수 없었다. 흰머리가 섞인 머리칼은 넓은 이마에 가지런하게 덮여, 얼굴은 점잖고 단정하여 폭력적이라기보다 지적인 분위기였다. 준이치가 모르는 사람이었다.

책상 위 전화가 울리자, 문 옆에 서 있던 젊은 남자가 잽싼 몸놀림으로 받았다.

"예, 미야타 커뮤니케이션입니다."

젊은 남자는 수화기를 중년 남자에게 건넸다.

"미야타입니다. 예 …… 예 …… 잠깐만. 야, 누구한테 말을 거는 거야, 너!"

미야타라고 하는 중년 남자는 조용히 끄덕이는가 싶더니, 갑자기 성난 소리를 질렀다. 과연 박력이 넘쳤다. 이런 것이 폭력단의 상투적인 수단이다. 온몸이 떨릴 정도로 소리를 지르는데도 미야타의 표정은 변함이 없었다. 자신의 연기 효과를 냉정하게 계산하는 차가운 눈빛이었다. 이 남자는 만만찮다. 살아 있는 몸으로 대했다면 어떤 교섭이든 승산이 없을 것이다.

전화를 끊자, 미야타는 2인조에게 수고했다, 하면서 이걸로 몸이나 풀어라, 하고 지갑에서 지폐를 세어 보지도 않고 빼서 건넸다. 후지이는 그걸 받아 들고 무표정하게 재킷 안주머니에 찔러 넣었다.

후지이와 똘마니는 머리를 조아리고 방을 나갔다. 엘리베이터를 타고 아래로 내려오자, 건물 맞은편에서 심야 영업 중인 라면 가게에 들어갔다. 준이치는 기름기 낀 가게 공기에 가슴이 답답했지만, 에어컨 냉기를 쐬면서 잠복을 계속했다.

"과연 두목은 관록이 있네요."

"그러게. 도시로, 너한테도 좀 나눠 줘야지."

후지이는 주머니에서 꺼낸 돈을 대충 나누더니 똘마니에게 주었다. 옆에 앉아 있던 샐러리맨의 눈이 동그래졌다. 후지이가 조용히 말을 걸었다.

"내가 뭐 이상한 짓을 했나."

샐러리맨이 황급히 가게를 나갔다. 도시로의 웃음소리가 뒤를 따랐다.

"그런데 형님, 올해는 실적이 좋네요. 그 부자 도련님도 그렇고."

투견의 눈이 빛났다.

"입 다무는 걸 배우지 않으면, 그 손가락 몇 개가 있어도 부족할 거다."

"죄송합니다, 형님."

준이치는 도시로의 손을 보았다. 라면 그릇 바닥을 받치고 있는 왼손 새끼손가락은 둘째 관절부터 없었다. 아까 조직의 사무실과는 다른 층에 있는 집에서 2인조가 잠자리에 드는 것을 확인하고 쓰쿠다의 집으로 날아갔다.

오늘 밤은 파일에 적을 것이 산더미 같다. 준이치는 잠복을 시작하고 첫 성과에 흥분을 억누를 수 없었다.

다음 날부터 미야타 커뮤니케이션이 새로운 잠복 대상의 하나가 되었다. 자신을 매장한 2인조를 우연히 발견했지만, 여전히 살인 동기는 알 수 없었다. 그 두 사람은 아마 명령을 받았을 뿐일 것이다. 명령을 했다면 두목인 미야타겠지만, 자신의 죽음으로 미야타는 어떤 이익을 얻었을까. 그리고 어떻게 사건을 감쪽같이 숨겼을까. 여전히 손으로 더듬더듬 헤매는 상태였다.

2인조를 발견한 흥분도 길게 가지 않았다. 벌써 9월도 끝나 가고 있다. 도쿄의 하늘에서 열기가 사라지고, 밤바람이 시원함을 더해 가자 몸뚱이가 없는 준이치조차 여름이 가 버리는 게 안타까웠다.

10월에 들어서서 첫 화요일, 두 번째 수확은 텔레비전에서 찾아왔다. 그 뉴스가 흐를 때, 준이치는 기도사키 프로덕션에 있었다. 후지사와 후미오는 신작 각본을 읽고 있었다. 준이치는 카운터에 몸을 내밀고 후미오의 아름다운 옆얼굴을 바라보았다. 셀수 없을 만큼 읽었을 각본은 원래의 배로 부풀고, 표지가 손때로 까매졌다. 이번 역할에 목숨을 거는 여배우로서의 굳은 결의가 매일 후미오를 보고 있는 준이치에게 아프도록 전해졌다.

접수 카운터 아래에 놓인 소형 액정 텔레비전에서 NHK 아홉 시 뉴스가 시작되었다.

"다음은 일본인 실업가가 미국에서 행방불명되었다는 소식입니다. 이 실업가는 도쿄 도에 사는, 투자사를 경영하는 삼십 세가케이 준이치 씨로, 가케이 씨가 타고 있던 렌터카가 라스베이거스 교외의 사막 지대에서 빈 차로 발견되었습니다. 부근에 가케이 씨의 모습은 없어서, 범죄에 휘말렸을 가능성도 있다고 보고, 현지 경찰은 가케이 씨의 행방을 조사 중입니다."

화면에 동그랗게 도려내진 준이치의 흑백 사진이 비쳤다. 아마 학생 시절의 것이리라. 희미하게 웃는 얼굴은 현재보다 젊고, 천진난만해 보였다. 이어서 사막을 가르는 고속도로 비디오 영상이 비치고, 버려진 차를 가리키는 선글라스를 낀 금발의 뚱뚱한 경찰에게로 카메라를 돌렸다. 제복을 입은 등의 땀 얼룩과 대륙적이고 웅대한 허리통. 화면은 이내 다음 뉴스로 바뀌었다.

"이바라키 현 도네 강의 둑 보호 공사에 관련된 뇌물 사건으로, 이바라키 현 경찰서는 오늘 오후 두 시, 뇌물 수수 의혹으로 주식회사 도난 이바라키 총업 전무 ……."

무언가가 떨어지는 소리가 나서 텔레비전에서 시선을 돌리자, 후미오가 그 자리에 못 박혀 있었다. 쏟아질 듯 커다랗게 뜬 눈으로 텔레비전 화면을 바라보며, 넋을 잃은 듯이 움직이지 않았다. 이바라키의 건설 회사가 그녀의 삼촌 것인 걸까, 그런 말도 안 되는. 그렇다면 준이치의 행방불명 뉴스밖에 없다.

'이 여자는 나를 아는 걸까?'

텔레비전에 자기 얼굴 사진이 나왔다는 사실보다 그 가능성 쪽이 더 큰 충격이었다. 기억을 잃은 두 해 동안에 자신은 기도사키 프로덕션을 찾아와, 그녀를 만난 적이 있었던가.

후미오는 몸이 안 좋다고 하고, 바로 사무실을 나왔다. 그때까지 몇 번이나 그녀를 미행하고 싶은 충동이 들었지만, 왠지 모르게 그만두었다. 그러나 그날 밤은 마지막까지 후미오를 따라가 보자고 결심을 굳혔다.

후미오는 아카사카미쓰케에서 나가타초 역까지 지하 연결 통로를 천천히 걸었다. 뒤에서 보니 걸음이 휘청휘청거렸다. 지하철에서도 가지런한 얼굴에 표정이 사라지고, 핏기를 잃은 피부는 높은 하늘의 구름처럼 창백했다. 나가타초에서 갈아타지 않고 이십 분, 신다마가와 선에서 내리자, 후미오는 패스트푸드점이 어깨를 나란히 하고 있는 역 앞 광장을 지나, 다카시마야 백화점 쪽으로 걸어갔다. 준이치도 몇 번 간 적이 있어서 이 일대는 익숙했다. 나무가 많은 다마 강가의 조용한 주택지로 최근에는 젊은 여성에게 인기 있는 동네였다.

후미오는 다마가와도리를 우측으로 꺾어서, 중간층 건물이 나란히 있는 일각으로 향했다. 베이지색 타일 벽의 맨션으로 들어가더니, 엘리베이터를 타고 4층으로 올라갔다. 남은 힘을 쥐어짜듯이 온몸으로 문을 열고, 후미오는 불도 켜지 않고 하이힐도 벗지 않고 좁은 현관에 쓰러졌다. 어둠 속에서 그녀는 그대로 움직이지 않았다.

잠시 후 천천히 몸을 일으키자, 데코레이션 타일의 현관이 희미하게 비쳤다. 어둠 속에서 타일과 검은 여름 니트를 입은 후미오의 복부만 부옇게 빛을 뿜었다. 밋밋한 배 위에 떠 있는 것은 시계 문자판 정도로만 빛나는 구슬이었다. 천천히 자전하면서 작은 구슬은 낡은 형광등 끝처럼 칙칙한 빛을 흘렸다.

그녀는 임신을 했다! 준이치의 머리가 새하얘졌다.

후미오는 간신히 일어서서 벽의 스위치를 켰다. 현관에 백열등이 켜지자, 빛 구슬은 알아볼 수 없을 정도로 힘이 없어졌다. 왠지 모르겠지만, 후미오의 경우 빛 구슬은 아주 희미하게밖에 빛을 내지 않았다.

안쪽 원룸으로 이동한 후미오는 전화를 들고, 단축 번호 버튼을 눌렀다. 준이치는 숨결이 느껴질 정도로 수화기에 얼굴을 갖다 대고 전화 상대를 확인하려고 했다. 몇 번 호출음이 울리고, 전화는 연결되었다.

"네, 가케이입니다. 전화주셔서 감사합니다. 지금은 통화를 할 수 없으니 ……."

발신음 뒤에 후미오는 한숨을 한 번 남기고 전화를 끊었다. 어깨를 떨어뜨리고 욕실로 간다. 준이치는 샤워 물소리를 들으면서 침대에서 돌처럼 굳어졌다. 그녀는 자기 전화번호를 단축 번호로 저장해 놓았다. 그 말은, 상당히 자주 통화를 했다는 말이 된다. 준이치는 기억을 잃은 것이 한심했다. 하지만 아무리 과거를 더듬어도 미처 색을 덜 칠한 낯선 나라의 지도처럼 마음속에 선명하게 윤곽을 그리는 공백이 펼쳐질 뿐이었다.

헐렁한 티셔츠를 입은 후미오가 욕실에서 나왔다. 머리에는 하얀 수건을 감고 있었다. 글래머라기보다 다부진 스타일로 이십 대 후반의 성숙함이 몸 여기저기에 선으로 드러났다.

이런 기분이 아니었더라면 더 감동했을지도 모른다, 하고 준이치는 냉정한 마음으로 생각했다. 후미오는 불을 끄고 쓰러지듯이 침대에 엎드리더니 그대로 움직이지 않았다. 준이치는 어둠 속에서 침대의 1미터 위에 떠서, 후미오를 바라보고 있었다. 등이 떨렸다. 소리를 죽이고 우는 것 같았다. 그녀가 이토록 충격을 받을 정도라면 자신은 대체 그녀에게 어떤 존재였을까.

준이치는 아무것도 생각할 수 없었다. 두 해 동안의 기억이 송두리째 빠졌다. 생각해 내려고 몇 번이나 시도해 보았다. 기억에 남은 장소와 그리운 사람들을 수없이 찾아가, 잃어버린 기억을 더듬기도 했다. 그러나 준이치의 기억장애는 견고했다. 맹렬한 플래시백으로도 넘을 수 없었던 절대 망각의 벽.

준이치는 울다 지쳐 잠든 후미오의 옆얼굴을 그저 새벽이 되도록 지켜보고만 있었다.

10월 7일에 기도사키 쓰요시 감독의 신작 『SODONG—소동』은 촬영을 시작했다. 신작은 호화판 올 세트 촬영으로, 지가사키 촬영 스튜디오에는 자그마한 천수각이 있는 성과 성하마을 일부가 실물과 똑같이 재현되었다. 기도사키 프로덕션 일행은 스튜디오에 틀어박혀 있어서 준이치도 연일 지가사키에서 잠복을 계속했다.

스튜디오는 역에서 걸어서 십 분 정도의 거리에 있었다. 나지막한 산을 배경으로 넓은 부지에 오래된 체육관이 연상되는 낡은 스튜디오가 줄지어 있었다. 촬영소 안의 도로는 포장되지 않아서 비가 오면 주연급 배우들조차 직접 우산을 쓰고 물웅덩이를 피해 걸었다. 여기서 일본 영화를 대표할 수많은 명작이 태어났지만, 전성기의 흔적은 느껴지지 않았다. 스튜디오라기보다 도산한 전자제품 회사의 공장이 있던 자리 같은 분위기였다. 기도사키 쓰요시 감독의 신작 말고는 영화 촬영 예정이 없는지, 이따금 텔레비전 광고 촬영 외에는 한산했다.

그래도 신작 세트 주변만큼은 활기가 넘쳤다. 어느 날 밤, 준이치는 유명한 기도사키 감독을 바로 앞에서 볼 수 있었다. 감독은 장인이 사는 주택 세트를 점검하고 있었다. 4조 반의 낡고 색 바랜 다다미에 앉아, 담배를 물고 주위로 시선을 보냈다. 각본을 든 젊은 소품 담당자가 뻣뻣하게 서 있었다. 한쪽 방에는 성에서 빠져나온 어린 임금을 숨길 예정이었다. 감독은 봉당으로 내려오더니 쌀통 뚜껑을 열고 안에 손을 넣었다.

"냄새가 좋네, 따스하군. 어이, 이 집, 가족이 몇 명이야?"

"네, 지물포 하는 젊은 부부와 어린 딸 한 명 해서 전부 세 명입니다."

"돈도 있는 집인가?"

"아니, 그건 잘 ……."

"각본에 안 쓰여 있어?"

"죄송합니다."

"일단 쌀통의 쌀을 반쯤 줄여. 그릇이 너무 많으니 좀 더 수수하게 하고. 그리고 싸구려 술도 준비해. 이 부부는 가난한 게 확실해. 그렇지만, 솜씨가 좋아서 인정받는 장인이니까 집 안에 뭐라도 센스가 느껴지는 장식을 해 둬. 한껏 멋을 낸 분위기로. 그렇겠지? 잘 생각해 봐."

다음 날이 되자, 담배쌈지, 인롱, 휴대용 문방구, 유리 세공품, 소설책, 풍속화, 샤미센, 하이쿠 책과 잡동사니가 낡은 다다미에 비좁게 널려 있었다. 기도사키 감독은 곁눈으로 흘끗 소품들을 보고 말했다.

"이 기둥, 거치적거리네. 세트 허물고 다음 장면 준비해."

망연한 모습으로 서 있는 담당자의 어깨를 가볍게 치더니, 감독은 어디론가 가 버렸다.

준이치에게 영화 촬영 현장은 흥미롭지만, 지루한 곳이었다. 자신에게 구체적인 역할도 없고 직접 상관할 수 없으니 당연한 일이다. 제작비를 7억 엔이나 부담했다고는 하지만, 계약을 한 기억도 없고 실감은 더 없었다. 만약 이 영화가 대박을 친다 해도 자신과는 무관한 숫자가 은행 사이에서 움직일 뿐이다.

영화는 지그소 퍼즐처럼 천천히 맞춰져 갔다. 몇 시간이나 준비와 대기를 한 뒤에 겨우 십여 초 촬영한다. 스튜디오의 천장 높이 달린 조명 기구에 앉아 구경하는 준이치에게 영화 제작은 수수께끼 같은 일이었다. 실제 사회의 현실을 대할 때보다 카메라 속 가공의 세계에 훨씬 진지하게 임해야 하는 다양한 세대의 사람들. 그 진지함이 때로 눈부시고 때로 이상하게 느껴졌다.

10월이 끝날 즈음, 엔들리스 비전에서도 새로운 움직임이 있었다. 사장 기요카와는 전부터 종적을 감추었지만, 사원도 나오지 않게 되자 미야타의 똘마니가 오모테산도 본사 빌딩을 점거했다. 빌딩 출입구 자물쇠를 바꾸고, 간이침대와 이불을 갖고 와서 후지이와 도시로는 본사 빌딩에서 숙식을 해결했다. 준이치는 가재도구를 나르는 2인조의 모습을 유리 돔 위에서 내려다보고 있었다.

이제 이 회사도 끝이다. 한번 걸리면 놈들은 뼈까지 씹어 먹는다. 최고의 그래픽 처리 능력을 갖춘 워크스테이션도 팔 때는 서푼짜리밖에 안 된다. 권리관계 일들을 힘으로 밀어붙여서 정리하고 난 다음 이 빌딩을 경매에 걸면 끝이다. 엔들리스 비전이 이 세상에 존재했다는 것조차 극히 소수의 마니아 이외에는 잊어버릴 것이다.

준이치는 오모테산도에서 지가사키 스튜디오로 날았다. 이날 밤은 후미오가 중요한 장면을 촬영하는 날이었다. 순간이동을 거듭하여 어두컴컴한 이불 방 같은 세트에서 어깨를 드러낸 채 풍만한 가슴골을 보이고 있는 후미오를 발견했다. 옆에는 젊은 사무라이와 메이크업 담당이 대기하고, 정면에 기도사키 감독이 쭈그리고 앉아서 무언가 얘기를 하고 있었다. 준이치는 그 장면을 바로 이해했다. 후미오가 대사를 외울 때 연일 같이 있었기 때문에 준이치의 머리에도 각본이 완전히 입력되었다.

그것은 어린 임금의 양육 담당인 후미오가 예전부터 마음에 두고 있던 젊은 사무라이와 성 안 창고에서 정을 통하는 장면이었다. 준이치가 너무 강렬한 조명을 피해 연기가 보이는 특등석 어둠 속에 자리 잡고 있으니, 기도사키 감독의 목소리가 들려 왔다.

"이봐, 후미오. 여긴 말이야, 너를 위한 장면이야. 알겠지?"

몸종 차림의 후미오는 끄덕였다. 일본 가발 탓에 치켜 올라간 눈썹과 긴 눈이 무척 요염했다.

"너는 조다이가로(성주를 대신했던 사람―옮긴이)의 잘생긴 아들한테 반한 거야. 그런데 마침 상대한테 유혹을 받은 거지. 좋아하는 남자에게 안기다니 최고 아냐? 그런데 이 아들은 아버지의 뜻을 받아, 어린 임금을 해치우려고 너한테 접근한 거야. 너는 남자 품에 안겨 있던 도중에 이 반란의 도구로 쓰이고 있다는 걸 깨닫게 돼. 그럼 너는 어쩔 것 같아?"

"흥이 식겠죠. 그러나 제가 음모를 깨달았다는 것을 눈치채지 못하도록 행복한 척 연기를 할 거예요."

"그렇지, 그런 방법도 있지. 앞으로 어린 임금을 데리고 목숨 걸고 성을 빠져나갈 거니까. 그런데 말이야. 그렇게 너무 청순하기만 하면 영화가 시시해. 흥이 식은 채, 몸은 마음껏 불태워 봐. 목적은 아니지만, 동경했던 남자, 그것도 생애 마지막이 될지도 모를 남자를 한껏 탐내 보라고. 그것도 마음은 식은 채. 불과 얼음, 여기서는 온도 차가 있을수록 좋은 연기가 될 거야. 알겠지?"

후미오는 섬뜩한 미소만으로 대답했다. 젊은 사무라이가 말했다.

"저는 어떻게 하면 됩니까?"

"너는 얘한테 먹혀."

그렇게 말하고 기도사키 감독은 크게 기침을 했다. 기침은 한동안 계속되어 주위 스태프들은 걱정스럽게 움직임을 멈추었다. 기침이 잦아들자 감독은 갈라진 목소리로 말했다.

"자, 스타트."

삼 분 남짓한 장면은 촬영 종료까지 다섯 시간이나 걸렸다. 바로 옆에서 진짜 연기를 보고 있는 준이치에게는 점점 무언가가 후미오에게 빙의하는 것이 느껴졌다. 준이치는 가짜인 만큼 그것이 가진 박력에 흠뻑 취했다.

촬영이 끝난 심야, 후미오는 분장실에서 화장을 지우고, 혼자 스튜디오 근처의 비즈니스호텔로 돌아갔다. 좁은 싱글 룸으로 돌아온 그녀는 바로 전화를 걸었다.

"저, 쉬시는데 죄송합니다. 선생님 좀 바꿔 주시면 고맙겠습니다만."

"잠깐만요 …… 자, 여보 …… 전화 바꿨습니다. 후지사와 씨 군요, 역시 틀림없는 것 같습니다. 축하합니다. 5개월이군요. 아기 상태는 양호한 것 같습니다. 자세한 이야기는 다음에 병원에 오셨을 때 하도록 하죠. 몸조심하시고요."

후미오는 전화를 끊었다. 밋밋한 배 위에 떠 있는 빛 구슬은 여전히 어두운 채였다.

후미오의 표정은 읽을 수 없었다. 넋을 잃은 것 같기도 하고, 난감해하는 것 같기도 했다. 여배우로서 이제 겨우 빛을 보려고 하는 이 시기에 그녀는 새로운 생명을 어떻게 할까. 준이치는 멍하니 칙칙한 빛을 보고 있었다.

11월에 들어서서 『SODONG―소동』 촬영은 순조롭게 진행되었다. 엔들리스 비전에 눌어붙어 사는 2인조도 움직임이 없었

다. 준이치는 오랜만에 고구레 히데오를 만나기 위해 밤거리로
나섰다.

　가을 콘서트 시즌도 종반에 치달아, 도쿄에서는 연일 밤 스무
군데가 넘는 음악회가 열리고 있었다. 준이치가 고구레를 발견
한 것은 찾기 시작한 지 사흘째 되는 날 밤, 온 도쿄의 음악회를
순간이동으로 찾은 여덟 번째 콘서트홀에서였다.

　날카로운 재능으로 유명한 북유럽 출신 젊은 피아니스트의 솔
로 콘서트였다. 객석에는 잘생긴 음악가를 보기 위해 어깨를 드
러낸 드레스로 멋을 내고 온 젊은 여성 손님이 두드러졌다. 향수
냄새는 코에 작은 돌멩이를 맞은 것처럼 강렬했다. 무대 옆에서
멍하니 홀을 바라보고 있는 고구레 히데오를 발견하고 준이치
는 순간이동했다.

　"안녕하세요, 고구레 씨."

　씩씩한 목소리로 말을 걸자, 고구레가 천천히 돌아보았다. 폐
가의 벽에 뚫린 구멍처럼 감정이 없는 얼굴이었다.

　"아, 당신이군요."

　고구레의 모습에 상관하지 않고, 준이치는 말을 이었다.

　"좀 여쭙고 싶은 것이 있습니다만 ……."

　방심하고 있던 고구레의 얼굴에 무언가가 생각났다는 듯한 표
정이 떠올랐다.

"아, 언젠가의 그 얘기군요. 내가 왜 혼만 이 세상에 머물게 되었는지."

그런 게 아니라고 말하려다가 준이치는 고구레의 착각을 부정하지 않았다. 살아 있는 사람과의 소통 방법을 알고 싶었지만 고구레의 이야기를 듣는 것도 재미있을지 모른다. 가을밤은 길다.

"오늘 밤은 음악을 들을 기분도 아니니 얘기하죠. 따라오세요."

고구레는 그렇게 말하고 공연 시작 직전의 기대에 찬 술렁임 속에 향수 냄새가 떠도는 홀에서 나갔다. 준이치는 선두에 서서 도쿄의 밤을 나는 고구레를 따라갔다. 11월의 하늘은 이미 한겨울 추위였다. 눈 아래 펼쳐진 시내의 가로등은 여름처럼 부옇게 번지지 않고, 선명한 윤곽으로 빛나고 있었다.

무언의 비행이 십오 분 동안 이어진 뒤 도착한 곳은 센다가야에 있는 종합병원이었다. 면회 시간이 지나 한산한 병원의 하얀 복도를 두 사람은 앞으로 나아갔다. 어두운 복도에 간호사실의 불빛이 등대처럼 떠 있었다.

"여기에 내가 유령이 된 이유가 있습니다."

고구레 히데오가 통로에 있는 왜건 옆에 서서 그렇게 말했다. 왜건 위에는 전자레인지 크기의 심전도 모니터가 있고, 녹색의 물결이 화면 속에서 구불거렸다. 고구레가 문이 없는 병실로 들어가자, 준이치도 할 수 없이 따라 들어갔다.

침대 쪽으로 연결된 튜브가 바닥을 기고 있었다. 딱딱한 시트 중앙에는 살이 쭉 빠져 원래의 얼굴을 알 수 없는 초로의 남자가 상반신을 일으키고 누워 있었다. 의식은 없는 것 같았다. 얄고 빠른 호흡 소리만이 들렸다.

"소개하죠. 예전에 내 상사였어요. 이 남자 때문에 나는 자살했답니다."

침대 발치에서 감정이 없는 목소리가 울렸다.

"나는 삼십칠 년 동안 관공서에서 근무했어요. 학력도 없고 딱히 유능하지도 않고, 가족도 아이도 없었습니다. 왠지 모르겠어요. 지금은 그저 그런 운명이었던가 생각합니다. 이 남자와는 두 번째 직장에서 만났죠. 국가 보조금만으로 꾸려 나가는 외곽 단체여서 처음부터 내게 일은 별로 없었습니다. 이 남자의 일은 관공서에서 밀려난 떨거지들을 그만두게 하는 것이었죠."

고구레는 일단 이야기를 시작하자 샘물처럼 이어졌다.

"이지메, 그거 정말 너무하더군요. 아이들만 그런 게 아니었어요. 이지메라는 것은 우리 사회에 뿌리박힌 병입니다. 내 책상만 칸막이를 해서 따로 격리시켰습니다. 말을 거는 직원은 아무도 없었습니다. 나는 다음 날도 또 다음 날도 아무도 읽지 않는 보고서를 써야 했습니다. 보고서를 제출하면 글자 하나 구절 하나 인용하면서, 학력도 교양도 없다고 이 남자는 많은 직원 앞에서 내게 욕을 퍼부었어요. 내게는 복사기나 워드프로세서 사용도 허락되지 않았죠. 먹지를 세 장 겹쳐서 볼펜으로 써야 했습니다. 보세요, 내 손가락에는 죽어서도 이렇게 커다란 굳은살이 남아 있잖아요. 나도 필사적이었습니다. 예순을 넘어서 직장을 그만두면 이 불경기에 다음 일이 없어요. 그렇지만 아시다시피 글이란 무한하게 고칠 수 있는 것입니다. 여기는 한자로 고쳐라, 여기는 체언으로 끝내라. 일주일에 걸쳐서 다시 쓴 내 보고서를 겨우 이, 삼 분 만에 빨간 펜으로 마구 찍찍 그었어요. '위에 제출할 거야, 틀린 데가 있으면 안 되지.' 이 남자는 웃으면서 내게 보고서를 던지고, 나는 그걸 다시 고쳐서 또 제출합니다. 쳇바퀴 속의 생쥐, 그게 나였습니다. 어디로도 갈 수 없어서 필사적으로 달렸어요. 쥐가 차라리 행복했을지도 모릅니다. 나는 그 작업이 전혀 무의미하다는 것을 알고 있었고, 상사나 동료들도 내 일이 아무 가치도 없다는 걸 알고 있었어요. 단순한 심술일 뿐이라는 것을. 모두 뒤에서 내가 언제 그만둘지 내기를 하고 있었습니다."

불빛이 꺼진 병실에 작은 웃음소리가 울렸다. 창가의 커튼에는 달빛이 차갑게 비추었다.

"그래도 나는 삼 년 동안 그 직장에서 버텼습니다. 사 년째 들어서던 봄, 나는 언제나처럼 대여섯 번이나 교정해서 이 상사 앞에 섰습니다. 이 남자는 젊은 여직원과 황금연휴를 어떻게 보낼지 즐겁게 얘기하고 있었어요. 내가 책상에 보고서를 놓자, 이쪽을 보지도 않고 제일 첫 장의 별것 아닌 구두점에 가위표를 했습니다. 한 글자 때문에 전부 다시 쓰기. 이 남자는 아무 일도 없었던 것처럼 얘기를 계속하며 파리 쫓듯 나가라고 손을 저었습니다. 그때였습니다, 내 속에 무언가가 뚝 소리를 내며 끊어진 것은. 상의도 챙기지 않고 나는 그대로 사무실을 나왔어요. 어디를 어떻게 걸었는지 기억나지도 않습니다. 정신을 차리고 보니 히비야 공원 벤치에 앉아 있더군요. 초록색 나무들도 젊은 샐러리맨도 어린 커플도 눈에 들어오는 것은 모두가 아름다웠습니다. 그 5월의 바람과 빛 …… 나는 기적처럼 아름다운, 이 신비로운 세상에 감사했습니다. 그리고 혼자 사는 집으로 돌아와 목을 맸습니다. 오랫동안 사용했던 넥타이를 모아서 밧줄처럼 꼴때는 나도 모르게 콧노래를 흥얼거렸던 생각이 나는군요."

준이치는 대답할 말이 없었다. 고구레의 상사의 얕은 호흡은 계속되었다.

"나는 그저 사라지고 싶었습니다. 그건 대단한 욕심도 아니었을 텐데, 정신을 차리고 보니 한심하게도 이렇게 존재하고 있는 겁니다. 어지간히 한이 사무쳤던가 봅니다. 좋은 기회다, 그놈에게 복수하자, 나는 그렇게 결심했죠. 바람을 사용하는 연습을 거듭하고, 이 남자 주변을 조사하고, 가끔 모습을 보여 주었어요. 그러나 그것도 소용없는 짓이었습니다. 이 남자의 수술은 세 번째입니다. 악성 종양이 온몸에 퍼져 있어요. 나도 이 남자를 이토록 괴롭힐 생각은 없었습니다. 결국 이 남자도 연간 직원 삭감 목표를 상사에게 할당받은 것이니까요."

고구레 히데오는 힘없이 웃었다.

"복수는 그리 만만한 게 아닙니다."

준이치는 끄덕일 수도 없었다.

"그러나 그것도 이제 끝이네요. 이 세상에 너무 오래 머물러서 괴물처럼 되기도 하고 정신 이상이 생긴 혼도 있답니다. 아무래도 이 세상은 육체를 갖지 않은 것에게는 자극이 너무 강한 것 같습니다. 오늘 마침 당신을 잘 만났군요. 가케이 씨, 당신이 증인이 되어 줘요."

"무슨 증인이?"

"내가 혼으로 존재했다는 것, 훌륭하게 최후를 맞이했다는 것의 증인입니다."

"고구레 씨가 무슨 말을 하는지 잘 모르겠습니다."

준이치의 목소리는 거의 비명 같았다. 고구레 히데오는 미소 지으며 말했다.

"곧 알게 될 겁니다. 자, 이 병실에도 너무 오래 있었군요. 그만

갑시다."

그렇게 말하더니 고구레 히데오는 환자에게 눈길도 주지 않고 복도로 나갔다. 계단을 내려와 병원 1층 뒤쪽을 향해 갔다. 준이치는 어두컴컴한 복도 막다른 곳에 불이 켜진 표시판이 달린 것을 보았다. 빨간 바탕에 하얀 글씨가 반짝거렸다.

EMERGENCY— 응급실.

고구레 히데오는 아무도 없는 복도의 긴 의자에 앉았다.

"자, 여기서 기다립시다."

준이치는 큰마음 먹고 고구레에게 질문했다.

"어떻게 하면 살아 있는 사람에게 의지를 전할 수 있습니까? 유령도 사람에게 모습을 보이거나 말을 걸 수 있습니까?"

"네, 할 수 있습니다. 그렇지 않다면 이렇게 목격담이 남아 있을 리도 없죠. 뭐, 그렇게 간단히 되는 건 아닙니다만."

준이치는 담담하게 이야기하는 고구레 쪽으로 몸을 내밀었다.

"가르쳐 주십시오. 꼭 필요합니다."

"복수에 쓸 것은 아니죠? 뭐, 그래도 좋습니다만. 가르쳐 주죠. 적성과 마찬가지로 그것은 당신 스스로 발견하는 것입니다."

그렇게 말하고, 고구레는 시각화 훈련에 관해 이야기를 시작했다.

"기본적으로는 언제 어떤 장소에서든 가능합니다. 다만, 그러려면 엄청난 에너지와 재능이 필요합니다. 시각화는 몹시 지칩니다. 정확하게는 아무도 모르지만, 한 번 시각화하면 영혼의 세계에서 몇 개월의 수명을 잃는다고 하더군요. 그것도 한 번에 십여 초 정도밖에 사용할 수 없습니다. 그러므로 모든 조건이 갖춰졌을 때만 해야 합니다. 조건이란 ……."

구급차 사이렌이 멀리서 울리고 복도 끝에서 사람들의 웅성거림이 흘러나왔다. 들것에 실린 소녀가 뒷문에서 응급실을 향해 왔다. 젊은 부모가 따라오고 있었다. 준이치는 눈앞을 지나가는 다섯 살 정도의 소녀를 보았다. 정신을 잃은 것 같았다. 뺨에는 눈물 자국이 남아 있었다. 오른쪽 무릎 언저리가 이상한 각도로 뒤틀리고, 발끝이 있을 수 없는 각도로 바깥쪽을 향해 있었다.

"계단에서 떨어졌어요. 머리는 다치지 않은 것 같습니다."

아이의 엄마가 울면서 의사에게 설명했다. 간호사도 잇따라 모였다.

"알겠습니다. 혹시 모르니 머리도 검사해 보도록 하죠. 밖에서 기다려 주세요."

"호흡 맥박, 정상입니다."

간호사의 목소리가 들렸다.

"뭐, 저 정도면 괜찮은 것 같군요. 마음이 자꾸 급해져서 안 되겠네."

엉거주춤하게 서서 상황을 지켜보던 고구레 히데오는 그렇게 말하고 다시 앉았다.

"그 조건 말입니다만 ……."

한시라도 빨리 다음을 듣고 싶은 준이치가 재촉하듯이 말했다.

"여러 가지가 있습니다. 먼저 상대가 유령이란 걸 알고 있는 편이 시각화가 쉬운 것 같습니다. 군데군데 부옇더라도 이미지를 떠올리기가 쉬우니까요. 시각화할 때는, 아무래도 얼굴을 보이고 싶어서 상반신이 중심이 되므로, 발끝이 부옇게 되기 쉽거든요. 유령에게 발이 없다는 얘긴 그래서 나오는 거죠."

"영혼도 필사적이군요."

"물론입니다. 살아 있을 때는 무력했던 인간이 죽은 뒤라고 해서 신과 동등한 지혜나 초능력을 발휘하진 않습니다."

고구레는 쓸쓸하게 웃었다.

"자연조건으로는 습도가 높고 따뜻한 편이 좋다고도 합니다. 매개체를 사용하지 않고 아무것도 없는 곳에 나타나는 것은 아주 엄청난 에너지가 소모되니, 스크린 같은 것이 있는 게 좋습니다. 이를테면 짙은 안개, 하얀 벽, 나뭇잎이 울창한 수목 같은 게 최적이죠. 그리고 보면 여름 강가의 버드나무 같은 건 옛날부터 영혼을 시각화하기에 절호의 조건이었군요. 거기다 반사를 사용하는 것도 좋다고 합니다. 거울이나 유리, 창과 수면, 잘 닦인 금속 표면 등에 자기 모습을 비추는 겁니다."

"얘기는 할 수 있습니까? 말을 걸고 싶습니다만."

"네, 시각화와 음성화를 둘 다 한꺼번에 하는 건 무척 어려운 일이지만, 목소리만이라면 시각화보다 간단합니다. 나와 이렇게 얘기하는 당신의 목소리를 더 좁게 레이저 광선처럼 모아서 상대의 귓속에 보낸다는 이미지를 연습하세요. 소리만이라면 시각화보다 훨씬 오래 사용할 수 있습니다. 뭐, 그렇다고 몇 시간이나 긴 전화를 하듯 수다를 떨 수 있는 건 아닙니다만."

"다행이네요. 고구레 씨, 정말 감사합니다."

시각화와 음성화 능력을 어떡하든 몸에 익혀야 했다. 준이치의 머리에는 빛 구슬을 품은 후지사와 후미오의 모습이 떠올랐다.

"이 정도로 고마워할 필요는 없습니다. 실제로 할 수 있게 되려면 적성을 익혔을 때보다 몇 배나 노력해야 합니다. 열심히 해보세요."

고구레 히데오는 개운한 표정으로 준이치를 보았다.

"이것으로 당신에게 더 전할 것도 없군요. 잠시 혼자 생각 좀 해도 되겠습니까. 옆에는 있어 주었으면 합니다만."

준이치는 말없이 끄덕였다. 아까의 소녀는 어디론가 실려 가고, 응급실에는 고요가 돌아왔다. 잠시 후, 준이치는 고구레 히데오가 조그맣게 콧노래를 부르고 있다는 사실을 깨달았다. 반복되는 친숙한 멜로디. 준이치가 모르는 노래였다. 그리고 한 시간 정도 준이치도 남들에게 흘릴 수 없는 자신만의 생각에 빠졌다. 고구레 옆에 있으니 침묵도 힘들지 않았다.

그날 밤 두 번째 구급차는 새벽 한 시에 왔다. 또 환자를 태운 들것이 지나갔다. 이번에는 십 대 후반의 소년 같았다. 맥빠진 코 고는 소리를 어두운 복도에 남기고 지나갔다. 군데군데 찢어진 청바지에 나일론 소재의 은색 라이더재킷. 왼쪽 팔꿈치가 열에 녹아 시커멓다. 오토바이를 타다 구른 걸까.

"애는 안 되겠네."

고구레 히데오가 일어섰다.

"고구레 씨는 의료 지식이 있습니까?"

준이치는 신기하게 생각하며 물었다.

"아뇨, 그런 건 없습니다. 같이 가 봅시다."

그렇게 말하고 고구레는 들것을 따라서 응급실로 들어갔다. 치료대에 누운 소년 주위에는 의사와 간호사가 빈틈없이 달라붙어 있었다. 청바지와 재킷은 가위로 재빨리 잘라서 귤껍질 벗겨지듯이 소년은 알몸이 되었다. 몸 왼쪽 여기저기에 찰과상과 시퍼런 멍이 보였지만, 큰 외상은 보이지 않았다. 소년의 알몸은 이내 하얀 천으로 덮였다.

"어이, 들리나? 대답해 봐."

젊은 의사가 귓가에서 소리쳤지만, 소년은 계속 코를 고는 채 의식을 잃고 있었다. 우물 저 밑바닥에서 올라오는 듯한 낮고 축축한 소리였다.

"CT 스캔실로."

들것에 링거를 든 간호사와 의사가 어두운 복도를 총총거리며 달려갔다. 고구레가 돌아보며 말했다.

"어두운 곳에서 더 잘 보일지 모르겠군요. 저 소년의 배 위를 보세요."

준이치는 하얀 천에 덮인 소년의 배를 자세히 보았다. 배꼽과 성기를 잇는 선의 한복판 위에 딱딱한 그림자 같은 것이 떠 있었다. 그 그림자는 들것이 형광등 아래를 지날 때마다 빛을 받아 날카롭게 검은빛을 뿌렸다.

"뭡니까, 저건?"

고구레는 돌아보지 않고 대답했다.

"저 검은 구슬은 빛을 빨아들이는 겁니다. 죽을 때가 다가온 거죠. 내 상사의 배에도 떠 있었습니다만, 못 봤습니까?"

황급히 고개를 저었다. 후미오의 자그마한 하얀빛과, 이 소년의 검은빛. 양쪽 다 음산한 것이었다. 죽은 이의 눈에는 쓸데없는 것이 너무 잘 보인다.

CT 스캔실로 이송된 소년은 검사대에 올려졌다. 15평 정도 되는 방의 반을 거대한 CT 스캔기 지지대가 차지하고 있었다. 소년을 올린 테이블은 갠트리에 뚫린 동그란 원 안으로 유압 실린더의 윙윙거림과 함께 앞뒤로 천천히 이동했다. 고구레와 준이치는 스캔실 옆에 있는 조작실에서 유리 너머로 검사를 지켜보았다. 십 분 정도 지나 소년의 전신 단층 이미지 촬영을 마쳤다. 조작실 모니터에 인체를 가로로 자른 흑백 영상이 잇따라 떠올랐다. 기사의 키보드 조작은 화면이 머리 부분이 되자 느릿해졌다.

"여기서 멈춰."

남아 있던 두 사람의 의사 중 연장자 쪽이 말했다.

"전두엽에서 두정엽에 걸쳐 광범위하게 출혈이 있군. 급성 경막하 혈종이네. 두개내압 모니터링 부탁해. 두개내압 감압 수술 준비 서두르고."

소년은 다시 들것에 실려 위층에 있는 수술실로 옮겨졌다.

"자, 드디어 때가 왔군요. 따라와 보세요."

고구레가 준이치에게 속삭였다.

수술은 소년이 병원에 도착한 뒤, 한 시간도 되지 않아 시작되었다. 깨끗하게 깎은 소년의 머리에 좀 전의 의사가 서서 소년의 귀 옆에 메스를 대었다. 양쪽 귀를 연결하듯이 피부를 똑바로 절

개했다. 두피를 앞뒤로 뒤집자 연하게 핏빛이 도는 소년의 두개
관이 나타났다. 전동 톱의 모터 소리가 수술실에 울리자, 차마
보고 있을 수가 없어서 준이치는 수술실에서 떠나 어둠 속으로
몸을 감추었다. 고구레 히데오는 홀린 것처럼 두개 수술을 지켜
보고 있었다. 두개관이 절개되고 뼈와 경막 사이에 말뚝 같은 금
속이 꽂히자, 빠직빠직하고 경막에서 두개골이 벗겨졌다. 자그
마한 접시만 한 뼈를 떼어내자, 경막이 제거되고 소년의 뇌가 드
러났다. 절개부에서 높은 내압에 눌린 뇌가 쏟아질 듯이 부풀어
올랐다. 전두엽을 광범위하게 덮은 혈종은 핏덩어리로 만들어
진 거대한 혀 같았다. 검붉은 혀끝을 뻗어 소년의 뇌를 핥으려
하고 있다. 의사는 혈종을 제거하고 뇌 표면의 출혈 부위를 지졌
다. 바이탈 사인을 모니터하던 간호사의 목소리가 수술실에 울
렸다.

"혈압 저하. 백십~육십 …… 백~육십 …… 구십~오십
……."

집도를 한 의사들 사이에 긴박한 시선이 오갔다.

"혈압이 더 떨어지고 있습니다. 팔십~오십 …… 칠십~사십
……."

수술대 주위에서 스태프의 움직임이 부산해졌다.

"봐 주세요."

고구레 히데오의 목소리에 준이치는 수술대에 누워 있는 소년을 보았다. 파란 천으로 덮인 소년의 배 위에는 한층 커진 칠흑의 구슬이 천천히 회전하고 있었다. 흙탕물 속의 거품 같은 알갱이가 표면에 무수히 떠올랐다가 깨지면 한순간 열린 구멍으로 주위의 빛을 빨아들였다. 빛을 삼킬 때마다 그 검은 구슬은 커지는 것 같았다. 준이치는 왠지 그 구슬이 주위 모든 것을 비웃는 것처럼 보였다.

"나는 슬슬 가야겠습니다. 여기에 멈출 수도 있지만, 이제 충분히 사후 세계도 맛보았습니다. 가케이 씨, 건강하세요. 너무 무리해서는 안 됩니다. 하나의 혼으로서 내가 존재했었다는 것, 나의 마지막을 기억해 주세요. 만약 누군가가 묻는다면 고구레 히데오는 소년의 생명을 구하기 위해 멋진 여행을 떠났다고 전해 주세요."

낮은 허밍이 들렸다. 고구레는 생각에 잠긴 눈을 하고 빈사 상태의 소년을 바라보고 있었다. 살짝 고개를 돌려서 준이치에게 그 옆얼굴이 보였다. 그 실루엣은 우는 것처럼도, 웃는 것처럼도 보였다.

고구레 히데오는 둥둥 떠오르더니 수술대 위 소년의 검은빛을 향해 뛰어들었다. 손을 뻗치면 잡을 수 있을 것 같은 칠흑 구슬까지는 무한히 가까운 거리인 듯, 소용돌이에 삼켜진 나뭇조각처럼 천천히 회전하면서 빨려들어 갔다. 죽음의 압도적인 중력에 짓눌려, 고구레의 모습은 점점 작아져 갔다.

회전 속도가 상승하고, 인간의 형태를 갖출 수 없을 만큼 압축되자, 고구레 히데오의 혼은 한 알의 빛이 되었다. 빈사 상태인 소년의 배 위에 빛의 입자가 맹렬한 속도로 돌고 있었다. 하얀빛의 고치가 검은 구슬을 덮고, 절대적인 죽음의 힘조차 웃도는 것처럼 보였다. 칠흑의 구슬은 눈부신 백열광으로 둘러싸였다.

그러나 그 상태는 길게 이어지지 않았다. 빛의 알갱이가 드디어 검은 구체의 지평에 충돌하는 결정적인 순간이 찾아왔다. 그때 폭발도 섬광도 희미한 접촉음조차 없이 서로 지워 버리듯이 빛과 어둠이 소실되었다. 뒤에는 아무런 흔적도 남지 않았다. 소년의 배에 무영등이 사정없이 비칠 뿐이었다.

심전 모니터를 관찰하던 간호사가 소리쳤다.

"혈압 상승. 팔십~오십 …… 구십~육십 …… 백십~칠십 ……."

"놀래라, 간 떨어질 뻔했네."

간호사가 연배의 외과 의사 이마를 닦아 주었다. 팽팽했던 수술실에 안도감이 흘렀다.

'놀랄 일 아무것도 없어.'

준이치는 소리치고 싶었다. 하나의 영혼이 자기의 존재를 걸고 죽음의 힘을 물리친 것이니까. 준이치는 눈물을 참고 수술실 구석의 어둠 속에 멍하니 서 있었다.

　12월 중순, 『SODONG—소동』 크랭크업을 지켜보기 위해, 준이치는 지가사키 스튜디오를 찾았다. 촬영 현장에는 긴장감과 함께 어딘가 슬픈 공기가 감돌았다. 트러블과 잔업과 밤샘이 계속되어도 스태프는 모두 이 일을 좋아한다. 촬영 종료일의 쓸쓸함은 외부인에게도 저절로 전해졌다.

　스토리의 흐름에 따라 차례대로 찍은 영화의 마지막 장면은 주인공인 낭인이 관직에 오르는 걸 거절하고, 마님에게 이별을 고하는 장면이었다. 카메라 테스트가 신중하게 반복되었다. 성 안 객실의 금빛 병풍에는 노을을 대신한 오렌지색 조명이 독스럽게 비쳤다. 시대극은 처음이라는 주연 배우가 죽 늘어선 신하들을 떠나 혼자 우두커니 앉아 있었다. 머리를 숙이고 있던 낭인은 칼을 들더니, 가볍게 일어나 객실을 나갔다. 쫓아가려고 하는 젊은 사무라이를 마님이 말렸다. 뒷모습을 지켜보는 마님의 얼굴에 감사와 슬픔과 동경의 감정이 팔레트 위에 물감을 섞듯이 아우러졌다. 촬영 중에 협의 이혼한 사십 대 후반의 여성이라고는 생각할 수 없는 훌륭한 연기였다.

　기도사키 감독의 컷 하는 소리가 들리자, 스튜디오 여기저기에서 수고하셨습니다, 하는 소리가 터졌다. 마님 역의 요시하라 교코가 감독에게 꽃다발을 전달했고, 사방에 박수가 터졌다.

"수고하셨습니다, 감독님. 다음 영화도 바로 찍어 주세요. 저 불러 주시는 것 잊지 마시고요."

"오, 땡큐."

감독의 목소리는 녹슨 금속관을 지나가는 바람처럼 쉬어 있었다. 인사 한마디 하는 것조차 몹시 힘겨운 것 같았다. 옆에 있던 후미오가 감독에게 꽃다발을 받아 들었다. 임신 7개월을 맞아, 배가 상당히 불렀을 텐데 후미오는 임부복이 아니라 헐렁한 웃옷으로 감쪽같이 숨겼다. 그녀의 임신을 알아차린 사람은 아직 없는 것 같았다. 촬영 현장 어딘가에서 휴대전화 벨이 울렸다.

"스튜디오 내에서는 휴대전화 금지라고 했을 텐데, 어느 놈이야!"

조감독 한 사람이 거칠게 소리쳤다. 프로듀서인 기도사키 와타루가 슈트 안주머니를 뒤졌다.

"미안, 촬영이 끝나서 다시 전원을 켰어. 여보세요 ……."

프로듀서는 스튜디오 출구로 향하던 도중에 전화에서 흘러나오는 소리를 듣고 발을 멈추었다. 준이치는 기도사키 와타루의 안색이 달라진 걸 알아차렸다.

"잠깐만."

기도사키 와타루는 송화구를 막고 빠른 걸음으로 거대한 철문을 향해 걸어갔다. 프로듀서는 스튜디오를 나가자, 자갈길을 걸어서 스튜디오 뒤쪽으로 돌았다. 목제 전봇대에서 형광등 불빛이 하나둘 꺼져 갔다. 철조망 담장 너머는 그대로 뒷산의 어두운 숲으로 이어졌다. 기도사키 와타루는 주위에 사람이 없는지 확인하고 소리를 낮추었다.

"여보세요, 너, 어쩔 생각이야. 비즈니스는 이미 끝났을 텐데."

준이치는 휴대전화에 얼굴을 갖다 대었다. 머릿기름 냄새가 코를 찔렀다.

"아뇨, 별로 어쩔 생각으로 한 건 아니고요. 오늘은 촬영 종료를 축하하려고 전화했을 뿐입니다."

준이치에게도 귀에 익은 목소리였다.

"아, 됐어. 고마워. 끊는다. 두 번 다시 나한테 전화하지 마. 그리고 『소동』은 개봉관에서 꼭 보도록."

"볼일 끝난 상대한테는 차가우시군요, 일본의 유명한 프로듀서라는 사람이. 그렇게 쌀쌀맞게 굴지 마세요. 기껏 축하 꽃다발을 갖고 왔는데 받아는 주셔야죠."

전화가 갑자기 끊겼다.

"여보세요 ……?"

무음의 휴대전화를 향해 낭패한 기도사키 와타루가 소리쳤다.

자갈길을 걸어오는 발소리가 스튜디오 모퉁이에서 들렸다. 준이치는 그쪽을 보지 않아도 누군지 알고 있었다. 그 목소리의 차분한 듯 냉정함, 폭력을 감춘 당의정 같은 정중함. 전화를 하다 온몸이 떨릴 정도의 노성을 질러 상대를 겁주는 그 남자의 계산 빠른 눈을 떠올렸다.

"두 번 다시 전화하지 말란 말은 인사군요, 기도사키 씨."

미야타 커뮤니케이션의 사장 미야타였다. 영화 주인공인 패션모델 출신의 남자 배우보다 관록이 있었다. 검은색에 가까운 회색 슈트에 흰색 셔츠, 넥타이는 검은색에 은색 물방울무늬. 미야타는 오른손에 휴대전화, 왼손에 하얀 장미 꽃다발을 들고 있었다. 기도사키 와타루는 갑작스러운 미야타의 등장에 목소리도 나오지 않을 정도로 놀랐다. 심리적으로 동요하게 해 놓고, 항상 우위의 상황에서 교섭을 꾀한다. 알고 있지만, 효과적인 야쿠자의 연출 수단이었다.

"근데 촬영 스튜디오 경비는 원래 그런가요. 기도사키 프로덕션 관계자라고 하면서 엉터리 이름을 써넣기만 해도 무사통과라니. 지금은 여러모로 불미스러운 일들도 있으니까 좀 더 주의하는 편이 좋겠군요."

미야타는 입술 끝으로 웃으며 꽃다발을 내밀었다. 기도사키 와타루도 냉정함을 되찾은 것 같았다. 꽃다발을 받아 들자 프로듀서의 얼굴로 돌아왔다.

"감독님은 건강하십니까?"

"간신히 촬영은 마쳤어."

"그거 다행이네요, 이제 안심이군요."

"아니, 아무것도 모르는 당신한테는 이게 끝으로 보이겠지만, 아직 편집, 음악, 더빙, 홍보 같은 뒷일이 잔뜩 남아 있어. 영화를 제대로 돈으로 바꾸기까지는 아직 더 버텨 주셔야 해."

"오호, 그렇군요. 그거 큰일이네요."

"그런데 오늘은 무슨 볼일로 일부러 이렇게 오셨나. 당신이 꽃 다발 주려고 이렇게 왔을 리는 없고."

"그렇습니다, 요즘 우리 업계도 아주 불경기여서 자금 협력 좀 부탁할 수 없을까 하고."

기도사키 프로듀서의 얼굴이 굳어지고, 꽃다발 끝이 축 늘어져 땅을 향했다. 꽃향기가 희미하게 흔들리는 공기를 타고 준이치에게까지 날아왔다. 12월의 냉기를 탄 장미 향은 면도날처럼 날카로웠다.

"잠깐만. 당신네한테는 이미 보수를 다 건넸을 텐데. 의뢰도 지급도 딱 한 번만 하기로 약속했지 않나."

"우린 그런 약속한 기억 없는데요. 앞으로도 오래오래 이용해 주시길 부탁합니다요."

미야타는 기도사키 와타루에게서 날카로운 눈을 떼지 않고, 웃는 얼굴로 가볍게 머리를 숙였다. 기도사키는 후우 하고 숨을 토하고는 어깨를 떨어뜨렸다.

"그런 거였나."

"과연 이해가 빠르시네. 뭐, 그것도 당연하지. 기도사키 씨, 당신도 누구 덕분에 훌륭한 예술 영화를 찍었는지 알고 있겠죠. 사람을 턱으로 부리며 위험한 다리를 건너게 해 놓고, 그까짓 몇푼 먹고 떨어져라 하면 안 되죠. 그런 걸 도의에 어긋난다고 합니다. 우리 업계에서는 그런 짓 했다가는 목숨이 몇 개 있어도 부족하다고요."

기도사키 와타루는 쓴웃음을 지으며 말했다.

"어이, 어이. 머릿속에 돈 생각밖에 없는 주제에 도의니 목숨이니 그딴 소리 집어치워. 난 야쿠자 영화 프로듀서가 아니니까."

발끈하지 않을까 했더니, 미야타는 머리를 긁적이는 걸로 넘기며 수줍은 미소를 지었다.

"이야, 부끄럽네. 나도 업계에 너무 물들어서는. 확실히 이건 비즈니스죠. 목숨이 어떻고 하는 얘기는 빼죠. 하지만 당신네도 개봉도 하지 않은 영화에 스캔들은 곤란하잖아요. 주연 여배우의 불륜 이혼 같은 건 차라리 홍보가 되겠지만, 제작비에 형사 사건이 연루돼 있다면 아무리 거장 기도사키 쓰요시의 작품이어도 개봉조차 무리일 텐데요."

"그렇겠지. 하지만 그렇게 되면 그쪽으로 갈 돈도 제로가 돼. 모든 것은 이 영화의 흥행 수입에 달려 있다. 게다가 사건이 폭로되면 당신 손도 뒤로 묶이게 될걸."

"지당하신 말씀. 우리도 다치지 않을 리는 없겠죠. 하지만 기도사키 씨 쪽이 더 비교도 안 되게 타격이 클 텐데요."

미야타는 눈에 힘을 주고 기도사키 와타루를 빤히 바라보았다. 무언의 시간이 흐르고, 시선의 압력에 진 기도사키는 뒷산으로 시선을 보내더니, 먼저 입을 열었다.

"얼마를 원해?"

"얼마라고는 하지 않겠습니다. 나도 요즘 영화계 공부를 하고 있는데요, '한정 파트너십'이라는 것에, 우리도 한자리 끼워 주지 않겠습니까?"

미야타가 토한 한마디에 준이치는 온몸이 떨렸다. 한정 파트너십. 엔젤펀드가 투자한 『SODONG —소동』계약서가 떠올랐다. 낱낱이 흩어졌던 선이 이제야 겨우 연결되기 시작했다. 준이치의 흥분은 가라앉지 않았지만, 대화는 조용히 계속되었다.

"게다가 우리 조직 윗선에서는 돈세탁 때문에 곤란해하고 있어요. 최근에는 어느 금융 기관에서나 감시가 까다로워서요. 그래서 기도사키 프로덕션을 재정적으로 후원하고 싶은데요."

"오, 고맙군. 영화가 대박 나면 돈도 벌고, 영화 제작비는 주먹구구식이니 얼마든지 속일 수 있다. 즉, 우리를 통해 돈을 깨끗이 해서 돌려받겠다는 건가."

"과연 명프로듀서군요."

"그러나 하필 왜 영화야. 그것 말고도 돈세탁할 방법은 얼마든지 있을 텐데."

미야타에게 미소가 돌아왔다.

"우리 두목도 나도 옛날부터 영화를 좋아했거든요. 뭐, 일종의 취미랄까요. 그걸로 대답이 되지 않겠습니까?"

기도사키 와타루는 헛웃음을 웃더니 어이없다는 표정을 지었다.

"말은 반만 듣기로 하지. 근데 대체 영화란 건 어째서 이렇게 다 큰 남자를 미치게 하는 걸까."

"왜일까요. 뭐, 한정 파트너십 건, 대답은 다음에 해 주어도 좋습니다. 『소동』이 성공하기를 뒤에서나마 기원하죠. 그럼."

미야타는 가볍게 손을 들더니, 어두운 자갈길을 걸어갔다. 스튜디오 뒤에 숨어 있던 후지이와 도시로가, 미야타가 가까이 오자 머리를 숙이고 달려와 양옆에 섰다. 기도사키 와타루는 멍하니 선 채 미야타를 지켜보았다. 준이치는 높이 떠올라서 곡선을 그리는 스튜디오 지붕에 걸터앉아, 막 입수한 정보를 생각했다.

『SODONG―소동』 제작비로 기도사키 프로덕션에 흘러들어 간 엔젤펀드 자금에, 자신의 살해 비밀이 숨어 있는 것은 틀림없는 사실 같았다. 그 일련의 흐름 어딘가에 미야타 조직이 관여하고 있다. 미야타는 거친 일도 마다하지 않는 곳이니 자신을 죽인 것은 역시 후지이와 도시로 2인조일까.

감독의 건강 상태도 무언가 불안한 것 같았다. 준이치는 크레인 쇼트 카메라 위치에서 기도사키 와타루가 어두운 자갈길을 지나 스튜디오로 돌아가는 것을 내려다보았다. 평소 같으면 에너지에 넘쳤을 프로듀서의 등이 그날 밤은 아주 작고 고독해 보였다.

12월 말, 『SODONG―소동』은 편집 작업에 들어갔다. 편집 스튜디오는 아오야마 뒷골목의 조용한 주택가에 있는 2층짜리 유리벽 건물로, 미야타 커뮤니케이션에서 공중비행으로 오 분 거리에 있는 곳이었다. 준이치는 연일 편집실을 방문했지만, 영화 편집 작업을 흥미롭게 관찰한 것은 첫날 하루뿐이었다.

방음 장치를 한 어두컴컴한 스튜디오에서 편집은 계속되었다. 앞쪽 벽에는 거대한 스피커와 모니터로 메워져 있었다. 편집자와 감독은 조정 테이블에 앉아 촬영이 끝난 필름을 비디오에 옮

겨 붙이고 자르고 하는 작업을 계속하고 있었다. 뒤에 벽 쪽 소
파에는 프로듀서를 비롯한 관계자가 번갈아 가며 나타났다가는
사라졌다.

시사와 재편집은 수없이 반복되었다. 24분의 1초에 지나지 않
는 한 컷을 자르고 보태고, 겉으로는 대범해 보이는 기도사키 감
독의 주문은 놀라울 정도로 세심했고, 말이 없는 편집자는 노련
한 마술사의 손놀림으로 키보드와 트랙볼을 조작했다.

십 분 정도 편집하는 데 만 하루가 걸릴 때도 있어서, 준이치
는 질려서 그저 방관할 뿐이었다. 그러나 기도사키 감독의 지시
로 순서를 더하거나 바꾸거나 컷의 길이를 살짝 자르는 것만으
로 영화의 흐름이 깔끔하게 정리되어, 리드미컬하고 매끄러워
졌다. 영화에서 흐르는 시간을 자유자재로 조정하는 감독의 특
수 기술에 준이치는 혀를 내둘렀다.

그 무렵 잠복의 중심은 진구마에에 있는 미야타 커뮤니케이션
이었다. 미야타는 채권 회수나 고리 사채업을 주로 하는 경제 야
쿠자였다. 구성원은 열 명 남짓한 말단 조직이지만, 기도사키 프
로덕션 건은 다수의 건수 중 하나였다. 하지만 지가사키 스튜디
오에서의 면회처럼 언제 사건이 진전할 순간이 올지 예측할 수
없었다. 준이치는 끈질기게 기다렸다. 기다리기와 관찰하기. 그
것이 사후 제2의 천성이 되었다.

아무런 성과도 없는 잠복을 마친 새벽녘, 준이치는 바닥 모를 불안에 휩쓸릴 때가 있었다. 생각해 보면 어느 날 갑자기 이 세상에서 사라진 사람은 셀 수 없이 많다. 증발, 실종, 유괴, 사고, 자살, 살인, 인신매매 …… 이유도 가지각색이지만, 그중 발견되지 못한 채 무참하게 사라진 사람도 무수히 많을 것이다. 준이치의 경우, 행방불명이 판명되었을 뿐, 살해된 사실은 아직 아무도 모를지도 모른다. 실제로 시체가 발견되기 전까지는 사건도 되지 않을 것이다.

오모테산도의 느티나무 가로수에는 백만 개도 넘는 알전등 장식이 크리스마스 분위기를 내기 시작했다. 심야까지 커플이 끊이지 않고 다니는 길은 시각화와 음성화 연습을 하기에 딱 좋은 장소였다. 준이치에게는 크리스마스 거리의 분위기도 편안했다.

자신이 살해당하고서야 알게 되었다. 힘들고 잔혹하고 괴롭기만 해서는 영혼도 살아갈 수 없다. 더러 헛된 일인 걸 알면서도 꾸역꾸역 하는 것, 그것도 훌륭하게 살아 있다는 증거였다.

조직 사무실 잠복이나 시각화 연습에 지쳤을 때, 준이치는 오모테산도를 산책했다. 메이지진구까지 쭉 뻗은 반짝거리는 느티나무 가로수 상공을 활주하여, 에스프레소 향이 나는 노천카페를 어슬렁거리기도 했다. 제일 먼저 음성화 벽을 깬 것도 그 거리에서의 일이었다.

이브날 밤은 일찍부터 택시가 밀리고, 오모테산도는 많은 커플로 흥청거렸다. 마지막 전철 시간이 가까워져서 준이치는 마지막 연습을 위해 적당한 상대를 찾았다. 빠른 걸음으로 지나가는 그림자 중에 준이치는 그 두 사람에게 시선이 갔다. 남자는 삼십 대 중반, 길게 기른 머리를 뒤로 묶고 진초록 벨벳 슈트를 입었다. 어떤 일을 하는지 알 수 없는 수상한 타입이었다. 남자에게서 몇 미터 떨어져, 느릿느릿 따라가는 것은 짧은 머리의 십대 소녀였다. 동그란 얼굴에 뺨이 빨갛고, 몸매가 드러나는 검은 재킷과 미니스커트 차림이었다. 걸으면서 손수건으로 뺨을 누르는 소녀에게서 어딘가 뒤죽박죽인 인상을 받았다. 소녀의 혈색 좋은 귀 쪽에 대고 준이치는 목소리를 쥐어짰다.

"괜찮니? 무슨 일 있어?"

무심하게 지나가야 할 소녀가 깜짝 놀라서 온몸으로 반응했다. 주위를 두리번두리번 둘러보았다. 준이치의 고동이 빨라졌다. 걸터앉아 있던 느티나무 가지에서 곧바로 몇 미터 날아서 옆에 내려섰다. 소녀의 눈은 눈물로 빨개져 있었다.

"내 목소리가 들리니? 들리면 대답을 해 주렴."

준이치는 소녀의 귀에 입을 대고 소리쳤다. 음성화 기술 따위 완전히 잊어버렸다.

"…… 네 …… 저기, 누구세요? 어디서 말하는 거예요?"

"뭐 하고 있는 거야. 빨리 와, 늑장 부리지 말고, 미호."

남자의 초조한 목소리가 들려왔다. 되돌아온 남자는 소녀의 손을 거칠게 잡고 질질 끌고 갔다. 조금이라도 좋으니 더 이야기를 하고 싶었다. 준이치는 남자의 강압적인 태도와 잘생겼지만 비열한 얼굴에 화가 났다. 이번에는 신중하게 목소리를 쥐어짜서 소녀에게 말을 걸었다.

"나는 너의 수호령이야. 그 남자는 네 미래에 어두운 그림자를 드리우고 있어. 빨리 헤어져. 알겠지?"

"어 …… 네, 알겠습니다."

"너, 혼자 무슨 소리 하는 거야? 머리가 돈 거 아냐?"

이상히 여기는 남자를 신경 쓰지 않고, 준이치는 계속했다.

"한시라도 빠른 편이 좋아. 오늘 밤, 헤어지렴."

소녀는 진지한 표정으로 말없이 끄덕였다. 남자의 손을 뿌리치더니 화단을 넘어가서 황급히 택시를 잡았다. 남자는 놀라서 멈춰 선 채, 소녀를 태운 택시가 떠나는 것을 지켜보았다. 준이치의 웃음소리가 터졌다.

살아 있는 사람과 이야기를 할 수 있다! 첫 음성화 성공에 준이치는 노래라도 부르고 싶은 기분이었다. 고구레 히데오가 건재했다면 제일 먼저 보고했을 텐데. 빛의 입자가 되어 사라진 고구레의 최후를 떠올리자, 가만히 있을 수 없어 오모테산도의 하늘 높이 날아올랐다.

생의 하얀빛과 죽음의 검은빛. 순간이동 마술과 온몸에 스며
든 음악의 아름다움. 이렇게 자유롭게 하늘을 날 수 있다는 것.
준이치는 사후의 수수께끼들을 생각했다. 저 아래쪽에는 빛의
운하가 그물처럼 도쿄의 시내를 덮고 있었다.

죽은 이가 되어 처음으로 맞이한 크리스마스. 준이치는 사후
의 존재로 이 세계에 사는 것도 나쁘지 않은 것 같았다.

섣달그믐, 준이치는 후지이와 도시로 2인조를 따라붙었다. 기
도사키 쓰요시 감독, 친동생인 와타루 프로듀서, 미야타와 가족
이 있는 이는 각자 가정으로 돌아가고, 후지사와 후미오는 후쿠
이에 있는 본가에 돌아갔다. 준이치가 할 수 있는 것은 엔들리스
비전의 사옥에서 처량하게 해를 보내는 2인조를 감시하는 것
정도였다.

낮게 드리워진 구름에 도시의 불빛이 반사되고, 하늘이 검붉
게 부풀어 오른 섣달그믐 밤, 후지이와 도시로는 오모테산도 뒷
골목의 선술집에 앉아, 새해를 맞이하려 하고 있었다. 가게 안에
는 두 사람 외에 몇 팀의 남성 손님만 있었다. 안쪽 방에 양아치
로 보이는 5인조가 시끄러웠지만, 나머지는 조용했다. 몇 달에
걸친 잠복으로 준이치는 자신을 살해했을지도 모르는 2인조에

게 기묘한 친근감마저 느끼게 되었다.

형님인 후지이가 도시로에게 맥주를 따르며 말했다.

"너, 가족들은 아직 건강하지? 설인데 한번 가 보는 게 좋지 않겠냐?"

두 손으로 잔을 받은 도시로는 단숨에 맥주를 비웠다.

"괜찮습니다. 가 봤자 좋은 일 없으니까요."

"알아. 너, 그래도 동생 학비 매달 보내잖아."

도시로는 금발의 빡빡머리를 긁적거렸다.

"그만하십시오, 형님. 동생 놈, 나처럼 머리가 나빠서 학비 비싼 사립밖에 못 갔어요."

"그래도 제법이잖아 ……."

이야기 도중에 가게 안쪽에서 시끄러운 환성이 들렸다. 휘익 휘익 하는 야유에 날카로운 손가락 휘파람이 섞여 있었다. 진지하게 얘기하던 후지이가 갑자기 고함을 질렀다.

"시끄러워, 이 새끼들아. 사람이 진지하게 얘기하는데 좀 조용히 해!"

후지이가 으르렁거리는 것과 동시에 도시로도 엉거주춤 일어서서 방 쪽을 노려보았다. 양아치풍의 5인조가 눈을 가늘게 뜨고 두 사람을 같이 노려보았다.

"뭐야, 애새끼들."

도시로가 소리쳤다.

"됐어, 내버려 둬."

후지이는 도시로를 말리고 다시 이야기로 돌아왔다. 도시로는 분이 풀리지 않는 모습으로 후지이를 상대했다. 잠시 후 소년들이 우르르 가게를 나갔다. 두 사람은 계산대 쪽으로 시선도 보내지 않았지만, 양아치풍의 5인조는 일제히 두 사람의 테이블에 험악한 시선을 보냈다.

"이런저런 사정이 있겠지만, 가족은 소중히 하는 게 좋아. 폐를 끼치고 안 끼치고의 문제가 아니라. 나도 잘 모르겠지만, 가족은 역시 피나 운명 같은, 신이 정해 준 것으로 이어져 있어. 그런 거야."

도시로는 묵묵히 끄덕였다. 후지이는 쑥스러웠는지 연신 맥주를 들이켰다. 텔레비전에서 중계하는 제야의 종소리가 여운을 남기며 좁은 가게 안을 채웠다.

"우리도 갈까, 이걸로 계산해라."

후지이는 도시로에게 신서판 경제학 입문서 두께만 한 지갑을 던졌다. 도시로가 계산대에서 계산을 마치자, 후지이는 고개를 돌린 채 말했다.

"나머지는 지갑째 가져. 공부 못하는 동생한테 세뱃돈이라도 주고 와."

도시로의 눈이 둥그레지더니 눈물이 그렁그렁해졌다.

"형님, 고맙습니다! 새해 복 많이 받으십시오. 올해도 잘 부탁합니다!"

도시로는 가게 앞에서 구십 도로 허리를 꺾었다. 후지이는 어, 하고 간단히 대답했다.

이것 좀 훈훈한 이야긴걸. 야쿠자는 어째서 자기편에게는 이렇게도 정이 깊을까. 준이치는 2인조를 따라 자동문을 빠져나가면서 복잡한 감회에 젖었다.

바깥은 가랑비가 내렸다. 새해를 맞이한 새벽, 메이지진구에서 멀리 떨어진 오모테산도 뒷길에 인적은 드물었다. 후지이와 도시로는 엔들리스 비전 쪽으로 화려한 블루종 컬러를 세우고 걷기 시작했다.

"잠깐. 당신들, 우리한테 뭐라고 씨부렁거리지 않았어? 잘 못 들었는데 한 번 더 말해 봐."

빌딩 틈새의 어두컴컴한 주차장에서 나타난 아까의 양아치풍 5인조가 가로등 불빛 원 속으로 들어왔다. 털실 니트 모자에 흰색 다운재킷을 걸치고 한쪽 다리에 넉넉히 몸통이 들어갈 것 같은 헐렁헐렁한 청바지를 가는 골반에 걸치고 있었다. 얼마 전에 유행했던 베드보이 패션이었다.

"너희, 바보냐. 우리가 진구마에의 미야타 조란 걸 알고 까부는 거냐?"

도시로가 호통쳤다.

"형님이고 똘마니고 상관없어. 우린 여기 인간이 아냐. 할 만큼 해 놓고 도망치면 멍청한 야쿠자한테 잡힐 리 없지. 아니면, 지금 돈이나 내놓고 아까는 미안했습니다, 하고 사과하든지. 아저씨."

다섯 명 중에 다른 아이들보다 머리 하나는 더 큰, 한복판에 선 소년이 히죽히죽 웃으면서 말했다.

"힘이 좋네, 요새 청소년들."

후지이는 소년들을 향해 걸어갔다.

"저 안에 있는 주차장으로 가자. 여긴 민원 들어와서 느긋하게 즐길 수 없잖아."

투견의 얼굴에 섬뜩한 미소가 떠올랐다. 이 상황을 진심으로 즐기는 것 같았다. 후지이는 리더 격인 소년에게 눈을 떼지 않고, 도시로에게 말했다.

"너, 두 놈 상대할 수 있지? 난 복판의 힘 좋은 형아하고 나머지를 맡으마."

남자들은 벌레 먹은 거리의 흔적 같은 주차장으로 이동했다. 막다른 빌딩 벽면에는 록 밴드의 광고판이 조명에 떠올랐다. 파란 불빛 속에서 장발의 기타리스트가 일렉트릭 기타를 기관총처럼 들고 있었다.

비에 젖은 아스팔트에 그림자가 달리더니, 갑자기 격투가 시작되었다. 도시로가 몇 걸음 달려가더니 느닷없이 제일 가까이에 있는 소년을 뒤에서 내리쳤다. 손에 하얀 것이 숨겨져 있었다. 다운재킷 등에 붓칠을 한 것처럼 피가 보이고, 소년은 머리를 감싸고 주저앉았다.

"집에 갖고 가서 쓸려고 아까 가게에서 꼬불쳐 오길 잘했네요."

도시로는 후지이를 향해 웃었다. 두꺼운 도자기 재떨이를 보여 주었다.

"어이, 형아들. 4 대 2면 좀 힘들지 않겠냐? 좀 봐주고 할까?"

후지이의 말에 소년들은 열 받은 것 같았다. 난투전이 시작되었다. 준이치는 주차용 기중기 윗단에 서 있는 BMW 보닛에 걸터앉아, 2인조의 활약을 보았다.

싸움에도 프로와 아마추어의 차이는 뚜렷한 것 같았다. 후지이와 도시로는 방어를 확실히 하며, 상대가 전투 불능이 될 급소에 일격을 가해 나갔다. 삼 분 뒤에는 리더 격인 소년을 남기고, 전원이 젖은 땅바닥에 쓰러졌다. 코가 부러진 소년, 무릎을 안은 소년, 팔이 빠진 소년, 턱을 누르면서 갓 태어난 망아지처럼 떠는 소년. 리더 격은 주차장 구석으로 몰렸다. 등 뒤의 광고판에서는 CG로 만들어진 파란 불꽃이 춤을 추었다.

"오지 마. 찌를 거야."

마지막에 남은 소년은 찰칵찰칵 하고 손목을 흔들더니 장난감 같은 버터플라이 나이프를 들이대었다. 떨리는 칼끝에 빗방울이 떨어졌다.

"너, 사람 죽인 적 없지? 야쿠자 찌르고 교도소 갈래? 우리는 평생 쫓아다닐 거야. 너희 가족도 무사하지 않을걸. 그런 것 넣어 둬라, 아가야."

"넣어 두면 …… 저기, 그냥 보내 줄 겁니까?"

"아, 너희가 두 번 다시 하라주쿠에 오지 않는다면."

나이프를 넣느라 소년의 시선은 손 쪽으로 돌아갔다. 후지이는 그 틈을 놓치지 않았다. 오른손으로 나이프를 날리고, 그대로 소년의 얼굴 복판에 박치기를 했다. 한 방으로 멈추지 않았다. 다운재킷의 먹살을 잡고 소년의 발끝이 허공에 뜰 정도로 들어 올리더니 흉터가 달리는 이마로 소년의 얼굴을 곧장 박았다. 뼈와 뼈가 부딪치는 소리가 빌딩 벽에 둔하게 울렸다. 소년의 의식은 최초의 일격으로 몽롱해진 것 같았다. 인형처럼 팔다리에서 힘이 빠졌다. 딱딱한 땅에 말뚝을 박는 것 같은 소리가 이어지더니, 후지이는 소년을 젖은 지면에 내동댕이쳤다. 리더 격인 소년은 이상한 각도로 몸을 구부린 채 움직이지 않았다.

"설이어서 기분이 좋은 판이었는데. 너, 최악이구나."

후지이는 떨어진 나이프를 주웠다. 도시로는 쓰러진 소년을 닥치는 대로 찼다. 투견의 얼굴을 한 남자는 신중하게 날을 펴더니 말했다.

"동료를 버리고 혼자만 도망치려 하다니. 너는 정말 최악이야."

그 목소리가 묘하게 차분하여 준이치는 불길한 예감이 들었다.

구부리고 앉은 후지이가 소년의 얼굴에 버터플라이 나이프를 가볍게 그었다. 아스팔트의 물웅덩이에 자기 피가 섞여도 의식을 잃은 소년은 비명도 지르지 않았다.

준이치의 마음에 한 가지 이미지가 소용돌이를 치며 되돌아왔다.

여름밤 …… 숲 속의 빈터 …… 땅바닥에 입을 벌린 네모난 어둠 …… 그 바닥에 누운 알몸의 남자 …… 깨져서 흙에 섞인 치아 …… 뺨에 떨어지는 차가운 흙.

격렬한 박동을 되풀이하는 준이치의 심장에 맞춰, 광고판을 비추는 조명이 천천히 점멸을 시작했다. 어두컴컴한 주차장 한 모퉁이가 파도치듯 빛이 비쳤다가 어둠으로 돌아갔다.

"…… 그 …… 만 …… 해 …….”

그 목소리는 멀리서 울려왔다. 차갑게 쉰 목소리로 그 네모난 구덩이 바닥에서 흘러나오는 것 같았다.

후지이는 미소를 띤 입가를 일그러뜨린 채, 눈을 게슴츠레하게 뜨고 소년에게 말을 걸고 있었다. 피가 튀어서 젖은 이마가 검게 빛났다.

"넌 들개야. 또 힘이 나면 어른을 물게 되겠지. 제대로 혼쭐이 나 보지 않으면 모를 거야. 그렇지."

소년의 이마에 칼끝을 휘둘렀다. 무언가 새기는 것 같았다. 글씨? 큰 대 자인가? 마지막에 후지이는 소년의 이마를 칼로 가볍게 찔렀다. 탁 하고 두개골에 칼이 닿는 소리가 들렸다.

犬(개).

소년의 이마에 새겨진 빨간 글씨를 보고 준이치의 속에서 무언가가 끊겼다.

"그만해!"

준이치는 절규했다. 어째선지 자기 목소리가 주차장 막다른 곳의 어둠에서 울려왔다. 후지이와 도시로가 쓰러진 소년에게서 시선을 돌려 광고판을 올려다보았다.

그곳에서 준이치도 보았다. 점멸을 거듭하는 스포트라이트 속에 이차원의 광고판에 인쇄된 파란 불꽃이 프레임을 뚫고 나와 빌딩 벽면과 가랑비 내리는 밤에 긴 혀를 내밀고 있었다. 뿜어대는 불꽃의 중심에 흙투성이가 된 알몸의 남자가 서 있었다. 남자는 오른손을 후지이네에게 내밀고 절규하듯이 입을 벌렸다.

깨진 앞니와 흙으로 가득한 입속에서 파란 불꽃이 춤을 추었다. 남자는 소리쳤다.

"그, 만, 해 …… 그만하 …… 라고. 끝, 났, 어."

주차장에서는 모든 움직임이 멈추었다. 후지이는 벌떡 일어나 칼을 떨어뜨렸고, 도시로의 얼굴은 창백해졌다. 쓰러진 소년들도 눈을 동그랗게 뜨고 불꽃을 올려다보고 있었다.

준이치는 파란 불꽃의 정체를 알아보았다. 그것은 구덩이 바닥에 누워 있는 준이치 자신의 모습이었다. 알몸으로 묻힌 흙투성이 시체가 광고판 안에 시각화하여 되살아났다. 그것을 깨닫는 것과 동시에 불꽃의 기세는 급속도로 약해지고 포스터 속으로 접히듯이 사라졌다. 알몸의 남자도 광고판 속으로 후퇴했다. 잠시 후 벽면은 기타리스트가 불꽃 속에서 포즈를 잡고 있었다. 평범한 광고 간판으로 돌아왔다.

"가자."

후지이가 희미하게 떨리는 목소리로 말하더니 2인조는 재빨리 주차장에서 모습을 감추었다. 준이치는 신음하는 소년들과 심야의 주차장에 남겨졌다. 가랑비는 어느새 진눈깨비로 바뀌었다. 준이치는 무거운 피로와 탈진감으로 BMW의 보닛에 누운 채 미동도 할 수 없었다. 몇 분 뒤, 양아치 소년들도 한 무리가 되어 서로 몸을 기대고 주차장을 나갔다.

어떻게 한 건지 두 번 다시 할 수 없을지도 모르겠지만, 준이치는 시각화에 성공한 것 같았다. 고구레의 말대로 심한 소모감으로 손가락 하나 들 힘도 없었다.

준이치는 보닛에 쓰러진 채 웃음을 터트렸다. 처음으로 후지이와 도시로에게 한 방 먹였다. 그 악몽 같은 밤처럼 손도 발도 못 쓴 게 아니다. 자신의 모습을 보여 주고 2인조를 진심으로 공포에 떨게 했다.

멀리서 제야의 종소리가 밤의 바다을 기어 왔다. 생자의 번뇌를 지우는 무거운 울림이 하늘에 걸린 무수한 빗방울을 떨게 했다. 준이치의 뇌리에 지난 일 년이 맴돌았다. 자신은 올해 죽어서 혼만 남은 존재로 다시 태어났다. 신기한 사후 세계에 농락당해 침울해하기도 하고 초조해하기도 했지만, 어찌어찌 극복할 수 있었다. 아직 자유롭게 사용할 수 없지만, 시각화와 음성화 능력도 확인했다.

나쁘지 않은걸, 나로서는 아주 좋은 성과야.

준이치는 진눈깨비가 튀는 차가운 보닛에 뺨을 댄 채, 기묘한 행복감에 둘러싸여 언제까지고 이어지는 종소리에 몸을 맡기고 있었다.

천사의
공격

새해는 임시 뉴스로 시작했다.

쓰쿠다의 자택에서 설날 심야 텔레비전을 보고 있는데 화면
위쪽에 자막이 떴다.

> 영화감독 기도사키 쓰요시 씨(67세) 긴급 입원.
>
> 기도사키 감독은 현재 신작 사극『SODONG―소동』을
>
> 제작 중.

추가 정보를 찾아 채널을 이리저리 돌려 보았지만, 어느 방송
국에서도 기도사키 쓰요시의 입원을 다루지는 않았다.『소동』
제작비를 분담한 그 방송국 외에는 기도사키 감독의 긴급 입원
은 뉴스거리가 아닌 것 같았다.

준이치는 아카사카의 기도사키 프로덕션으로 순간이동했다.

연락 요원 정도는 출근했을지도 모른다. 의식의 공백에서 깨어나자, 스틸 사진의 콜라주가 맞이해 주었다. 접수 카운터에 후미오의 모습은 없었다. 안쪽 방에서 기도사키 와타루의 굵은 목소리가 울려왔다.

"뭐, 괜찮겠죠. 당사자는 지극히 건강해서 병실로 기재를 갖고 오라고 난리이신걸요. 편집 작업은 마쳤지만, 더빙을 아직 안 해서요. 그것만 마치면 영화도 완성입니다. 푹 쉬면서 몸을 관리하기 전에 『소동』만은 완성해 줘야죠. 장사에 지장 있으니까."

기도사키 프로듀서는 표정 하나 바꾸지 않고, 소리 내어 웃었다. 파자마 위에 스웨터를 걸치고 등에 회사 이름이 들어간 그라운드 코트를 걸치고 있었다. 사무실에 있는 사람은 프로듀서 한 명뿐으로 땀을 흘리면서 전화 응대에 쫓기고 있었다.

"꽃배달이오? 고맙습니다 …… 아카이시초 성누가 국제병원 812호 …… 문병은 영화가 완성되고 종합검진이 끝나면 그때 부탁합니다. 선생님이 오시면 감독님도 기뻐하실 겁니다."

그 병원은 준이치의 집 창문에서 스미다 강 맞은편에 보이는 세인트루크스 트윈타워 뒤에 있는 핑크색 건물이었다. 인테리어는 시티호텔처럼 깨끗하고, 병실은 모두 개인실이라고 누군가에게 들은 기억이 났다.

기도사키 와타루는 전화를 끊고 나자 한숨을 쉬었다. 계속 울리는 전화를 무시하고 꼬고 있는 다리를 책상에 올리더니, 자다 깬 흔적이 남은 반백의 머리를 쓸어 올렸다.

"촬영이 무사히 끝난 것만으로 감사해야 하는 걸까. 형, 조금만 더 힘내 줘."

한마디 중얼거리더니 몇 번이나 눈을 깜박거렸다. 울고 있을지도 모른다. 준이치는 초로의 프로듀서에게서 시선을 돌리고, 순간이동을 위해 이미지를 떠올렸다.

목적지라면 잘 알고 있다. 병원 꼭대기에 세워진 하얀 십자가다. 이 시간이라면 아래쪽에서 스포트라이트를 받아 밤하늘에 빛나듯이 떠 있을 터였다.

입구의 바닥은 흰색과 녹색 대리석이 바둑판무늬로 깔려 있었다. 멈춰 선 에스컬레이터가 탁 트인 유리 천장의 어둠 속으로 사라졌다. 야간 근무를 하는 간호사가 이따금 걸어 다니는 정도로, 병원에는 사람 그림자가 없었다.

목적한 8층에 도착하자, 방 번호를 확인하면서 병실을 찾았다. 준이치는 뱃전에 달린 것 같은 동그란 창이 낀 슬라이드 도어로 빠져 들어가 812호실에 침입했다. 내부는 변형된 삼각형으로 넓이는 아홉 평쯤 되었다. 간단한 응접세트까지 놓여 있었다.

기도사키 쓰요시는 흰색 철제 침대에서 자고 있었다. 가슴까지 덮은 담요가 조용히 위아래로 움직였다. 헛기침 같은 소리가 병실에 울렸지만, 감독은 눈을 뜨고 있지 않았다. 목 상태는 자는 동안에도 좋지 않은 것 같았다. 잠에 빠진 기도사키 쓰요시는 그저 몸집이 큰 노인으로밖에 보이지 않았다. 뺨의 살이 쏙 빠지고 주름이 깊어서, 스튜디오에서의 정력적인 활동 모습과는 대조적으로 무거운 피로를 느끼게 하는 얼굴이었다.

다음 도약에 대비해 그 장소를 기억에 새겨 두려고 준이치는 병실을 둘러보았다. 흰색 침대, 크림색 벽과 가리개용 커튼과 창문의 롤 블라인드, 벽에는 푸른 파도를 소박한 붓 터치로 그린 프랑스 화가 뒤피풍의 수채화가 걸려 있었다. 레인보우 브리지가 있는 것으로 보아 도쿄 만 풍경일 것이다. 협탁 위에는 신작 영화의 각본과 크랭크업 기념사진이 놓여 있었다. 콩알만 한 후미오의 웃는 얼굴도 보였다. 흐뭇한 시선을 다시 감독에게로 돌렸을 때, 시야 끝에 무언가가 반짝이는 것 같은 느낌이 들었다. 찬물을 퍼부은 듯한 떨림이 온몸을 달렸다.

어둠을 삼킨 유리 같은 칠흑의 반짝거림. 그 구슬은 천천히 회전하면서 기도사키 감독의 담요 위에 떠 있었다. 아직 작은 조각으로, 크기가 그 수술대 소년의 반 정도 될까. 그러나 주위의 빛을 빨아들이는 음산함은 똑같았다. 문득 빛의 위엄에 빨려들어 그 속으로 뛰어들어 버릴 것 같은 유혹이 밀려와, 준이치는 필사적으로 비명을 억눌렀다.

지금 당장 이곳에서 도망쳐야 한다. 검은빛이 없는 곳이라면 어디라도 좋다. 준이치는 정처 없이 순간이동을 했다.

공백에서 눈을 뜨자 어두운 방에 있었다. 불은 켜져 있지 않았다. 실내 공기가 차가워서 아무도 없는 것을 직감했다. 후타고다마가와에 있는 후미오의 집이었다.

스무 평 남짓한 원룸으로 바닥은 마루, 한쪽 벽은 루버 문이 달린 붙박이장이 있었다. 수납 가구가 적은 담백한 방이었다. 가구는 격자무늬 커버의 세미더블 침대와 책상과 그 옆의 책장뿐이었다.

젊은 여성이 혼자 살고 있음을 느끼게 하는 것은 출창에 늘어놓은 유리로 만든 동물 인형 정도였다. 기린, 표범, 코끼리, 얼룩말 …… 많은 동물이 있었다. 『유리 동물원』인가, 옛날에 읽은 희곡이 생각나서 후미오의 책장을 들여다보았다. 테네시 윌리엄스의 문고본이 책등을 나란히 하고 책장 오른쪽 구석에 죽 꽂혀 있었다.

그 연극에 나오는 마음이 아픈 딸과, 눈부신 조명 속에서 당당히 연기하는 후미오의 모습이 준이치의 속에서는 전혀 겹쳐지지 않았다. 투명한 빛 덩어리를 깎아 놓은 유리 동물들을 보고 후미오의 배 위에 있는 생명의 빛을 떠올렸다.

준이치는 침대에 누워 후미오의 냄새를 마음껏 들이마시고 싶었다. 사람을 싫어하는 자신이 타인의 냄새에 이토록 애틋함을 느끼는 것이 이상했다. 스무 살에 아버지에게 돈을 받고 절연당하며 결심했던 맹세를 떠올렸다. 그것은 다카나시 법률사무소의 복도였다. 나는 누구와도 결혼하지 않는다, 가족을 만들지 않는다, 자식도 필요 없다. 혼자 살 것이다. 플래시백으로 다시 찾아간 짧은 생애에서도 그 결심이 흔들리는 일은 없었다.

후지사와 후미오와 자신의 사이에 대체 무슨 일이 있었을까. 준이치는 자신을 죽인 범인보다 후미오와의 관계가 더 중대한 관심사였다. 살인범 따위 찾아 봐야 복수도 할 수 없고, 자신이 다시 살아날 수도 없다. 그렇다면 발전할 가망조차 없는 관계라 해도 후미오와의 수수께끼를 푸는 편이 몇 배 더 흥미롭지 않을까.

커튼에 어렴풋이 창문틀의 그림자가 비쳤다. 바깥이 밝아 오고 있는 것 같았다. 출창에 나란히 있는 유리 동물들에 새벽의 푸른빛이 서렸다. 그것이 잠에 떨어지기 전에 본 마지막 광경이었다.

하얀빛, 검은빛, 푸른빛, 빨간빛. 그 새벽, 준이치는 후미오의 침대에서 색색의 빛이 춤을 추는 괴로운 꿈을 꾸었다.

새해 들어 음성화와 시각화 연습에 한층 열을 올렸다.

준이치가 단기간에 보내는 목소리나 영상에 거의 반 정도의 사람들이 조금이라도 반응을 보이게 되었다. 전기 사용과 같았다. 처음에 요령을 파악할 때까지가 힘들지, 그다음은 그저 기술을 연마하기만 하면 되었다. 그래도 연습 후의 에너지 소모를 피할 방법은 없어서 준이치는 지칠 대로 지쳐 의식을 잃듯이 새벽을 맞이할 때가 많아졌다.

설날 연휴의 어느 날 밤, 준이치는 엔들리스 비전을 찾았다. 유리 돔의 사장실에서 후지이는 거대한 책상에 앉아 표지를 씌운 문고 책을 읽고 있었다. 뒤에 가서 무슨 책인가 제목을 확인해 보았다. 《그 성문을 지나》. 준이치는 어이가 없었다. 소년의 이마에 칼로 글씨를 새기는 투견과 야마모토 슈고로의 단편을 읽는 후지이가 전혀 연결되지 않았다.

"저기, 형님. 이 여자, 『소동』이란 영화에 나온 여자 아닙니까?"

소파에 누워서 스포츠 신문을 보고 있던 도시로가 신문을 펼친 채 책상으로 걸어왔다.

"이것이 진짜 대『소동』! 인기 배우 이하라 다카노리(32세) 숨겨진 자식 발각!"

연예란 머리기사는 『소동』의 주인공, 이하라 다카노리의 숨겨진 자식 소동을 전하고 있었다. 머리기사 옆에는 선글라스로 얼굴을 가린 임신부의 모습이 실렸다. 어딘가 병원에서 나오는 모습을 몰래 찍은 듯 거친 입자의 흑백 사진이었다. 도움체의 캡션이 꺼멓게 준이치의 눈에 들어왔다.

'상대는 화제의 대작 『소동』에서 공연한 신인 여배우, 후지사와 후미오 씨(29세)'

준이치의 몸속에서 무언가가 무너져 내리는 것 같았다.

"좋겠다, 일터에 이렇게 괜찮은 여자가 굴러다녀서. 하고 싶은 대로 하겠네. 나도 여배우하고 한번 해 보고 싶구만."

도시로의 농담에 후지이가 문고 책에서 눈을 들었다.

"미안하네, 나 같은 놈하고 매일 같은 일터여서. 아주 살풍경하지."

후지이의 얼굴에는 표정이 없어서 농담인지 진담인지 알 수 없었다.

"아닙니다, 말도 안 됩니다, 형님. 저 잠깐 소변 좀 보고 오겠습니다."

도시로는 황급히 사장실에서 물러났다.

야성미 넘치는 이하라 다카노리의 낭인 차림이 생각났다. 이하라는 준이치와는 대조적이었다. 키가 크고 가슴이 두껍고 조각도로 새긴 듯이 단정한 이목구비였다. 지가사키 스튜디오에서 보면 남자인 준이치조차 반할 것 같았다. 자신처럼 여자 앞에서 말도 못하는 숙맥이 아니겠지. 후미오가 반하는 것도 무리가 아니다.

준이치는 복도로 나왔다. 화장실이 어디인지는 알고 있다. 도시로에게 화풀이해 봐야 의미는 없지만, 조금은 기분 전환이 될 것이다. 슬슬 관계자에게 음성화와 시각화 효과를 시도해 보고 싶은 마음도 있었다.

진한 녹색 대리석으로 인테리어 한 화장실에 침입했다. 도시로는 콧노래를 흥얼거리면서 제일 구석의 모던한 스테인리스제 소변기에서 볼일을 보고 있었다. 준이치는 도시로 뒤에 서서 활을 당기듯이 집중력을 모았다.

찌릿찌릿 머리카락이 타는 듯한 냄새가 나고, 천장 형광등이 점점 어두워졌다. 금발 빡빡머리가 당황하여 돌아보았을 때, 준이치가 귓가에서 속삭였다.

"기억하냐."

도시로는 눈이 튀어나올 듯이 크게 뜨고 입으로 숨을 쉬었다. 모공이 보일 정도의 거리에 서 있는 준이치를 찾아, 두리번두리번 주위를 둘러보았다.

"누구야, 누가 있는 거야."

"기억하냐 …… 작년 여름."

"뭐야, 대체. 여름이 어쨌다는 거야."

도시로의 목소리가 떨리기 시작했다.

"숲 속의 구덩이 …… 네가 묻은 시체."

준이치는 낮은 소리로 신음하듯이 말했다. 도시로의 얼굴에 경련이 일며, 두 손으로 앞을 꽉 잡았다.

"보이네 …… 너의 죽은 얼굴이 …… 같이 갈까."

도시로는 몸째로 돌아보았다. 등이 변기에 들어갈 정도로 벽에 달라붙어서 눈에 보이게 온몸을 떨기 시작했다. 물리적인 힘은 전혀 사용하지 않았는데, 이렇게 격렬한 반응을 보이다니. 준이치는 어안이 벙벙하면서 감탄하고 있었다.

"부탁입니다. 살려 주세요. 나를 데려가지 말아 주세요."

공포에 목이 막혀 휘파람 같은 소리를 냈다.

준이치는 시각화를 위해 이미지를 그렸다. 세면대 정면의 벽은 전면이 거울이었다. 매끄러운 유리에 날카롭게 새긴 상상력의 칼날로 자신의 모습을 새기듯이 티끌 하나 없는 거울에 의지력을 모았다.

젖빛 안개로 덮인 거울 표면에 폭풍우의 구름 같은 그림자가 커지더니 이동했다. 그림자는 점점 형체가 갖춰진 사람의 형태가 되었다. 집중력의 액셀러레이터를 더욱 힘껏 밟자, 머리와 어깨의 윤곽이 희미하게 완성되었다. 그것은 얼굴의 세부가 분명치 않은 먹색의 음산한 초상이었다. 눈과 입의 구멍에서 끝없는 어둠이 들여다보였다. 거울에 떠오른 남자는 준이치조차 얼굴을 돌리고 싶을 정도로 어두운 박력을 갖추고 있었다. 세면실 한쪽이 황천으로 이어지는 창이 되어, 차가운 바람이 불어오는 것 같았다.

어딘가에서 말이 되지 않는 한숨이 새어 나왔다. 준이치가 시선을 돌리는 동시에 도시로가 바닥에 주저앉았다.

다음 순간, 그림자의 남자는 사라지고 거울은 주저앉은 도시로를 태연히 비출 뿐이었다. 맹렬한 탈진감이 집중력이 끊어진 준이치의 온몸을 덮쳤다. 화려한 체크무늬 팬티에 검은 얼룩이 번지는 걸 발견하고 준이치는 황급히 세면실을 뒤로했다.

새해 연휴가 끝나고 근무를 시작한 저녁 무렵, 준이치는 오랜만에 기도사키 프로덕션을 찾아갔다. 병원뿐만 아니라 회사로도 꽃을 보낸 것 같았다. 하얀 호접란이 사무실 벽 쪽을 메우고 있었다. 눈이 시릴 정도의 향기가 났다.

기도사키 와타루가 소집하여 네 명의 직원과 후지사와 후미오가 다 모였다. 중역실 테이블에는 배달시킨 안주와 술병이 차려져 있었다.

"올해는 승부를 보는 해야. 기다리고 기다리던 『소동』을 개봉

한다. 감독님은 병원에서 막바지 작업을 하고 계셔. 모두 힘을 모아 『소동』 성공을 위해 애써 주기 바란다. 새해 복 많이 받고, 건배."

신년회 운을 뗀 것은 기도사키 와타루였다. 준이치는 벽면을 메운 난꽃 사이에 앉아, 기도사키 프로덕션 스태프를 관찰했다. 후지사와 후미오는 손수건으로 입을 막은 채, 음식에도 음료수에도 거의 손을 대지 않았다. 임신 후기를 맞아 아름다운 피부에 한층 광이 나는 것 같았다. 얇은 피부 아래 혈관이 비쳤다.

몸이 안 좋아 보이는 후미오에게 기도사키 와타루가 말을 걸었다.

"어이, 후미오, 괜찮아? 잘 챙겨 먹고 있는 거야?"

후미오는 씩씩하게 웃어 보였다.

"괜찮습니다. 꽃향기가 너무 강해서 속이 좀 거북해서 그래요. 평소에는 식욕이 엄청나요."

"그렇다면 다행이지만. 배 속에 아기도 있으니 조심해."

준이치에게는 다른 직원들이 후미오와 시선 마주치기를 꺼리는 것이 느껴졌다. 대화 중에 아무도 후미오의 임신은 언급하지 않았다. 반은 배우이고 반은 직원이라는 어중간한 처지에다, 인기 배우와의 스캔들이 발각되면 후미오의 미묘한 처지가 어떨지 준이치조차 상상이 됐다.

"후미오, 미안하지만, 이따 좀 남아. 할 얘기가 있어."

잠자코 끄덕이는 후미오를 남기고 다른 사원들은 2차를 하러 부랴부랴 사무실을 나갔다.

기도사키 와타루는 두 손을 머리 뒤로 포개고, 쭉 뻗은 다리를 소파에서 꼬고 있었다. 굳은 표정으로 입을 다물었다. 후미오는 프로듀서 정면에 앉았다.

"사람 입에 문을 달 수 없다는 말은 진리네."

후미오는 말이 없었다.

"이하라 다카노리의 사무실에서 클레임이 왔어. 후미오한테도 해명 기자회견을 열어 주길 바란다고. 어때, 후미오?"

"내키지 않아요."

"뭐, 그렇겠지. 너는 아이 아빠 얘기는 아무한테도 한 마디도 하지 않았어. 나조차 누군지 모르니. 후쿠이 본가에는 얘기했나?"

후미오는 묵묵히 고개를 저었다.

"그랬군. 죽어도 말하기 싫은가 보네. 하지만 그러면 세상 사람들이 용서하지 않을 텐데. 앞으로 『소동』 홍보로 너희는 언론 취재가 엄청나게 들어올 거야. 이하라도 곤란할걸. 너, 이하라하고는 사귀지 않았지? 그렇지?"

준이치는 숨을 죽이고 후미오의 입가를 바라보았다.

"몇 번 같이 식사를 했을 뿐이에요."

"정말로 그것뿐이야? 식사에 덤은 없었어?"

후미오는 끄덕였다. 준이치는 너무 기쁜 나머지 날아오를 것 같았다.

"그렇지만 이하라 씨가 아빠가 아니란 것을 알면 그건 그것대로 시끄러워질 거예요."

"다음 범인 찾기인가. 배 속 아이의 진짜 아빠에게 폐가 될까 봐 걱정하는 거냐? 이봐, 후미오, 그 남자를 그렇게까지 지켜야 할 이유가 있는 거야? 유부남이라거나 정치가라거나, 사연 있는 남자야?"

후미오는 다시 입을 다물었다. 뜻밖에 고집스러운 면도 있구나, 준이치는 후미오의 새로운 면에 놀랐다.

"알았어. 그렇지만 영화에도 영향이 있으니까, 이하라 다카노리의 의혹만은 풀어 줘. 그다음은 모르는 척하면 돼. 회사에서도 전력을 다해 너를 지켜 줄게. 그럼 되지?"

프로듀서의 말 도중에 후미오의 눈에 눈물이 고였다.

"네, 감사합니다."

"아기는 본가에 가서 낳을 건가, 아니면 여기서 낳을 건가."

"도쿄에서 혼자 낳을 생각이에요."

"그래, 본가 쪽이 편할 텐데. 뭐, 좋아, 힘내. 뭣하면 좋은 병원

소개해 줄게. 너무 무리는 하지 말고. 정 안 되면 그 남자한테 울며 매달려. 그러면 어떤 남자라도 넘어올 거야. 여자가 너무 야무진 것도 달리 생각해 볼 일이야. 때로는 바보가 될 수 있을 만큼 영리하기도 해야 해. 배우니까 그 정도 연기는 할 수 있잖아."

후미오는 울면서 우는 표정으로 끄덕일 뿐이었다. 그 눈물로 준이치의 결심이 굳어졌다. 오늘 밤 시도해 보자. 후미오에게 처음으로 음성화와 시각화를 실행하는 것이다.

인기 배우와 후미오의 선이 옅어진 기쁨에 준이치는 한껏 들떴다. 가벼운 충동으로 내린 결단이 후미오를 얼마나 궁지로 모는 일인지, 그때의 준이치는 예상도 하지 못했다.

밤 열한 시, 준이치는 후미오의 집 이미지를 그리며 날았다. 완벽한 공백으로 이어지고, 채널을 바꾸듯이 맨션이 나타났다.

후미오는 감색 파자마 위에 남자용 스웨터를 걸치고, 감은 머리를 뒤로 묶고 있었다. 털이 긴 섀기카펫에 앉아, 가슴에 쿠션을 안고 벽에 기대 있었다. 임신 8개월의 배는 보름달처럼 부풀었고 빛 구슬은 안정된 회전을 계속하고 있었다.

소리를 죽인 텔레비전이 창에 푸른빛을 던지고 있었다. 후미오의 시선은 화면에서 벗어나 허공을 헤매고 있었다. 쭉 뻗은 다리 끝은 두꺼운 털양말로, 준이치에게는 발뒤꿈치의 보풀조차 사랑스러웠다. 있는 대로 용기를 내어, 음성화로 집중력을 높여 갔다.

"…… 저, 안녕하세요 ……."

자신의 것으로는 생각할 수 없는 옥죄인 목소리였다. 후미오의 눈에 초점이 돌아오고 시선이 방을 한 바퀴 둘러보았다. 쿠션을 꽉 껴안고 공포의 표정이 서렸다.

"…… 내 목소리, 기억하세요?"

이번에는 평범한 목소리가 되었다. 후미오의 입술이 산소가 부족한 물고기처럼 벌어졌다가 다물어졌다. 준이치는 공포에 질린 비명을 예상했다.

"해를 가할 생각은 없습니다. 아세요?"

후미오는 떨면서 끄덕였다. 가지런한 얼굴이 일그러지고 패닉을 일으킬 것 같았다. 준이치는 필사적으로 자기소개를 했다.

"놀라지 말아요, 이상한 사람은 아닙니다. 내 이름은 가케이 ……."

"준이치 씨."

후미오의 눈에 굵은 눈물방울이 그렁그렁해졌다.

"나를 아세요?"

후미오는 울면서 끄덕였다.

"준이치 씨, 어디로 간 거예요?"

"나는 ……."

말문이 막혔다. 뭐라고 하면 좋을까. 기억을 상실한 유령이 되어, 당신을 사랑했습니다. 취미는 음악 감상과 잠복 …….

잠시 틈을 두고, 준이치는 대답했다.

"나는 이미 …… 이쪽 세계에 있지 않습니다."

후미오의 울음소리가 한층 격렬해졌다.

"어째서인지는 모르겠지만, 나는 죽어서 다른 형태의 존재로 돌아왔습니다. 그리고 죽음의 원인을 찾는 동안에 후지사와 씨를 만났습니다."

자신의 이름을 불려서 놀란 듯이 후미오는 고개를 들었다. 긴 속눈썹이 젖어 있었다.

"그렇게 남처럼 부르지 마세요, 전처럼 불러 줘요."

"나는 당신을 어떻게 불렀습니까? 지난 두 해의 기억이 깡그리 없어졌습니다."

후미오의 안색이 바뀌었다.

"준이치 씨는 아무것도 기억하지 못하세요? 우리 일도 잊었어요? 전에는 후미오, 후미짱이라고 불러 주었는데."

"미안합니다. 그렇지만 전혀 기억나지 않아요. 당신을 만난 것도 기억에 없어요."

"…… 그런."

"묻기 좀 그렇지만, 우리는 사귀었습니까?"

후미오는 말없이 끄덕였다. 준이치는 행복했다. 잃어버린 두 해 동안에 후미오를 만나 사귀었던 행운이 있었다니.

"정말로 죽은 거예요? 이쪽으로는 돌아올 수 없는 거예요?"

조심스러운 후미오의 말이 가슴을 찔렀다. 준이치는 평소에는 자신이 죽은 사람이란 것을 잊고 있었다. 그러나 두 번 다시 생의 세계로 돌아올 수는 없을 것이다. 시체는 이미 백골이 되어, 그 숲에서 잠들어 있을 터.

"무리입니다. 나는 이 세상에 …… 돌아올 수 없 ……."

준이치의 목소리가 라디오 방송 노이즈 같은 잡음에 섞여 지워졌다. 집중력을 다시 모아, 열심히 목소리를 쥐어짜도 또렷한 말이 되지 않았다.

"준이치 씨, 괜찮아요? 아직 여기 있어요? 대답해 주세요."

후미오는 울면서 소리치듯이 말했다. 준이치는 그 대답 한마디를 하기 위해 온 힘을 쥐어짜야 했다.

"네 …… 에."

"언제라도 좋아요, 또 와 주세요."

"네 ……."

준이치는 말을 보낼 힘을 잃었다. 머리가 무겁고 온몸이 뜨거웠다. 후미오와의 대화는 그때까지 기록한 음성화 중 가장 긴 시간이었다. 살아 있는 사람과 대화하는 기술을 익혔다고는 하지만, 음성화는 불과 몇 분, 시각화는 잠시 모습을 드러내는 게 최선이었다.

배 속 아이 이야기, 자신과 기도사키 프로덕션과의 관계, 후미오와는 어떻게 사귀었는지. 의문이었던 많은 것을 묻지 못하고 말았다. 지칠 대로 지친 준이치는 천장 가까이에 떠돌면서 조용히 울고 있는 후미오를 내려다보았다.

떨리는 어깨에 손을 올릴 수 있다면, 흐르는 눈물을 닦아 줄 수 있다면, 어떤 것이라도 내줄 수 있을 텐데. 겨우 그 정도조차 후미오에게 해 줄 수 없었다.

준이치는 손을 뻗치면 닿을 것 같은 생의 세계까지 결정적인 거리를 생각했다.

긴급 입원을 한 뒤 며칠 동안, 기도사키 감독은 가슴과 목의 통증을 호소하며 고통스러워했지만, 몸 상태는 좀 안정된 것 같았다. 준이치는 감독의 용태를 확인하기 위해 날마다 병원에 찾아갔다.

그날 밤에는 동생 기도사키 와타루 프로듀서가 문병을 와 있었다. 병실을 가득 메운 꽃은 벌써 시들기 시작했다. 기침을 하더니 감독이 쉰 목소리로 말했다.

"이제 꽃을 치워 줘. 질렸어. 와타루, 음악 쪽은 어떻게 돼 가고 있나?"

"다케노우치 선생은 완성했습니다. 더빙은 언제든 할 수 있어요."

"그러냐, 매일 검사, 검사여서 지겨워 죽겠어. 내일부터 기재를 옮겨 와서 여기서 더빙을 시작하자. 다케노우치 씨하고 음향 스태프를 이리로 보내."

프로듀서는 떨떠름한 표정을 지었다.

"그렇게 서두르지 않아도 되잖아요. 의사 선생님 허락을 받은 뒤에 천천히 해요."

기도사키 감독은 동생의 눈을 똑바로 보며 말했다.

"아냐, 무리야. 이 나이가 되면 내 몸은 내가 알아. 게다가 큰 수술을 하면 끈기가 없어져. 그런 사람들 네 친구 중에도 몇 명 있을걸. 체력이 떨어진 상태에서 영화를 마무리하긴 싫다. 지금 안 하면 안 돼."

어깨로 숨을 쉬자, 프로듀서가 대답했다.

"알겠어요. 형이 그런 각오라면 내일부터 기재를 갖고 올게요."

기도사키 감독은 고개를 돌리고 말했다.

"언제나 내 멋대로여서 미안하구나, 와타루."

"형답지 않게 그런 말을 하세요. 잠깐 전화 좀 하고 올게요."

프로듀서는 빠른 걸음으로 병실을 나왔다. 복도를 걸어가는 둥근 등 너머로 눈가를 누르고 있는 것을 알았다. 기도사키 와타루는 세면실에 들어가더니 안경을 벗고 세면대 옆 벽을 양손으로 짚었다. 눈물이 몇 방울 젖은 세면대에 떨어졌다. 잠시 심호흡을 계속하더니 마음이 안정됐는지 기도사키 와타루는 거칠게 얼굴을 씻었다.

"나는 이 영화, 무슨 일이 있어도 성공시킬 거야. 형님을 위해서. 누구도 방해하지 못하게 할 거야. 반드시 성공하게 할 거라고."

자신의 눈을 바라보면서 기도사키 와타루는 주먹으로 벽을 힘껏 쳤다.

'대체 당신은 『소동』 한 편을 찍기 위해서 무슨 짓을 한 거야?'

준이치는 가슴속으로 중얼거렸지만, 음성화는 하지 않았다. 준이치의 소통 능력은 한정되었다. 그것은 때와 장소를 가려서 소중하게 사용해야 하는 힘이었다.

며칠 뒤, 기도사키 프로덕션을 방문하자, 신작 공개를 앞두고 바쁘게 움직이는 사원들 가운데 기도사키 와타루와 후미오의 모습이 보이지 않았다. 준이치는 벽에 걸린 화이트보드에서 스케줄을 확인했다. 두 사람에게는 아카사카의 텔레비전 방송국에서 홍보 프로그램 녹화가 예정돼 있었다. 준이치는 그 자리에서 순간이동했다.

텔레비전 방송국 신관 로비에서는 묘하게 힘이 넘치는 방송업계 사람들이 빠른 걸음으로 돌아다니고 있었다. 안내도를 보니 미로 같은 건물 안에는 크고 작은 스튜디오가 스무 개가 넘을 것 같았다. 준이치는 복도를 비행하여 한쪽 끝부터 찾기 시작했다. 십오 분 뒤, 녹화 중이라는 빨간 사인이 켜진 스튜디오에 도착했다.

'세계의 거장 기도사키 쓰요시 감독 최신작 『SODONG―소동』의 모든 것!'

프로그램 제목이 인쇄된 종이가 거대한 금속제 이중 문에 붙어 있었다. 스튜디오 내부는 테니스 코트 두 개는 들어갈 정도의 넓이로, 무수한 조명이 강렬하게 비추는 한쪽에 무가(武家) 저택 같은 세트를 꾸며 놓았다.

뉴스에서 얼굴을 본 적 있는 여성 아나운서, 후미오와 기도사키 프로듀서, 주인공 이하라 다카노리와 요시하라 교코의 모습도 보였다. 독설로 유명한 젊은 개그맨 콤비도 나란히 있었다. 앞머리를 볏처럼 고정한 아나운서가 후미오를 보며 말했다.

"후지사와 씨는 이번 영화에 출연하신 소감이 어떠세요?"

후미오는 텔레비전 출연으로 긴장한 것 같았다. 표정이 굳었다.

"처음으로 큰 역을 맡아서 부담감이 있었어요. 그렇지만 기도사키 감독님이나 같이 연기하신 분들이 아주 잘 대해 주셔서 마지막까지 무사히 연기할 수 있었습니다. 건방진 말입니다만, 이제야 배우란 일의 입구에 선 것 같은 기분이 들어요."

아나운서가 대답하기 전에 개그맨 콤비가 끼어들었다.

"일일이 친절하게 도와주시고."

미묘한 간격으로 상대방이 받아쳤다.

"거시기도 친절하게 도와주시고."

스튜디오 안 스태프 사이에서 드문드문 웃음소리가 터졌다. 아나운서는 이어폰을 누르고, 가볍게 끄덕이더니 후미오에게 말을 걸었다.

"아, 영화를 촬영하는 동안, 후지사와 씨 임신하셨죠. 몸은 괜찮으셨어요?"

콤비가 또 끼어들었다.

"맞아, 맞아. 혹시 러브신을 찍다가 아기가 나올 뻔했다거나."

후미오는 빙그레 미소를 지었다.

"아뇨, 괜찮았어요. 연기에 집중하면 내가 임신했다는 사실은 잊어버리니까요."

카메라에서 벗어난 요시하라 교코가 노골적으로 지긋지긋하다는 표정을 지었다. 이하라 다카노리는 아래를 보고 있었다. 기도사키 프로듀서가 수습하듯이 말했다.

"자, 후지사와 씨 임신 이야기는 상관없지 않습니까. 기도사키 감독의 신작이 오늘의 핵심이니."

"그렇게 말씀하시지만, 역시 시청자들의 관심은 배 속의 아기 아빠가 누구인가 하는 거죠."

아나운서는 곤혹스러운 표정을 지었지만, 개그맨 콤비를 말리지 않았다. 노렸던 전개인 것 같았다.

"그렇지만 후지사와 씨는 입이 무거워서 상대가 행운이겠군요. 우리 같으면 전혀 기억도 없는 호박이 당신 아이야, 하고 방송국 앞에서 기다리는 일도 있는데 말이죠."

"한마디 해도 될까요?"

이하라 다카노리가 얼굴을 들고 말했다.

"저와 후지사와 씨 사이에 이런저런 소문은 있었습니다만, 배 속의 아이 아빠는 제가 아닙니다. 보시다시피 후지사와 씨는 아름다운 분이어서 몇 번 식사를 한 적은 있습니다만, 마음에 둔 분이 있는지 공염불로만 끝났습니다."

"역시 같이 밥을 먹었군요. 정말로 밥만 먹었어요?"

"이봐요. 젊은 사람들이니 여러 가지 사연이 있겠죠. 후미오 씨만 괴롭히지 말고 나한테도 질문 좀 던져 봐요."

요시하라 교코의 초조한 목소리가 이어졌다.

"난 연상한테 약해서. 그럼, 요시하라 씨, 다음 이혼 예정은 언제입니까?"

"당신하고 결혼한다면 일주일도 못 가겠죠."

"오, 무서웡."

스태프 사이에서 폭소가 터졌다.

"저도 요시하라 씨 의견에 찬성이에요. 그럼 다음에 촬영장 모습을 찍은 자료 화면이 있으니 ……."

사회를 보는 여성 아나운서가 냉정하게 프로그램을 진행하려고 하자, 후미오가 도중에 말을 가로막았다. 후미오는 노송나무 테이블 아래로 주먹을 꽉 쥐고 있었다.

"이 아이의 아빠에 관해 더 이상 여러분들에게 폐를 끼치고 싶지 않습니다. 그러니 여기서 분명히 해 두고 싶습니다."

스튜디오 공기가 팽팽해졌다. 모니터 안에 후미오의 진지한 표정이 천천히 클로즈업되었다. 후미오는 안타까운 시선으로 텔레비전 카메라를 똑바로 바라보았다.

"이름은 말씀드릴 수 없습니다만, 직업은 청년 실업가입니다. 물론 이하라 씨가 아닙니다."

"잠깐만. 비디오 꺼요, 어이, 거기 감독, 비디오 꺼. 위에 가서 프로듀서 불러와."

그때까지 얌전하게 있던 기도사키가 벌떡 일어서더니, 크게 소리쳤다. 대본을 말아서 테이블을 내리쳤다. 이마의 혈관이 두드러지고 표정이 험악해졌다. 개그맨 콤비는 어안이 벙벙한 모습이었다.

녹화는 그 자리에서 중지되었다. 기도사키 와타루는 조정실에서 내려온 삼십 대의 프로듀서와 반대편 세트 뒤에 가서 선 채로 이야기를 나누었다. 십 분 정도 지나, 여성 아나운서를 불렀다. 세트에서 대기 중이던 연예인들은 맥이 풀린 분위기였다.

"이거 너무한 거 아냐. 우리도 일이어서 하는 건데."

개그맨 콤비가 투덜거렸지만, 후미오는 묵묵히 참고 있었다.

이십 분 뒤, 녹화가 재개되었다. 분위기는 백팔십도 달라져서 담담하게 신작 영화 소개만 하는 프로그램으로 바뀌었다.

촬영을 마치고 나서, 기도사키가 가슴의 핀 마이크를 빼면서 말했다.

"할 얘기가 있어. 후미오, 가는 길에 잠깐 보자."

미스지도리의 낡은 빌딩 지하 1층에 그 커피숍이 있었다. 차분하게 나무로 인테리어를 한 가게에는 하이든의 피아노 소나타가 낮게 흘렀다. 멋진 변주부가 있는 30번. 여덟 개 있는 테이블 석에 다른 손님의 모습은 없었다. 기도사키는 블렌드 커피를 두 잔 주문하고 목소리를 낮추어 말했다.

"놀랐어, 아까 애 아빠 이야기. 그 청년 실업가는 가케이 씨겠지?"

후미오가 시선을 테이블에 떨어뜨린 채 끄덕였다. 준이치는 숨을 삼키고 두 사람의 이야기에 귀를 기울였다.

"그랬군. 하지만 그 이야기는 프로듀서한테 말해서 편집하라고 했어."

후미오는 의아하다는 표정으로 기도사키를 바라보았다.

"애 아빠 소동을 깨끗이 잠재우겠다는 네 마음도 모르는 건 아니지만, 그 사람은 이번 영화의 스폰서니까 더 신중했으면 해. 미국에 시찰 여행을 간 채 돌아오지 않고 있잖아. 네가 떠들면 민폐가 되지 않을까? 무엇보다 그 사람은 임신했는지도 모를 거 아냐."

웨이터가 테이블로 다가오자, 기도사키는 입을 다물었다. 제자리로 돌아가는 등을 확인하고 작은 소리로 말했다.

"너는 모르겠지만, 그 사람과 우리 프로덕션은 미묘한 관계에 있어. 언론에 섣불리 떠들었다가는 잠자는 사자의 코털을 건드리는 꼴이 되리란 건 너도 알잖아. 영화 개봉도 얼마 안 남았어."

"그렇지만 ……."

"왜?"

"가케이 씨가 요전날 밤에 내 방에 나타났어요."

"뭐라고?"

기도사키 와타루는 설탕 그릇에 뻗친 손을 멈추었다. 의심스러운 듯이 후미오를 보았다.

"나한테 말을 걸어 주었어요. 목소리로 알았어요."

"꿈이라도 꾼 거 아냐? 정말이야, 그 이야기?"

"딱 한 번 찾아온 것뿐이어서 절대로 환상이 아니었다고 장담하긴 그렇지만. 그 목소리는 틀림없이 가케이 씨 목소리였어요."

"아이 아빠의 정체 폭탄 발언, 다음은 괴담이냐. 그래, 그 목소리가 뭐라고 하던데?"

기도사키는 컵에 입을 댄 채, 눈을 치뜨고 후미오를 보았다. 준이치는 후미오 뒤쪽의 빈 테이블에 앉아 기도사키의 정면에서 이야기를 듣고 있었다.

"자기는 이미 죽었다고."

반쯤 감긴 기도사키의 눈 속에서 희미한 빛이 흔들렸다. 후미오에게서 시선을 돌렸다. 그때 준이치는 번개를 맞은 것처럼 직감했다. 이 남자는 나의 죽음을 알고 있다.

"그리고 뭐라고 했어?"

"최근 두 해 동안의 기억을 잃었다, 당신과 사귀었는가 하고.

그러나 곧 이야기가 끊겨서."

"그랬군 …… 이봐, 후미오, 그 얘기는 사람들한테 안 하는 편이 좋지 않을까. 아빠를 숨기고 임신한 스트레스로 머리가 이상해졌다는 소리를 들을 거야. 난 너를 아니까 괜찮지만. 그래도 좀 믿을 수 없는 이야기네."

"저도 이상하다고 생각해요. 그렇지만 언론에서 화제가 되면 가케이 씨도 나와 줄지 모르고, 정말로 사건에 휩쓸렸다면 그것도 확인할 수 있지 않을까 생각했어요."

"그렇군. 우리도 손을 써서 가케이 씨 소식을 알아볼게. 그러니까 당분간 애 아빠 이야기는 입을 다물어 주었으면 해. 이건 기도사키 프로덕션으로서의 업무 명령이야. 알겠나?"

후미오는 말없이 끄덕였다.

"커피 안 마셔? 여기 커피 맛있는데."

"커피 향만으로 충분해요. 아기도 있으니. 그렇지만 가케이 씨 이야기는 언젠가 모두 알게 될 거예요. 전에 사장님도 말씀하셨잖아요. 사람 입에 문을 달 수 없다고."

기도사키 와타루는 그 말을 듣자 눈이 가늘어졌다. 준이치는 또 다른 속담을 떠올렸다.

죽은 자는 말이 없다.

'하지만 말을 할 줄 아는 죽은 자도 여기 있지.'

준이치는 마음속으로 중얼거렸다.

잠복 첫 번째 목표를 기도사키 와타루로 변경했다.

기도사키 프로듀서의 일은 『SODONG―소동』 홍보와 배급처, 개봉관 등 흥행 관계자와의 미팅이 중심이었다. 해가 진 뒤부터 따라다니던 준이치는 프로듀서의 공사다망함과 대단한 정력에 감탄했다.

미팅을 하는 틈틈이 기도사키 와타루는 병원 한 병실에서 시작한 더빙 작업에도 꼭 얼굴을 내밀었다. 작업은 순조롭게 진행되는 것 같았다. 매일 십여 분 정도 영상에 효과음과 음악을 입혀, 영화는 거의 완성되어 갔다.

더빙을 시작한 지 닷새째 밤, 준이치는 기도사키 와타루를 쫓아 병원을 찾았다. 기도사키 감독의 병실에는 모니터와 비디오 기기, 믹서, 스피커, 컴퓨터 등, 더빙 작업에 필요한 기재를 들여놓아 발 디딜 데도 없었다. 기재를 연결하는 케이블이 뱀의 소굴처럼 바닥을 메우고, 젖빛 타일을 가렸다.

차광 커튼을 친 병실에서 작업은 계속되었다. 감독은 침대에 누운 채, 작곡가나 엔지니어에게 잇따라 지시를 내렸다. 목소리는 쉬고, 체중은 많이 빠진 것 같았지만, 기도사키 쓰요시는 건강했다. 그러나 그 검은빛은 천천히 회전을 계속하며 담요를 덮은 배에 조용히 떠 있었다.

　적군의 검술 사범과 이하라 다카노리가 맡은 낭인이 대나무 숲에서 서로 칼을 겨누는 클라이맥스의 결투 장면이 모니터에 떠 있었다. 해가 뜨기 전 여명의 하늘에 뻗은 푸른 대나무가 화면을 아름다운 줄무늬로 물들였다. 두 사람의 사무라이가 휘두르는 긴 칼이 대나무숲 속에서 번쩍번쩍 빛을 발했다. 소리는 아직 입히지 않아서, 초자연적인 무대에서 추는 화려한 검무 같았다.

　"효과음, 들려줘."

　"이번 회는 세 가지 패턴으로 만들어 보았습니다만."

　기도사키 감독은 묵묵히 끄덕였다.

　"가겠습니다."

　음향효과 담당이 DAT(digital audio tape) 스위치를 켰다.

　칼과 칼이 부딪치는 소리, 칼날이 바람을 가르는 소리, 대나무를 자르는 소리, 사람을 베는 소리—네 종류 한 세트가 세 가지 패턴으로 반복되었다. 준이치는 그 차이를 거의 알 수 없었다.

　"첫 번째는 맑고 금속적인 울림을 중시했습니다. 두 번째는 자연스러운 느낌으로, 좀 둔하고 두께가 있는 소리. 그리고 세 번째는 ……."

　"난 별로 마음에 안 들어."

　기도사키 감독이 불쑥 내뱉자, 엔지니어가 대답했다.

"역시 그러십니까. 세 번째는 늘 사용하는 것에다 박력을 중시하여 여러 가지 노이즈를 입힌 것입니다. 토마토를 으깨고, 양배추를 썰고, 요구르트를 섞고 …… 좀 경박했습니까?"

"첫 번째를 입혀. 다케노우치 씨, 음악 쪽은 어때?"

몸집이 작고 마른, 우주인처럼 이 세상과 동떨어진 인상의 작곡가가 팔짱을 풀었다.

"감독님, 이 장면에 입히고 싶은 음악의 이미지가 있습니까?"

"대나무를 가르는 바람 소리 같은 조용한 게 좋겠군."

작곡가는 엔지니어의 귓가에 뭐라고 속삭였다. 화면이 돌려지고 효과음이 들어간 결투 장면에 현악의 묘한 화음이 지속될 뿐인 조용한 음악이 얹혔다. 준이치는 길게 뻗친 구름 같은 선율에 아침놀의 구름을 떠올렸다. 맑은 오렌지색에서 검은색이 섞인 붉은색으로 미묘하게 변화하는, 동쪽 하늘의 무한한 그러데이션이 떠올랐다.

작곡가는 긴장한 얼굴로 기도사키 감독의 모습을 살폈다. 감독은 이별을 고하듯이 모니터에 손을 흔들더니 침대에 누워 쉰 목소리로 말했다.

"이걸로 됐어, 이걸로 됐어."

작곡가인 다케노우치가 놀란 표정을 지었다.

"감독님, 정말 이걸로 됐습니까?"

"응, 됐어. 오늘은 여기까지. 이런 상태로 내일 마무리 ……."

기도사키 감독은 목을 누르고 괴로운 듯이 기침을 했다. 평소처럼 기침은 장시간 이어졌다. 다케노우치가 돌아보더니 프로듀서에게 말을 걸었다.

"저기, 와타루, 잠깐만."

작곡가는 턱으로 복도를 가리켰다. 말없이 방을 나온 두 사람은 병실에서 10미터 정도 떨어진 복도의 창가에 선 채 이야기를 나누었다.

"병세가 어떤 거야? 오늘 감독님은 사람이 너무 좋아. 평소의 끈질김이 없어."

기도사키 프로듀서는 창밖으로 시선을 돌렸다. 거뭇거뭇한 스미다 강 물결이 빌딩 사이로 보였다.

"심각합니다, 선생님. 비밀을 지켜 주길 바랍니다만, 이제 한계입니다. 형은 폐와 인두에 암이 생겼어요."

침묵이 이어졌다. 준이치조차 무의식중에 숨을 죽이고 있었다.

"그래서 수술은 언제?"

"수술은 못 할 것 같습니다. 의사가 괴롭기만 할 뿐, 생명을 연장하는 건 기대할 수 없다고 합니다."

"그런가, 그랬나. 우리가 할 수 있는 일은 아무것도 없는 건가?"

작곡가의 눈에 눈물이 고였다.

"아뇨, 그렇지 않습니다. 선생님, 『소동』을 훌륭한 영화로 만들어 주십시오. 기도사키 쓰요시 일생일대의 걸작이 되도록 힘을 빌려주십시오. 부탁합니다."

기도사키 프로듀서는 작곡가에게 깊이 머리를 숙였다. 복도타일에 눈물이 뚝뚝 떨어졌다. 작곡가도 눈가를 누르고 있었다.

기도사키가 좀 더 나쁜 사람이었더라면 간단히 이 남자를 미워할 수 있었을 텐데. 준이치는 병원의 하얀 천장 가까이를 떠돌며 생각했다. 그렇다면 훨씬 편해진다. 병실로 돌아가는 두 사람을 지켜보며 준이치는 복도에 멈추었다. 오늘 밤에는 그 검은빛이 기다리는 방에 들어가고 싶지 않았다.

창으로 멍하니 바깥을 내다보았다. 조명을 받고 선 병원 옥상의 십자가는 차가운 추위에 얼어붙은 1월의 밤하늘에 곧게 서 있었다. 가로축의 아랫면이 순백으로 빛나고, 면도날로 벤 듯한 날카로움으로 이 밤에 팔을 펼치고 있었다. 그것은 어리석은 욕망으로 범벅된 인간에게는 너무나 바른 모양이라고 준이치는 생각했다.

그날 밤 열한 시가 지나, 짙은 감색의 벤츠 왜건이 병원 지하 주차장으로 이어지는 경사면을 천천히 올라갔다. 핸들을 잡은 사람은 기도사키 프로듀서로, 준이치는 뒷자리에 앉아 감시를 계속했다. 세타가야의 자택으로 돌아가는 걸까 하는 예상과 달리 벤츠는 차도로 나오더니 반대 방향으로 긴 코끝을 돌렸다. 변두리 주택가가 이어지는 뎃포즈도리를 빠져나와 에이타이도리로 합류하더니, 왜건은 오피스 가를 직진하여 도쿄 역으로 향했다.

벤츠는 인적이 드문 야에스 빌딩가 뒷골목에 조용히 정차했다. 프로듀서가 손목시계를 확인했다. 금색 롤렉스는 열두 시 이십오 분을 가리켰다. 기도사키는 시동을 건 채 차에서 내리지 않았다.

오 분 뒤, 갑자기 조수석 문이 열리고 검은 슈트의 남자가 차 안으로 들어왔다. 거칠게 닫히는 문소리에 준이치의 심장이 멎는 것 같았다.

"출발해."

귀에 익은 목소리였다. 기도사키는 벤츠를 발진시켰다. 준이치는 룸미러로 조수석에 있는 인물의 눈가를 확인했다.

두꺼운 렌즈 속에 쏟아질 것 같은 두 눈.

'이 사람은 ······.'

"여전히 시간은 정확하시군요, 다카나시 씨."

가케이 그룹의 법률 고문이자, 엔젤펀드 설립 때부터 도와주고 있는 다카나시 고스케 변호사였다. 어째서지? 준이치의 놀라움은 컸다. 아버지 곁을 떠나 혼자 살기 시작했을 무렵, 누구보다 준이치를 걱정해 준 사람은 다카나시 변호사였다. 각서에 사인하고 가케이 가와 인연을 끊을 때부터 다카나시는 준이치에게 아버지 대신이라고 해도 좋을 존재였다. 충격으로 혼란스러운 준이치와는 관계없이 대화는 냉정하게 계속되었다. 다카나시는 곁눈으로 날카롭게 프로듀서를 노려보더니 퉁명스럽게 말했다.

"할 얘기가 뭐야."

"오랜만인데 인사도 없습니까?"

"우리가 이렇게 만나는 일도 원래라면 없어야 해."

"그렇군요. 하지만 문제가 생겼습니다. 우리 후미오의 상태가 이상해졌어요."

그렇게 말하고 기도사키는 프로그램 녹화 때의 일을 상세히 전했다. 벤츠는 가야바초, 핫초보리, 신카와를 둘러싸고 규정 속도를 지키며 세모 모양으로 돌고 있었다. 기도사키는 생각지도 못한 준이치의 출현을 알리며 이야기를 매듭지었다. 다카나시 변호사는 창밖으로 시선을 돌린 채 입을 열었다.

"생각할 수 없는 일이군. 유령하고 얘기했다는 건 제쳐 놓고라도 그 배우의 정신 상태가 몹시 불안정한 것 같네. 기도사키 씨는 어떻게 생각하나?"

"만약 그게 생방송이었다고 생각하면 아찔합니다."

"그러게나. 게다가 그 사람이 죽었다는 것도 그 여자는 알고 있는 거지."

"확신하는 건 아니겠지만, 그렇겠죠. 어쨌든『소동』공개를 앞둔 지금 이 시점에 그런 사건이 드러나는 건 정말 곤란합니다."

"당신한테는 영화가 제일일지도 모르겠지만, 나한테는 언제 들통이 나도 큰 문제야."

다카나시는 혀로 두꺼운 아랫입술을 핥았다. 무언가 생각할 때의 변호사 버릇이란 걸 준이치는 기억했다.

"우선은 언론에 애 아빠 이름을 말하지 말라고 못 박아 두었습니다만."

"그 사람 아이를 임신하고 있었다니. 언젠가는 시끄러워지지 않을까. 당신도 언제까지나 그 여자를 통제할 수는 없을걸. 뭔가 손을 써야 해."

준이치는 룸미러에 비친 다카나시의 눈을 보았다. 검은자위가 큰 구슬 같은 눈에서 모든 감정이 지워져 있었다.

"미야타입니까?"

기도사키의 말에 준이치는 떨었다. 임신한 후미오의 장밋빛 뺨에 소년을 두들겨 패는 후지이와 도시로의 흉악한 면상이 겹쳐졌다. 이마에 새겨진 피 글씨. 나이프를 솜씨 좋게 다루는 후지이의 손놀림이 선명하게 떠올랐다.

"그래, 미야타네를 한 번 더 써먹을까. 그 여자는 임신 몇 개월이야?"

"8개월이라고 하더군요. 다카나시 씨, 이런 시나리오는 어떨까요. 후미오는 취재 등쌀에 못 이겨 조용히 출산하기 위해 어딘가에 몸을 숨겼다, 그렇게 우리 프로덕션에서 각 언론사에 팩스를 보내는 겁니다."

"그리고 미야타에게 신병을 확보하게 한다?"

"그렇습니다. 그리고 어딘가 지방 병원에서 애를 낳게 하는 거죠."

"오호."

"후미오도 앞으로 배우로서 일을 계속해야 합니다. 그다음은 협박도 하고, 시간 들여 설득도 하고 그러면 되겠지요."

"그걸로 그 여자가 이해할 거로 생각하나?"

"어쩔 수 없을 겁니다. 그렇게 하지 않으면 후미오는 젖먹이를 데리고 배우 생활을 폐업해야 하는걸요. 우리도 이 업계에 커넥션이란 게 있습니다. 트러블을 안고 다니는 애 엄마를 데려갈 프로덕션은 없죠. 다른 일을 해 본 적이 없는 후미오에게는 좋은 압박이 될 겁니다."

"알겠어. 그 여자 머리가 제대로 됐다면 당신 말대로 될지도 모르지. 가까운 시일 내에 미야타와 면회를 준비하지."

두 사람의 대화는 간단한 근황 보고와 미야타에 대한 대응책으로 옮겨 갔다. 창밖에 신년 오피스 가의 무관심한 고요가 준이치의 초조함을 한층 부채질했다.

그날 밤을 경계로 시각화와 음성화 연습은 전보다 더 격해졌다. 준이치는 새로운 목표를 설정했다.

1. 음성화 시간을 늘릴 것(수십 분 단위로)
2. 하룻밤에 여러 차례 시각화를 사용 가능하게 할 것
3. 전기 사용 기술을 높일 것(특히 대전류·고전압)

준이치는 주변의 가전제품과 조명 정도의 전기밖에 다룬 경험이 없었다. 고압 전류를 자유롭게 사용할 수 있다면, 미야타 조에 대항할 무기를 손에 넣을 수 있을지도 모른다. 이를테면 점화 플러그에 흐르는 1만 볼트를 막을 수 있다면 자동차 주행을 막을 수 있다. 그것이 고속도로를 주행 중이라면 …… 콘크리트 벽에 추돌하여 불이 나는 자동차의 이미지를 뇌리에 떠올렸다. 액션 영화에서 자주 보던 장면이다. 준이치는 거기서 공상에 제동을 걸었다.

후미오는 지키고 싶지만, 사람을 죽일 생각은 없었다. 불필요한 유혈과 폭력은 피하고 싶었다. 그것은 상대가 미야타 조의 똘

마니여도 마찬가지였다. 잘못된 건 아닐 것이다.

죽은 자의 눈으로 본 폭력과 죽음은 전혀 아름답지 않았으니까.

1월 마지막 목요일, 아카사카 프린스 호텔 신관 스위트룸에서 미야타와 면회가 시작되었다. 창밖의 아오야마도리는 하라주쿠 쯤에서부터 잿빛 스모그로 부예서, 아카사카의 네온사인이 희미하게 발밑에 떨어졌다. 3인석 소파에 기도사키 프로듀서와 다카나시 변호사가 앉고, 테이블을 사이에 두고 미야타가 마주 앉아 있었다. 간접조명이 부드러운 빛을 뿌리는 게스트 룸에서 기도사키 와타루만 침착하지 못한 모습이었다. 후지이와 도시로는 집 지키는 얌전한 개처럼 구석의 침실에 대기하고 있었다. 미야타는 언제나처럼 빈정거리는 투로 말했다.

"어� 일로 이렇게 부르셨습니까, 다카나시 선생님."

"미야타 군, 새로운 일을 의뢰하려고 해."

다카나시 변호사는 옆을 향해 기도사키에게 눈짓을 했다. 기도사키는 끄덕이고 후미오 건을 이야기했다. 준이치는 양쪽의 표정을 읽을 수 있는 테이블 옆에 떠 있었다. 재미있어하는 미야타의 표정은 준이치가 화제에 오르자 진지해졌다.

"놀랍네요. 우리 아이도 역시 그 남자를 보았습니다. 너무 놀라서 오줌을 지렸다더군요."

미야타의 입가가 일그러졌다. 웃고 있는 것 같았다.

"자네까지 그런 말 하지 말아 주게. 그래서 그 여자를 어떻게든 해야겠어."

"우리 차례라는 말입니까? 준비는 어떻게 되어 있습니까?"

"『소동』 캠페인이 일단락되면 그 여자를 가루이자와에 있는 감독의 별장으로 데려가 줘. 현지 의사에게는 내가 말해 둘 테니. 영화 개봉이 끝날 때까지 그곳에서 머물며 출산을 마치게 하면 돼."

다카나시는 심부름이라도 시키듯이 가볍게 말했다.

"데려가는 것은 강제적으로란 말입니까?"

미야타가 눈을 가늘게 뜨고 물었다.

"그런 의미로 받아들여도 좋아. 자네들은 그 여자를 납치 감금하는 거야. 그 사람 사건이 폭로되는 게 두려워서 납치한 거로 생각하게 해 줘."

"또 악역인가요."

미야타가 쓴웃음을 지으며 말했다.

"나중에 기도사키 프로듀서가 합류해서 그녀를 설득할 거야. 기도사키 씨는 착한 경찰 역이야. 읍소와 장래 보장을 미끼로 그녀를 낚아야지. 당신들은 그 여자와 기도사키 씨를 마음껏 협박해. 예의 사건을 들추면 목숨은 없다, 아기도 함께 죽여 버리겠다고."

"좀이 쑤시네요. 그래서 보수는?"

"엔젤펀드 파트너십 배당의 반. 못해도 몇천, 『소동』이 대박 나면 억은 가볍게 넘을걸."

물처럼 조용한 눈을 하고 미야타가 말했다.

"한 가지 더 좋습니까?"

"뭐야."

"다카나시 선생님이 우리 조직과 기도사키 프로덕션이 연을 맺도록 힘을 빌려주었으면 합니다. 영원한 파트너십을 위해."

다카나시 변호사가 프로듀서를 보았다. 기도사키 와타루는 묵묵히 끄덕였다.

"좋아. 그 선에서 노력하지."

"그럼 얘기는 끝났네요. 어떻습니까, 여기서 축배 한잔하는 것은. 룸서비스를 부르려고 합니다만."

미야타는 샴페인이라도 주문하지 않고는 못 배길 정도로 들떠 있었다. 잠자코 있던 기도사키는 엉거주춤 일어나며, 미야타에게서 시선을 돌리고 말했다. 옆얼굴에는 희미한 혐오가 서려 있었다.

"아니, 됐어. 스케줄이 밀려서 난 이만 실례할게."

프로듀서는 소파에서 일어났다. 다카나시는 기도사키의 등에 대고 말했다.

"난 미야타 군한테 할 얘기가 있으니 좀 더 있도록 하지."

기도사키가 나간 방에는 두 사람만 남았다. 미야타는 자리를 옮겨, 다카나시 옆에 앉았다. 다카나시가 미야타에게 불쑥 말했다.

"어떻게 생각하나, 그 배우."

"어떻게든 될 거로 생각합니다. 하지만 여자가 무슨 생각을 하는지 파악이 안 되는 부분이 있습니다. 자신은 어떻게 되든 그 사람 일을 밝히겠다고 난리 치면 손 쓸 도리가 없습니다."

"그렇지, 기도사키 씨는 그 여자와 친분이 있어서 너무 물러터졌어. 원칙으로는 아까 얘기한 대로 손을 써 주길 바라지만, 정 안 될 때는 그 여자의 처분을 부탁할지도 모르겠네."

"처분이오? 좋습니다만, 별도 요금을 청구하게 됩니다."

"아, 알고 있어."

살인을 의뢰할 때도 다카나시 변호사의 표정은 바뀌지 않았다. 아랫입술을 혀로 적시며 무언가를 생각했다. 산달에 가까운 후미오를 배 속의 아이와 함께 '처분'하다니. 냉혹한 그 말은 준이치의 가슴에 얼음 같은 생각을 남겼다. 사람을 죽이는 것은 언제나 사람이다. 살아 있는 사람의 잔혹함은 그 끝을 알 수가 없다.

기도사키 프로덕션에서는 후지사와 후미오의 스케줄이 조정되었다. 출산 준비라는 명목으로 2월 이후의 취재는 모두 취소했다. 남은 일은 모두 기도사키 프로듀서가 입회하여 후미오의 발언을 엄중하게 체크하게 되었다.

준이치는 필사적으로 연습에 임했지만, 시각화는 하룻밤에 잠깐, 그것도 한 번이 고작이고, 음성화는 십 분의 벽을 넘을 수 없었다. 전기 사용의 한계를 시험하고자, 전봇대 변압 트랜스나 자동차 시동기에도 손을 대 보았지만, 대전류·고전압의 전기는 준이치의 의지력을 가볍게 걷어찼다.

2월 첫 월요일, 다카나시 법률 사무소에서 잠복 중에 그 소식이 날아들었다.

밤 열 시, 다카나시 변호사 집무실에 노크 소리가 났다. 남아 있던 변호사 한 명이 팩스를 한 장 들고 방에 들어왔다.

"기도사키 감독님이 돌아가셨다고 합니다."

다카나시는 손을 뻗쳐 책상 너머로 팩스를 받아 들었다. 워드 프로세서로 친 글씨가 가지런했다. 젊은 변호사가 방을 나가면서 말했다.

"이번 신작은 난리가 나겠군요."

다카나시는 팩스에서 눈도 들지 않고 말했다.

"그러게, 대박 날지도 모르겠는걸."

전화벨이 울리고, 다카나시가 수화기를 들었다.

"아, 기도사키 씨. 고생이 많겠네. 진심으로 감독님의 명복을 비네."

준이치가 수화기에 귀를 대자, 기도사키 프로듀서의 목소리가 들렸다.

"고맙네요. 하지만 앞으로 『소동』 개봉이 끝날 때까지, 나는 프로듀서로서 일에 집중하기로 했어요. 장례식은 무사히 치르겠지만요. 이제 나는 기도사키 쓰요시의 동생이 아닙니다. 『소동』 프로듀서입니다. 내일은 홍보를 돌고, 3월 중순의 개봉을 앞당길 수 없을지, 교섭할 생각입니다. 쇠는 뜨거울 때 치라고 하잖습니까. 선생님도 미야타에게 제대로 하도록 일러두세요."

"알겠네. 장례식 준비 잘 하길 바라네."

"알고 있습니다. 텔레비전 방송국에서는 몇 군데나 기도사키 쓰요시 추모 특별 프로그램을 타진하고 있어요. 이 시기에 감독이 세상을 떠난 것은 『소동』을 위한 마지막 선물일지도 모르겠습니다. 이 기회를 헛되이 날리고 싶지 않아요. 감독의 마지막 영화, 무엇이 어찌 됐건 대박을 치고 말 겁니다."

전화가 뚝 끊겼다. 기도사키 프로듀서의 고양된 목소리만 귀에 남았다. 하지만 준이치는 그 열의가 부럽기도 했다. 생전의 자신은 그 정도의 정열을 갖고 임한 일이 있었을까. 일도 친구도 연애도, 자신은 언제나 한 걸음 거리를 두고 안전제일을 모토로 어울렸다. 살아 있을 때부터 반은 죽은 것이나 다름없었다.

순간이동으로 도쿄 역으로 날았다. 지금은 천천히 자기 연민을 즐길 여유도 없었다. 귀가를 서두르는 샐러리맨을 상대로 준이치는 즉시 음성화 연습을 개시했다.

2월 첫 주는 조용히 지나갔다. 신중해진 준이치는 쓸데없는 자극을 피하고자 후미오를 찾아가지 않았다. 다카나시 변호사나 기도사키 프로듀서, 미야타 조의 놈들에게도 음성화, 시각화 능력은 사용하지 않았다. 경솔하게 도시로에게 모습을 보인 것을 지금은 후회하고 있었다. 음성화, 시각화는 준이치의 마지막 결사표였다. 결사표는 진짜 위기가 올 때까지 온전히 지켜야만 한다. 자꾸 모습을 보이면 미지의 것에 대한 공포라는 희소가치가 폭락할 것이다. 원한 맺힌 말과 희미하게 모습을 보여 주는 것밖에 못 한다는 것을 상대방 누군가가 깨달을 것이다. 살아 있는 인간의 흉포함에 비해, 준이치는 무력했다. 약간 무섭긴 해도 해를 끼치지 못한다는 것을 알면 미야타 조 놈들에게는 말 등에 앉은 파리 같은 존재에 지나지 않는다.

다음 주부터 『SODONG—소동』 긴급 개봉을 앞두고 마지막 온 힘을 다하고 있는 2월 중순, 준이치는 아카사카의 기도사키 프로덕션을 찾았다. 그날은 후지사와 후미오가 마지막으로 출근하는 날로, 다음 날부터 긴 출산 휴가에 들어간다고 했다.

후미오는 기도사키 프로듀서와 중역실 소파에 마주 앉아 있었다. 소프라노 가수의 무대 의상 같은 헐렁한 드레스를 입고 있어도 후미오의 배는 감출 수 없었다. 다른 부분이 날씬한 탓인지 동그란 배만 옷감을 뚫고 나올 것처럼 보였다.

프로듀서는 기분이 좋아 보였다. 예매 상황이 최근 감독 작품 가운데서도 특출하게 호조를 보이고 있다는 것을 준이치도 알고 있었다.

"후미오, 오랜 시간 고생했다. 순산하길 바란다. 산후 조리 잘하고 다시 우리 사무실로 돌아와. 다음에는 젊은 엄마 역을 찾아줄게."

"정말 그동안 감사했습니다. 딱 한 가지만 말씀드리고 싶은 게 있는데요."

활 모양으로 다듬은 후미오의 눈썹이 좁혀졌다.

"뭔데?"

"가케이 씨 말이에요."

기도사키 와타루의 몸이 굳어지는 게 보였다. 입가에 경련이 일었다.

"이 아이 아빠인 가케이 씨는 아직 행방불명인 채잖아요. 출산이 끝나고 안정되면 경찰에 실종 신고를 할까 생각 중이에요."

'안 돼!'

준이치는 소리칠 뻔했다. 후미오는 준이치의 소식만 걱정한 나머지, 자신이 기도사키나 다카나시에게 얼마나 위험한 존재가 되어 있는지 몰랐다.

"그래 ……."

"내가 알고 있는 대로 경찰에 얘기하려고요."

기도사키 와타루는 팔짱을 꼈다. 잠시 후미오를 노려보다 갑자기 온화한 표정으로 말했다.

"그래, 그렇게 해서 후미오의 마음이 편해진다면 실종 신고를 내는 것도 좋을지 모르지. 출산 예정일은 언제야?"

"3월 10일이에요."

"여름 지나면 우리 사무실에서도 최대한 협력하도록 하지. 다만, 『소동』 개봉 중에는 쓸데없이 움직이지 마. 감독님의 유작에 흠을 남기고 싶지 않으니까."

"알겠습니다. 그때 되면 다시 상담 드릴게요."

"잠깐. 잊은 게 있네. 이것 갖고 가."

기도사키는 슈트 안주머니에서 무언가를 꺼냈다. 몇 센티미터쯤 돼 보이는 두툼한 봉투를 꺼내 후미오 앞에 밀어 놓았다.

"혼자 애 낳아서 키우려면 필요한 게 많겠지. 후미오한테 잘해 주라고 감독님도 말씀을 남기셨어.”

후미오는 두 손으로 봉투를 가슴에 안고 깊이 머리를 숙였다. 얼굴을 들자 눈물이 쏟아질 것 같았다.

“정말 감사합니다.”

“어이어이, 울고 그러지 말라고. 우리 사무실에서 특별히 주는 보너스야. 『소동』에서 잘해 주어서 말이야.”

준이치는 기도사키의 웃는 얼굴에서 눈을 뗄 수 없었다. 사람은 여러 겹의 모순된 감정을 태연하게 갖고 사는 생물이다. 다카나시 변호사와 얘기하던 기도사키의 냉혹한 표정을 떠올렸다. 이 웃는 얼굴도 그때의 옆모습도 둘 다 진짜 기도사키일 것이다. 어느 쪽이 더 진실이고, 나머지는 위선이라고 정할 수 없다.

준이치는 많은 욕망과 계산으로 구겨지면서 살아가는 인간의 신기함을 맑은 시선으로 보고 있었다.

지난번과 같은 오후 열두 시, 준이치는 후타고다마가와의 맨션을 찾았다. 후미오는 침대에 누워 있고, 방에는 피아노 소리가 조용히 흐르고 있었다. 혈색이 비치는 투명한 귓가에 준이치는 목소리를 쥐어짰다.

“안녕하세요, 그대로 듣고 있어 주세요.”

후미오가 표정이 환해지며 상반신을 일으켰다.

"한 십 분 정도밖에 얘기할 수 없어요. 그러니까 지금부터 하는 말을 잘 들어 줘요. 당신한테 중요한 일이에요. 알겠죠?"

후미오는 말없이 끄덕였다.

"먼저 경찰에 내 실종 신고를 내는 짓은 하지 않는 게 좋아요. 그런 걸 해도 나는 돌아올 수 없고, 사건을 어둠 속에 묻으려고 하는 놈들이 있어서 당신 신변만 위험해져요."

"그중에 기도사키 프로덕션도 들어 있나요?"

준이치는 뭐라고 대답해야 할지 몰랐다. 후미오는 아직 그 사무실에서 일을 계속해야 한다. 기도사키 와타루가 사건에 관여한 것을 알아도 될까.

"아니, 주범은 기도사키 씨가 아니라고 생각해요. 자세한 건 잘 모르겠어요. 위험한 것은 또 있어요. 미야타 커뮤니케이션이란 이름 들어 본 적 있어요?"

준이치는 간신히 얼버무렸다. 후미오가 고개를 저었다.

"당신을 습격하려고 하는 놈들이에요. 조심해요. 낮 동안에는 난 당신한테 아무것도 해 줄 수가 없어요. 친구하고 같이 있거나 방범 벨을 갖고 다니거나 대책을 세워 주세요."

"그 사람들은 나를 어떻게 하려고 해요?"

"납치해서 어딘가에 감금하려고 해요."

처분 이야기는 할 수 없었다. 후미오는 고집스러워 보이는 얼굴을 들고 대답했다.

"알겠어요. 요전에 나와 사귄 것도 잊었다고 했는데, 그건 정말이에요?"

"유감스럽지만, 그래요. 지금도 전혀 생각나지 않아요."

후미오는 아무도 없는 천장을 열심히 올려다보았다. 준이치는 안타까운 시선에 가슴이 저렸다. 침대 옆 작은 서랍에서 앨범과 빨간 벨벳 상자를 꺼내더니, 후미오는 머리 위로 들고 말했다.

"이 반지도 기억나지 않아요?"

작은 상자에서 폭이 넓고 네모난 다이아몬드가 박힌 심플한 디자인의 금반지를 꺼냈다. 케이스 뚜껑에는 금색의 카르티에 로고가 보였다.

"생각이 안 나요."

후미오는 앨범을 가슴 앞에서 펼치더니 공중으로 내밀었다.

"이 사진도 생각나지 않아요?"

완만하게 이어지는 녹색 산을 배경으로 준이치가 후미오의 어깨를 안고 있는 사진이었다. 두 사람은 천진하게 웃고 있었다. 행복해 보이는 젊은 커플이었다. 그러나 그 산은 어딘가에서 본 기억이 있었다. 끝없이 이어지는 완만한 능선의 녹색 산들. 그 악몽의 장소였다. 사후의 모험 전부가 시작된 준이치의 무덤이 있는 장소다.

"그거 어디서 찍은 사진이죠?"

"감독님의 가루이자와 별장에 놀러 갔을 때 사진이에요. 두 사람의 마지막 여행. 그 뒤로 준이치 씨는 어떻게 된 거예요?"

"몰라요."

"시찰 여행을 간 건 정말이에요?"

"잘 모르겠어요. 아마 가지 않았을 거로 생각하지만, 모르겠어요. 최근 두 해 동안의 기억이 전부 없어졌으니."

"미안해요. 나는 ……."

뭔가를 말하려다, 후미오는 우물거렸다.

"뭔데요, 뭐든 말해 봐요."

"그 말투, 예전이랑 똑같아요. 나 …… 아뇨, 지금은 관둘게요. 준이치 씨, 이제 십 분 다 돼 가요. 어딘가로 가 버리기 전에 모습 좀 보여 주면 안 돼요?"

준이치는 천으로 도배한 벽을 스크린 삼아 이미지를 날카롭게 닦기 시작했다. 백지 캔버스에 재색 지점토 같은 물체가 점점 사람의 모양을 만들어 갔다. 움직이기 시작한 벽을 후미오는 눈을 동그랗게 뜨고 올려다보고 있었다. 선이 가는 윤곽이 벽면에 떠오르자, 재색의 사람 모양은 다음 순간, 천연색으로 칠해졌다.

색 바랜 청바지에 하얀 면셔츠. 섬유 질감이며 쪽 염색으로 탈색한 무릎 부분까지 훌륭하게 시각화되었다. 뺨에는 붉은빛이 돌고, 방 한복판에 앉은 후미오의 모습이 눈동자에 비쳤다.

지금의 나보다 젊구나, 준이치는 신기하게 생각했다. 시각화로 나타나는 이미지는 당사자조차 예측할 수 없다. 이번에는 이십 대의 젊디젊은 준이치가 그곳에 서 있었다.

"준이치 씨, 정말로 준이치 씨군요, 정말로 죽었군요."

벽에 나타난 준이치는 후미오에게 부드럽게 미소를 건넸다. 입술이 움직였다. 준이치에게는 음성화와 시각화를 동시에 할 능력 같은 건 없었다. 후미오와 함께 열심히 무음의 입술 움직임을 읽었다.

'후 …… 미 …… 오 …… 사 …… 랑 …… 해.'

소리 없는 속삭임이 끝나자, 하얀 벽만 남았다.

후미오가 소리를 죽이고 눈물을 뚝뚝 흘렸다. 뺨을 타고 내릴 때까지, 준이치는 자신도 눈물을 흘리고 있다는 사실을 깨닫지 못했다.

젊은 날의 준이치가 마지막으로 고한 메시지. 그것이야말로 자신이 정말로 하고 싶었던 말이다. 사건의 진상도, 후미오의 신변 안전도 아니고, 준이치는 그저 그 여섯 글자만 전하고 싶었다. 몇 번이나 마법의 주문처럼 되풀이하여, 그 말이 그녀의 가슴에 새겨질 때까지.

출산 휴가에 들어간 후미오를 지키기 위해 엄중한 경계 태세를 시작했다.

준이치는 밤을 새우며 후미오의 방을 지키고 있었다. 일정한 시간을 두고 집 주변을 순회하며 순간이동으로 미야타 커뮤니케이션과 기도사키 프로덕션을 정찰했다.

그들이 후미오에게 손을 대기 전에 경고하려고, 준이치는 기회를 노리고 있었다. 상상을 초월한 존재가 흉악한 계획을 알고 있다는 것, 폭력과 위협에도 굴하지 않는 것을 뼛속 깊이 깨닫게 해 주고 싶었다. 그러기 위해 가장 좋은 시간과 장소를 골라, 능력을 행사하기로 했다.

제일 먼저 노린 것은 기도사키 와타루였다. 『SODONG—소동』 개봉을 며칠 앞둔 밤, 준이치는 기도사키 프로덕션으로 순간이동했다. 열한 시를 지나, 자가용으로 출퇴근하는 기도사키의 퇴근하라는 말에, 마지막까지 남아 있던 사원도 막차를 놓치지 않으려고 물러났다.

준이치는 고독의 압력이 깊어지는 심야를 끈질기게 기다렸다. 새벽 두 시, 기도사키는 전국 각지의 개봉 영화관과 관객 수 일람이 표시된 모니터를 들여다보고 있었다. 준이치는 넓은 등을 바라보면서 집중력을 쥐어짰다.

먼저 형광등 불을 한 개씩 꺼 나갔다. 기도사키 와타루는 이상하다는 듯이 천장을 올려다보았다. 모든 불이 꺼지자 무수한 플래시가 터지듯이 제멋대로 점멸을 되풀이했다. 미친 빛의 난무에 이어, 사무실 불빛이 모두 꺼졌다. 어둠 속에서 기도사키 와타루 정면에 놓인 모니터만이 부옇게 푸른빛을 던졌다.

준이치는 모니터에서 도표를 지웠다. 공백의 화면을 검은색으로 반전시켰다. 한밤중의 사무실은 마지막 빛을 잃고 어둠에 싸였다. 기도사키 프로듀서는 파랗게 질리고, 팔걸이를 잡은 손가락 끝이 달달 떨렸다.

화면에서는 원색이 눈부시게 교차했다. 검은색에서 빨간 핏빛으로, 보라색에서 소용돌이치는 파란색으로, 노란색에서 눈을 찌르는 오렌지색으로, 한순간도 멈추지 않고 모니터의 투과광은 변화무쌍하게 바뀌었다. 초로의 프로듀서의 얼어붙은 표정이 강렬한 색채를 받아 어둠 속에 떠올랐다. 다시 모니터를 검은색으로 돌리자, 준이치는 시간을 들여서 흐르는 모래 같은 글씨를 띄웠다.

‘저주’

화면 가운데에서 불길한 회색 글씨가 모서리부터 무너져 내렸다. 준이치는 거기서 전기 사용에서 음성화로 능력을 바꾸었다.

흰머리가 두드러지는 기도사키 프로듀서의 관자놀이에 입을 대고, 모든 감정을 죽인 채 속삭였다.

"기억하나 …… 이 목소리."

기도사키 와타루는 소리도 나오지 않는 것 같았다. 얇고 빠른 호흡음만 들렸다.

"너희한테 살해당한 …… 구덩이 속 …… 추워."

기도사키의 벌어진 입술 사이로 소리가 새어 나왔다.

"미안해, 하지만 어쩔 수 없었어."

"…… 후미오도 어쩔 수 없이 죽일 건가."

"죽일 생각은 없어, 부탁이야, 그만 성불해 줘."

준이치는 엉겁결에 웃음을 터트렸다.

"신 따위 믿지 않아. 후미오를 건드리면 너희를 살려 두지 않을 거야. 마지막 한 사람이 숨을 끊을 때까지 계속 저주할 거야. 마음 편한 밤은 하루도 없어질걸. 알겠나?"

기도사키는 떨면서 끄덕였다. 준이치는 음성화에서 시각화로 집중력의 초점을 바꾸었다. 기도사키는 꽃무늬와 기하학무늬가 섞인 화려한 무늬의 넥타이를 하고 있었다. 그 매끄러운 실크 표면을 스크린 삼아 이미지를 그리기 시작했다.

방심한 듯이 의자 등에 기댄 기도사키 와타루의 가슴에서 스멀스멀 검은 그림자가 올라왔다. 모니터에 정신을 빼앗긴 프로듀서는 넥타이 위의 이상한 움직임을 눈치채지 못한 것 같았다. 준이치는 상상력을 연마하여 그림자를 치밀하게 새겨 나갔다. 기도사키의 가슴에서 한 개의 막대기 같은 것이 수직으로 자라났다. 그 형태를 고정하자, 숨을 멈추고 기도사키가 알아차리기를 기다렸다.

프로듀서가 가죽 의자에서 희미하게 몸을 움직였다. 금속이 삐걱거리는 소리가 한밤중의 사무실에 울리고, 시선이 천천히 내려갔다. 준이치는 기도사키의 가슴에서 그것이 튀어나오게 했다. 흙투성이인 오른팔이 사나운 짐승처럼 손가락을 벌리고, 초로의 프로듀서 안면을 습격했다. 팔꿈치 관절부터 있는 팔이 넥타이에서 뻗어 나왔다. 손톱에 긴 흙이 보일 정도로 손가락을 가까이 가져가서 검버섯이 있는 기도사키의 얼굴을 움켜잡을 것 같아진 순간, 시체의 팔은 흔적도 없이 사라졌다.

긴 비명이 한밤중 사무실에서 꼬리를 이었다. 흐느껴 우는 듯한 오열이 계속되었다. 기도사키는 의자에서 굴러떨어져 바닥에 주저앉아 우는 것 같았다.

준이치는 무거운 탈력감에 젖으면서도 프로듀서를 동정했지만, 그것이야말로 기도사키의 말대로 '어쩔 수 없는' 일이다.

이미지의 힘, 그것밖에 준이치가 기댈 것은 없었으니.

다음 날 밤, 미야타 커뮤니케이션을 방문하자, 엔들리스 비전에 죽치고 있던 후지이와 도시로가 모여 있었다.

멋쟁이인 미야타에게 어울리지 않는 보라색 소파에서 세 사람은 얼굴을 맞대고 있었다. 준이치는 담배 연기로 부연 천장에 떠서 조직의 사무실을 내려다보았다.

"그렇게 말씀하시지만 사장님은 그놈을 보지 않아서 태연하실 수 있는 겁니다요."

도시로의 목소리에 준이치는 귀를 쫑긋 세웠다.

"그럴지도 모르지. 어제 기도사키네 사무실에 나타난 것은 진짜 엄청났던 것 같아. 다카나시 선생님에게 들었는데, 기도사키는 완전히 넋이 나가서 쫄았다더군. 어째선지 모르겠지만, 그 녀석은 우리가 여자를 납치한다는 것을 아는 것 같아. 만약 그 여자한테 손을 대면 한 명도 남김없이 죽을 때까지 저주하겠다고 그랬대. 후지이, 어떻게 생각해? 너도 봤다며?"

후지이는 흉포한 미소를 지었다.

"정말 엄청났습니다요. 하지만 저 같으면 살아 있는 사람 쪽이 더 무서울 것 같습니다. 권총도 칼도 갖고 있으니까요. 그 증거로 놈은 도시로한테 두 번이나 찾아왔었지만, 이 녀석 이렇게 쌩쌩하잖아요. 불알은 떨어진 것 같지만, 그렇지, 도시로?"

"그러지 마세요, 형님. 그렇지만 듣고 보니 놈은 두 번이나 아무 짓도 하지 않았군요. 이상하다고 하면 이상하네요."

도시로는 스카프 무늬의 셔츠를 풀어 젖힌 언제나의 차림이지만, 가슴에 빨간 부적을 걸고 있었다. 부적에 수놓인 금실의 글씨는 메이지진구라고 쓰여 있었다. 미야타가 머리 뒤로 깍지를 끼고 천장을 올려다보았다.

"그 녀석이 작년의 애송이란 건 틀림없나?"

"예, 그 얼굴은 확실히 그때 그 남자였습니다."

"그럼 우리는 특히 더 저주받고 있겠네."

"사장님, 그런 말씀 하지 마십시오."

"지금도 저기 어디쯤에서 우리를 보고 있을지 모르겠군."

도시로는 안절부절못하고 주위를 둘러보았지만, 후지이는 거구를 소파에 묻은 채였다. 미야타는 태연히 말을 이었다.

"저세상에 관해서는 모르겠지만, 의외로 우리가 그쪽에 손을 대지 못하는 것처럼 그쪽도 우리한테 어떻게 하지 못하는 거 아닐까. 난 이 바닥에 오래 있어서 살인자들도 꽤 많이 알아. 그렇지만 자기가 죽인 놈한테 복수당했다는 얘기는 들어 본 적이 없어."

후지이도 이를 드러내고 말했다.

"맞습니다. 저도 이렇게 멀쩡하고요. 저를 저주해서 죽일 유령이라면 줄을 세워도 차례를 기다리는 중일 텐데요."

터져 나오는 호쾌한 웃음소리에 준이치는 분해서 어금니를 악물었다.

"도시로, 후지이를 보고 배워. 넌 머리도 안 좋은데 담력이라도 키우지 않으면 앞으로 못 버틸 거야."

도시로는 머리를 긁적거렸다. 비굴하게 웃는 눈 속의 어두운 분노를 보고, 준이치는 순박해 보이는 젊은이의 본성을 엿본 것 같은 기분이 들었다.

"하지만 말이야, 한 가지 확실한 게 있어. 그것은 놈의 약점이 그 배부른 배우라는 거지. 그 여자만 잡고 있으면 놈에게 어떤 힘이 있든 무섭지 않은 거야. 알겠냐?"

후지이와 도시로가 말없이 끄덕였다. 준이치는 미야타의 예리함에 감탄했다.

"그 여자가 병원에 들어가고 난 뒤에는 성가셔진다. 출산 예정일이 3월 10일이라고 들었다. 그러니까 이달 안에 해치워 버려. 가루이자와의 기도사키 별장은 알고 있지?"

그날 밤의 표적은 미야타 한 사람이었다. 공포를 배로 하기 위해서는 무엇보다 고독이 특효약이다. 하지만 미야타는 좀처럼 단독 행동을 하지 않았다. 항상 안전 대책을 세워 놓고, 애인을 안을 때조차 호텔 옆방에 병대를 대기시킬 정도였다.

불단 옆의 에어컨이 눈에 들어왔다. 선전포고만이라도 하고 갈까, 준이치는 바로 결심을 군히고, 에어컨 운전 모드를 냉방으로 바꾸었다. 2월 중순의 바깥 공기는 차가워서, 겨울이 마지막 힘을 쥐어짜듯 영하 20도로 내려간 도쿄의 하늘을 제압하고 있었다.

잠시 가동이 중지되었다가 송풍구에서 냉기가 흘러나왔다. 준이치는 먼지 쌓인 낡은 샹들리에 불빛을 하나 둘씩 꺼 나갔다.

"사장님, 놈입니다, 이 추위. 그놈이 나타났습니다. 사장님이 그런 얘기만 해서 놈을 부른 겁니다요."

미야타는 테이블의 리모컨을 들고 에어컨을 조작했다. 준이치가 운전 바꿈을 취소하자, 실내 온도는 급속히 떨어졌다. 셔츠 차림의 도시로는 양팔로 몸을 안고 덜덜 떨었다. 후지이가 천장을 향해 소리쳤다.

"어이, 그런 엄포만 놓지 말고 모습을 보여 봐. 그러지 않으면 내가 한 방 먹여 줄 거다!"

준이치는 분노가 치밀어서 엉겁결에 음성화를 했다.

"기다려. 투견 같은 네 얼굴을 고쳐 주마."

시종 냉정했던 미야타가 미간을 일그러뜨리며 입을 꼭 다물었다. 마른 입술 양 끝이 내려가고 목덜미에 혈관이 두드러졌다. 미야타는 천장을 올려다보고 천천히 말했다.

"놀랍네. 정말로 있다니 …… 당신, 가케이 씬가? 협박해도 소용없어. 우리는 그 여배우를 꼭 납치할 거야. 물론 나쁜 짓은 하지 않아. 뼛속까지 겁을 줄 뿐이지."

미야타는 앉은 채 점멸을 되풀이하는 샹들리에를 올려다보고 있었다. 준이치가 말했다.

"그녀는 산달이 가까운 몸이다. 그런 짓을 하면 어떻게 되는지 알고 있나?"

미야타의 눈썹이 한쪽만 치켜 올라갔다.

"당신은 얘기가 통하는 상대 같군. 이봐, 가케이 씨, 우리라고 피도 눈물도 없는 게 아냐. 나쁘게는 하지 않아. 되도록 죽이고 싶지 않다고. 그런 건 우리 업무 중에서도 최악이거든."

"그렇지만 너희는 필요하면 망설이지 않고 해치우지. 그녀에게 손을 대기만 하면 철저하게 싸워 주겠다."

"네가 뭘 할 수 있는데. 리모컨 대신이라도 되냐?"

번쩍번쩍 빛나는 후지이의 눈은 소년의 이마에 나이프를 사용할 때와 같은 빛이었다. 미야타가 수습하듯이 말했다.

"가케이 씨, 당신하고는 얘기해 봐야 평행선이군. 오늘은 이쯤하고 끝내지. 우리는 여기를 나갈 건데 당신은 어쩔 건가? 마음에 든다면 여기 있어도 상관없어."

미야타를 선두로 세 사람은 손으로 더듬어 어두운 복도를 걸어서 현관으로 이동했다. 준이치는 외출에서 돌아온 후지이네가 문 앞에서 기다리는 모습을 떠올렸다. 비디오카메라로 확인한 뒤, 듣기 좋게 이어지는 세 개의 자물쇠 소리. 적어도 그중 하나는 전기식 자물쇠일 것이다.

준이치는 순간이동으로 현관으로 날자 자물쇠를 확인했다. 문고리에 달린 메인 자물쇠는 수동식이지만, 나머지 두 개는 전자자물쇠였다. 한쪽은 수동으로도 간단히 열 수 있었지만, 나머지는 탄탄한 금속 상자에 잠금쇠째 밀폐되어, 바깥에서는 쉽게 열 수 없을 것 같았다. 준이치는 전자자물쇠 회로를 죽였다.

현관에 도착한 도시로가 문고리에 달린 자물쇠를 열고, 벽의 열림 스위치를 익숙한 동작으로 잇따라 눌렀다. 손잡이에 반응이 없었다. 남은 하나를 손으로 열고, 한 번 더 스위치를 조작했다.

"사장님, 안 됩니다. 문이 열리지 않습니다. 놈이 손을 쓴 것 같습니다."

"비켜."

미야타가 허리를 구부리고 자물쇠를 살펴보았다.

"마지막 하나가 탈이 난 것 같군."

"제가 해 보겠습니다."

후지이는 두 사람을 옆으로 보내고, 부츠를 신더니 철제문을 힘껏 찼다. 현관 전체가 쩌렁거릴 정도의 금속음이 울렸다. 이어서 거구의 어깨로 문에 부딪혔다. 철강이 우는 소리와 뼈가 삐걱거리는 소리가 들렸다.

"관둬, 후지이. 이 문은 45구경 권총을 쏘더라도 빠져나가지 못하도록 만든 특별 주문품이야. 아무리 너라도 문이 부서지기 전에 네 몸이 부서질걸. 도시로, 지레하고 망치 갖고 와."

실내는 이미 영하로 떨어져 미야타의 입김은 하얀 기둥이 되었다.

"가케이 씨, 너무하네. 이제 만족했나. 그렇지만 우리를 멈추게 하려면 총이라도 갖고 오지 않는 한 무리야."

도시로가 지레로 보조 자물쇠를 내리치자, 어둠 속에 불꽃이 튀었다.

준이치는 시각화를 위해 집중력을 모았다. 스크린은 매끄럽게 무광 가공한 강철문. 지레가 자물쇠를 때리는 리듬에 맞춰 금속 표면에 검은 기름 같은 것이 끈적거리며 올라갔다. 도시로가 조그맣게 비명을 지르며 펄쩍 뛰어오르다, 후지이한테 세게 부딪혔다.

조직 사무실의 좁은 현관에 제4의 인물이 천천히 떠올랐다.

"사장님, 저게 …… 저게 ……."

도시로는 가슴의 부적을 꼭 쥐고, 고장 난 기계처럼 되풀이했다.

그것은 강철 스크린에 서 있었다. 검은 슈트, 흰 셔츠에 재색 넥타이. 전혀 표정이 없는 눈은 미야타를 똑바로 보고 있었다.

준이치는 단정해 보이는 이 이미지가 지금까지 시각화한 어떤 모습보다 무섭다고 생각했다.

이 눈은 누군가를 죽여 버리겠다고 결심한 눈이다. 분노도 증오도 없고, 그저 결정적인 행위에 대한 결의만이 빛나는 눈. 준이치는 낯선 자신을 보고 떨었다.

후지이는 끝이 뾰족한 망치를 휘둘러 문에 선 준이치를 치려고 했다.

다음 순간, 무서운 눈을 한 남자는 사라지고, 문은 재색 강철로 돌아와 있었다. 금속이 금속을 때리는 맑은 소리가 어둠 속에 날카롭게 울렸다.

"됐어. 그만해, 후지이. 자물쇠를 부숴."

준이치는 미야타의 목소리가 냉정한 것이 유감이었다. 도시로가 주뼛거리며 물었다.

"사장님, 어땠습니까. 그놈은."

"네 얘기보다 훨씬 무서웠다. 그놈은 진심이었어. 보통 사람치고 배짱도 두둑하고. 그리고 그 녀석에게는 우리도 손을 델 수가 없어."

온몸에 끝없는 피로감이 엄습하면서, 준이치는 그 말을 남 얘기처럼 들었다. 최상의 칭찬일지도 모른다. 하지만 만족하기에는 아직 멀었다.

자신이 가진 모든 카드를 사용해도 이 남자를 동요하게 만들지 못한다.

사랑하는 여성과 아직 보지 못한 자신의 아이를 지키는 것. 그것이 그때만큼 어렵게 느껴진 적이 없었다.

다음 날 밤, 준이치는 마지막 목적지로 날았다. 마루노우치 법률 사무소였다. 다카나시 변호사는 집무실 책상에 앉아 서류를 보고 있었다. 옆방에는 아직 몇 명의 부하 변호사가 일하는 기척이 느껴졌지만, 아랑곳하지 않고 음성화했다.

"다카나시 씨, 안녕하세요."

변호사는 눈을 들어 아무도 없는 실내를 둘러보았다. 도수가 높은 렌즈 탓에 가장자리가 일그러진 안경을 오른손 검지로 신경질적으로 고쳐 썼다.

"드디어 와 주었군요. 오랜만입니다, 준이치 씨."

안색은 파랗게 질렸지만, 변호사의 목소리는 차분했다.

"여기저기서 꽤 소란을 일으키고 다니는 것 같더군요."

두꺼운 아랫입술을 핥는 평소 버릇에 개구쟁이 꼬마를 나무라는 듯한 목소리가 이어졌다.

"할 수 없이 이런저런 방법을 써 본 것뿐입니다. 오늘은 조용히 얘기하러 왔습니다. 좋습니까?"

"좋습니다."

"내가 바라는 것은 한 가지뿐. 후지사와 후미오 씨의 신변 안전입니다. 미야타 조 놈들에게 그녀한테 손대지 말라고 명령해 주세요. 그러면 두 번 다시 당신들에게 접근하지 않고, 나를 살해한 것과 엔젤펀드의 부정 투자도 잊기로 하겠습니다. 나쁜 거래는 아닐 텐데요."

지난 며칠간 생각했던 제안으로 말문을 열었다. 다카나시는 책상 위에서 깍지 낀 두 손을 내려다보며 곰곰이 생각에 잠겼다. 보통 때의 미팅과 다르지 않았다. 자신들이 살해한 준이치가 나타나도 변호사의 냉정함은 머리카락 한 가닥 흔들림이 없었다.

"유감입니다. 준이치 씨로서는 확실히 대폭 양보하신 것일지도 모릅니다. 그러나 그것은 다루기 곤란한 문제가 돼 버렸습니다. 먼저 미야타 조에게 이번 의뢰는 아주 좋은 비즈니스입니다. 후지사와 씨 건을 잘 처리하면 지금까지 이상으로 기도사키 프로덕션을 물어뜯을 수 있습니다. 그런 놈들은 사냥개 같아서 도중에 명령을 취소하는 것은 불가능합니다. 취소 수수료를 준다고 그걸로 끝날 일이 아닙니다. 그들은 그들 나름의 고집과 계산으로 움직이기 때문입니다. 그리고 준이치 씨는 살인과 부정 투자라고 했지만, 그런 사건은 존재하지 않습니다. 당신은 미국에서 시찰 중 행방불명이 되었습니다, 미국에 가기 전 기도사키 프로덕션에 정식 투자 절차를 밟았습니다. 법적인 문제는 존재하지 않습니다. 그것이 사실입니다."

아이에게 도리를 가르치는 듯한 말투였다. 변호사의 말대로 그것은 틀림없는 사실이다. 하지만 사실과 진실은 다르다. 준이치는 소리를 지를 뻔했다. 다카나시는 당황하지 않고 말을 계속했다.

"게다가 후지사와 씨는 출산 후, 당신의 실종 신고를 경찰에 내겠다고 했습니다. 그녀가 모든 걸 다 떠들어 버리면 우리 모두에게 소중한 '사실'이 흔들릴지도 모릅니다. 준이치 씨, 유감스럽습니다만 사태는 이제 제동을 걸 수 없는 곳까지 와 버렸습니다."

"어떻게 해도 안 됩니까?"

"제가 제어할 수 없는 세계의 문제입니다. 죄송합니다."

변호사는 의자에 앉은 채, 책상에 이마가 닿도록 깊숙이 머리를 숙였다. 마지막 말에는 진정이 담겨 있는 것처럼 느껴졌다.

"당신 같은 사람이 왜 이런 범죄를 저질렀습니까. 왜 나를 죽여야만 했습니까?"

변호사는 얼굴을 들었다. 두꺼운 안경 속의 눈이 붉어졌다.

"죄송합니다. 기도사키 씨의 정보에 따르면 당신은 최근 두 해 동안의 기억을 잃었다고 하더군요. 지금 모르는 것을 가르쳐 드릴 수는 없습니다."

"교섭은 결렬입니까?"

다카나시 변호사는 묵묵히 끄덕이더니, 아랫입술을 혀끝으로
적셨다.

"그럼 앞으로 우리는 적이군요. 대단한 힘도 없지만, 힘껏 싸
워 보겠습니다."

변호사는 눈물을 글썽인 채, 개구쟁이 아들을 보듯 씁쓸한 미
소를 지었다.

"준이치 씨, 마지막으로 한 가지 부탁을 들어주지 않겠습니
까? 모습을 보고 싶습니다만."

"왜요?"

"보고 싶으니까요. 미야타나 기도사키 씨한테도 나타났다면서
요? 우리의 공통된 추억을 위해 딱 한 번이어도 좋으니 얼굴 좀
보여 주세요."

준이치는 시각화를 하려고 집중력을 모았지만, 다카나시에게
어떤 모습을 보여 주면 좋을지 정하지 못했다. 장소는 변호사의
책상 맞은편에 있는 손님용 소파로 좋을 것이다. 숨이 빵빵하게
들어간 3인용 소파로 매끈한 소가죽은 괜찮은 스크린이 될 것
같았다. 불을 붙인 채 내버려 둔 담배 연기 같은 파란 기체가 검
은 가죽 표면에 흐르며, 희미한 상을 만들어 갔다.

"역시 당신입니까 ……."

다카나시 변호사는 말을 잇지 못했다. 소파에 앉아 있는 것은 당사자인 준이치조차 예측하지 못한 모습이었다. 아득히 먼 옛날, 아직 대학생인 자신이 그곳에 있었다. 다카나시를 향해 천진하게 웃고 있다.

그것은 아버지 준지로에게 팔린 날의 준이치였다. 청바지에 검은색 폴로셔츠. 태연한 척하고 있지만, 눈가가 울어서 부은 것처럼 붉었다. 말도 안 되는 각서에 사인하고, 아무렇지도 않은 척 허세를 부리며 이 방을 나갔던 그 날 오후.

변호사 눈에 눈물이 고였다. 다시 깊숙이 머리를 숙였다. 시선을 되돌렸을 때는 준이치의 모습이 지워져 있었다.

기억을 잃은 두 해 동안, 무슨 일이 일어난 걸까. 대체 어떤 사정이 있었기에 다카나시 같은 인물이 살인이란 엄청난 죄로 내몰린 걸까. 준이치는 두 해라는 공백에 공포를 느끼지 않을 수 없었다.

준이치는 다카나시 법률 사무소에서 쓰쿠다의 자택으로 날았다. 며칠 만에 돌아온 거실에는 여전히 에어컨 가동 소리가 조용하게 울렸다. 책상으로 이동하여 키보드로 더듬더듬 메일을 치기 시작했다.

도루에게.

이 메일을 네가 읽을 즈음에는 나는 이미 죽어 있을지도 모르겠구나. 금전상 트러블로 바로 코앞까지 위험이 닥쳐와 있단다. 농담이라고 생각하지 말아 줘.

지금부터 어떤 투자 안건의 파일을 보낼게. 다음에 내가 연락하거든 받자마자 보고서와 함께 경찰에 보내 주기 바란다. 익명이어도 상관없다. 그때까지 몰래 보관해 주렴. 이 문서가 공개되면 위험한 일에 처할 가능성이 있는 여성이 있으니, 부디 신중하게.

믿지 못하겠지만, 그녀는 내 아이를 가졌어. 누가 먼저 결혼할까 하는 얘기를 한 적 있었지? 적어도 아이를 가진 것은 내 쪽이 빨랐구나.

다카나시 사무실에는 절대 상담하지 않도록 해. 그쪽에도 위험이 미칠지 몰라. 만약 내가 죽으면 모아 두었던 게임이나 CD는 전부 네게 줄게. 차도 필요하면 써. 나 대신 좋은 게임을 만들어 줘. 너는 나의 유일한 친구였다.

안녕. 오랜 시간, 고마웠다.

그리고 보고서를 쓰기 시작했다. 엔젤펀드와 기도사키 프로덕션의 관계. 개인 투자가로서는 지나친 영화 투자와 계약상 트러블을, 자세한 사항은 상상으로 메우면서 썼다. 기억상실로 확실한 것은 알 수 없었지만, 기도사키 프로듀서와 다카나시 변호사, 폭행 실행범으로 미야타 커뮤니케이션의 존재는 틀림없이 같은 줄로 연결되어 있다.

준이치는 큰 착오만 없다면 그것으로 문제없다고 판단했다. 적어도 그만한 문서와 당사자가 행방불명이라는 사실, 거기에 보고서가 더해지면 우수한 일본 경찰이라면 분명 움직여 줄 것이다. 준이치의 실종에 시선을 돌리게 하는 것만으로도 효과는 충분하다. 후미오의 안전을 확인하면 데이터는 도루의 손으로 망가뜨려 달라고 하면 된다.

보고서를 완성한 뒤, 인덱스에서 기도사키 프로덕션과 엔들리스 비전의 투자계약서를 꺼냈다. 나카니시 도루에게 보내는 이메일에 파일을 첨부하고, 기도하는 마음으로 보내기를 눌렀다.

새벽녘, 준이치는 36층의 거실 창으로 두드려서 늘여 놓은 납처럼 희미하게 밤하늘을 비추는 스미다 강을 내려다보았다. 강은 하구 부근에서 왼쪽으로 크게 사행하며, 모래알처럼 불빛을 뿌려 놓은 도쿄를 찢고 흘러갔다.

할 수 있는 방법은 모두 썼다. 나머지는 온 힘을 다해 후미오를 지키는 것뿐이었다. 길었던 2월도 중순이 지났다. 계획대로 된다면 미야타 조 녀석들은 남은 열흘 동안 어딘가에서 반드시 후미오를 납치하려고 할 것이다. 어떻게 할지는 모르겠지만, 이제 싸울 수밖에 없다.

2월 세 번째 토요일 밤, 준이치는 먼저 후타고다마가와로 날았다. 후미오는 침대에 기대어 육아 잡지를 보고 있었다. 집 주위를 돌며 이상이 없는 것을 확인했다. 계산이 빠른 미야타가 인적이 많은 토요일 저녁에 납치를 시도할 가능성은 미미하다. 준이치는 유라쿠초로 순간이동했다.

유라쿠초 마리온의 시계 광장은 만남의 장소여서 러시아워처럼 혼잡했다. 준이치는 세이부와 한큐 두 백화점을 나누는 뻥 뚫린 유리 골짜기의 공중을 천천히 날았다. 인파 너머로 끝없이 이어진 줄이 보였다. 줄은 마리온 뒤에서 백화점 모퉁이를 감고 스키야 다리 방면으로 뻗어, 끝이 보이지 않을 정도로 길었다.

그날은 기도사키 쓰요시 감독의 유작 『SODONG―소동』 개봉 첫날이었다. 생전에는 거의 기도사키 감독을 다루지 않던 텔레비전 각 방송국은 세계의 거장을 추모하는 특별 프로그램을 다투어 방영했다. 그 선전 효과와 영화를 마무리한 직후에 급사한 감독에 대한 동정이 눈사태처럼 상승효과를 발휘하여 『소동』은 공개 전부터 올봄 최고의 화제작이 되었다.

1층 매표소에서 영화 개시 시간을 확인했다. 마지막 회 상영은 볼 수 있을 것 같았다. 창구에는 '현재 입장하셔도 다음 회는 서서 보시게 됩니다'라는 팻말이 걸려 있었다. 시작이 훌륭한 것 같았다. 익숙한 11층 로비 이미지를 떠올려 순간이동했다.

잠깐의 공백 뒤, 다음 회 상영을 기다리는 관객으로 넘쳐 나는 로비가 눈앞에 펼쳐졌다. 도쿄에서 『소동』을 상영하는 영화관 가운데는 이곳이 가장 객석 수도 많고, 시설도 잘되어 있었다. 낮에는 출연자들의 무대 인사도 있었다. 만약 기도사키 감독이 나타난다면 이 영화관이 아닐까, 준이치는 그렇게 생각했다. 기도사키 감독도 분명 관객 반응이 궁금할 것이다. 사후에도 이 세계에 머물고 있다면 반드시 어느 영화관에든 나타날 것이다. 영화관이 다르다면 순간이동으로 온 도쿄의 상영관을 찾아다니면 된다. 그것은 준이치에게 어려운 일이 아니었다.

얌전하게 줄을 선 사람들의 머리 위를 지나 극장 안으로 들어갔다. 드물게 중장년 관객이 많고, 기념품 매장은 사람들로 넘쳐 났다. 상영 종료 직후인지 관내 통로는 온통 사람으로 가득했다. 준이치는 출구 전용인 뒷자리 문을 통해 객석으로 들어갔다. 연지색 모켓지를 입힌 의자가 파도처럼 스크린을 향해 밀려들었다. 천 석이 넘는 객석에 남아 있는 사람의 모습은 거의 없었다. 제일 앞줄에 앉은 백발 남자의 넓은 등이 어딘가 낯익었다. 준이치는 아무도 없는 객석으로 날았다.

떡 벌어진 어깨에 굵은 목. 트레이드마크인 선글라스가 보였다. 다가가자 남자의 몸을 통해 시트의 천이 비쳐 보였다. 준이치는 낮은 소리로 불렀다.

"신작 성공 축하합니다, 기도사키 감독님."

객석 제일 앞줄에서 등을 구부리고 앉아 있던 큰 남자가 놀란 듯이 돌아보았다.

"이런, 죽은 사람도 『소동』을 보러 온 건가. 표는 사서 들어왔겠지?"

준이치는 엉겁결에 웃었다.

"살 수가 없어서 유감입니다. 그런데 감독님은 제 얼굴 기억나십니까?"

기도사키 감독은 의아한 표정으로 준이치를 물끄러미 보았다.

"미안하지만, 생각이 안 나. 젊을 때는 한 번 본 사람 얼굴은 절대 잊지 않았는데."

준이치는 스크린을 등지고 감독 정면에 섰다.

"저는 이번 『소동』의 메인 스폰서 중 한 명입니다. 엔젤펀드라는 회사 이름을 들으신 적 없습니까? 그곳 대표인 가케이 준이치라고 합니다."

그때 담당자가 객석 앞쪽의 문을 열었고, 밀물처럼 관객이 들어왔다.

"손님을 위해 자리를 비우도록 할까. 자네, 할 얘기 있으면 따라오게."

기도사키 감독은 무대 옆으로 이동했다. 객석은 점점 채워져
갔다.

"내 영화로 손님이 자리싸움을 하다니 정말 기분이 좋군. 이런
건 삼십 년 만이야. 엔젤펀드라는 이름은 기억이 나네. 고마운
스폰서가 부족한 자금을 선뜻 대 주었다고, 와타루한테 들었
어."

"감독님은 제작 자금 건에 관해서는 모르십니까?"

"응, 프로듀서가 좀 무리를 한다는 것은 어렴풋이 느꼈지만.
그런데 자네는 아직 젊은데 어쩌다 죽었나?"

준이치는 살해 이유를 기도사키 감독에게 말해야 할지 망설였
다. 감독은 준이치의 눈을 똑바로 보고 있었다. 모든 것을 얘기
하면 마음이 개운해질지도 모른다. 잠시 망설이던 끝에 준이치
는 능청스럽게 말했다.

"잘 기억이 나지 않습니다. 아마 교통사고를 당한 것 같습니다
만."

"그런가, 안됐군. 아직 할 일이 많이 남았을 텐데. 오늘은 여유
롭게 쉴 수 있겠지. 꼭『소동』을 봐 주게."

상영 시작 부저가 울리고, 장내 불빛이 천천히 꺼졌다.

"그러려고 왔습니다. 감독님, 특등석으로 이동하시지 않겠습

니까?"

준이치는 하얀 커버를 씌운 지정석 상공으로 앞장서서 이동했다. 기도사키 감독도 따라왔다. 스크린에는 오글거리는 대사의 다이아몬드 광고가 흐르고 있었다.

"돈 내고 영화 보러 온 관객에게 이런 걸 보여 주다니, 너무하군. 스크린 쪽으로 좀 더 가까이 가세. 나한테는 지정석이 너무 멀어. 젊을 때부터 시사실에서 제일 앞줄에만 앉았으니. 시야 가득 영화가 비치지 않으면 성에 안 차."

체육관처럼 넓디넓은 관객석의 앞에서 세 번째 줄 상공에 떠서, 준이치는 『소동』을 감상했다. 옆에는 이 작품의 감독인 '세계의 거장' 기도사키 쓰요시가 있다. 준이치는 시나리오를 읽었고, 촬영 현장을 자주 찾았고, 편집 작업이나 더빙 작업에도 입회했다. 그래도 이런 어둠 속에서 많은 관객과 함께 보는 영화는 또 다른 맛이 있었다.

준이치의 위치에서 바라보는 스크린은 거대하여, 다이빙대에서 내려다보는 수심 25미터의 수영장 같았다. 그 광대한 스크린에 빛과 그림자로 그려진 인물이 움직이고 있었다. 준이치는 바로 시작한 에도 시대 이야기에 순수하게 취할 수 있었다. 늙었다고는 하지만 기도사키 감독의 스토리텔링 열기와 박력은 죽지 않았다. 문득 옆을 보니 감독은 공중에 엎드려서 본인의 작품을 보고 있었다. 이마에 걸친 선글라스 아래로 눈이 반짝거렸다.

'이 사람은 이것으로 만족하는구나.'

준이치는 혼자 끄덕이고 영화 세계로 돌아갔다.

끝이 없는 꿈 같은 두 시간이 지나고, 마지막에 엔딩 롤이 흘렀다. 제작 협력에 '(주)엔젤펀드'라는 글씨를 발견하고 준이치는 자랑스러운 기분이 들었다. 장내가 밝아지자 관객은 저마다 방금 본 영화의 평론가가 되어 출구 쪽으로 걸어갔다.

기도사키 감독이 말했다.

"『소동』의 완성도는 어떻던가, 스폰서?"

"훌륭했습니다. 아주 마음에 들었습니다."

"그거 다행이군. 하지만 이렇게 보니 기교는 늘었지만, 젊은 시절의 앞뒤 생각 없이 돌진하던 박력이 없네. 완성도는 괜찮았지만."

"그렇지 않습니다. 저는 감독님의 작품을 모두 보았습니다만, 베스트 3에 넣어도 좋다고 생각합니다. 이런 영화에 출자해서 행복합니다."

"자금 회수는 개봉이 끝날 때까지 모르는 거야. 물론 아무리 자네 회사에 돈이 들어가 봐야 이제 쓸 수도 없겠지만."

기도사키 감독은 큰 소리로 웃었다. 한산한 객석 여기저기에서 제복을 입은 청소 담당이 비질을 하고 있었다.

"저는 이만 실례하겠습니다."

준이치는 혼자 있을 후미오를 떠올렸다. 슬슬 돌아가야 할 시간이었다.

"그런가, 아쉽네. 또 어느 영화관에서 만날 수 있으면 좋겠군."

기도사키 감독은 준이치에게 오른손을 내밀었다. 준이치는 두꺼운 손을 잡았다. 감독은 준이치의 귓가에 입을 대고 쉰 목소리로 말했다.

"영화에 협력해 주어서 고맙네. 그리고 ……."

미묘한 틈이 있어, 준이치는 저도 모르게 몸이 굳어졌다.

"정말 미안하게 생각하네. 미안하네."

놀라서 기도사키 감독을 올려다보았다. 그러나 준이치는 말없이 끄덕이고, 가볍게 인사를 한 뒤 날았다. 아무도 없는 영화관에서 하얀 스크린을 등지고 공중에 떠 있는 기도사키 감독의 모습이 완전한 공백이 찾아오기 전의 마지막 장면이 되었다.

다음 날 밤, 후미오를 찾아가자, 대량의 육아용품이 방 한쪽에 쌓여 있었다. A형 유모차, 아기 침대, 종이 기저귀, 우유병, 수유패드 ……. 출산 예정일을 보름 앞두고, 후미오는 육아 준비에 여념이 없는 것 같았다. 날씬한 몸에 산달이 가까운 배만 마치 다른 생물 같은 존재감을 자랑했다. 자세히 보니 희미한 빛을 뿌리는 하얀 구슬이 느릿하게 자전을 계속하고 있었다. 아들인지 딸인지 모르겠지만, 준이치와 후미오의 아이는 순조롭게 자라는 것 같았다.

준이치는 그날 밤 첫 순찰에 나섰다. 상공에서 집 주위를 꼼꼼하게 살폈다. 2월 하순의 일요일 밤, 녹색 속에 신축 맨션이 일정한 거리를 두고 나란히 서 있었다. 주민은 독신자나 아이가 없는 젊은 부부가 많은 듯 조용하고 우아한 주택가였다. 그만큼 이웃에게 관심도 없고, 서로를 간섭하지 않는 도시풍의 생활 방식이 몸에 익었다. 생전에는 준이치도 그런 쿨한 생활 방식을 도쿄다워서 좋다고 생각했다. 하지만 그런 생활 방식이 이웃의 트러블에 철저한 무관심과 무간섭으로 나타나 습격자에게 유리하게 작용할 것이다. 준이치는 불안했다. 어떤 형태로 덮칠지 예상할 수 없는 상대에게 경비 전문가가 아닌 준이치로서는 효과적인 대항책 따위를 생각할 수 없었다.

순찰은 한 시간 간격으로 밤새 돌았다. 처음에는 무사히 끝냈다. 주변 맨션에 수상한 그림자도 없고, 뒤편에 있는 건물 사이의 담장에도 자물쇠가 잘 채워져 있었다. 맨션 현관 쪽으로 난 이차선 도로에 서 있는 자동차도 없었다. 번화가에 가까운 이 일대에는 불법 주차가 많아서 관리인이 바로 파출소에 통보한다. 견인차 이동의 명소로 유명한 이 거리에 주차하는 차는 좀처럼 없었다. 준이치는 안전을 확인하고, 방으로 돌아왔다.

육아 잡지를 보고 있는 후미오의 어깨 너머로 '욕조에 넣을 때 아기를 안는 법'이라는 글을 열심히 읽었다. 그럴 때 준이치는 자신이 그 아이를 절대 안을 수 없다는 사실조차 잊고 있었다. 따뜻한 방에서 편히 쉬고 있는 후미오를 보고 있으니, 준이치도 편히 팔다리를 펼 수 있었다. 사람을 싫어하는 자신이 누군가와 함께 이렇게 한가롭게 지낼 수 있다니. 그것은 살아 있을 때는 생각할 수 없었던 종류의 쾌적함이었다.

오후 열 시, 네 번째 정찰에서 준이치는 거리에 자동차 한 대가 서는 것을 목격했다. 검은색 대형 밴이 맨션 20미터 정도 앞 갓길에 주차하더니, 비상등을 켰다. 창에는 스모크 필름이 붙어 있어서, 내부 모습은 알 수 없었다.

준이치는 웅크린 짐승 같은 밴 쪽으로 떨면서 날아갔다. 차 지붕에 실린 데크 네 모퉁이에 거대한 메가폰이 보였다. 미야타 조의 거리 선전차였다.

준이치는 차 안으로 순간이동했다. 뒷좌석은 접어서 평평한 짐칸이 되어 있었다. 둘둘 잘 말린 밧줄 위에 박스 테이프가 눈에 띄었다. 앞좌석에는 운송 회사 제복을 입은 후지이와 도시로가 나란히 앉아 있었다. 도시로는 운전석에서 볼록하고 희한하게 생긴 망원경으로 후미오네 창을 올려다보고 있었다.

"너는 그런 장난감을 좋아하냐."

후지이가 어이없다는 투로 말했다.

"이거라면 캄캄해도 쌩쌩하게 보입니다요."

"등신. 여자 하나 납치하는 데 가로등 불빛이면 충분해. 전쟁놀이 하냐. 그보다 낮에 잘 해 놓았을 테지"

해 놓다니, 뭘 해 놓은 걸까. 준이치는 전혀 눈치채지 못했다.

"언제 할까요, 형님."

"지금 당장. 차 출발시켜. 순서는 외웠지?"

도시로는 수동제동기를 내리고 끄덕였다. 비상등을 켠 채, 검은빛이 나는 밴이 고래처럼 후미오의 맨션으로 다가갔다. 부지내로 들어가더니 현관 옆에 차를 세웠다. 후지이와 도시로는 운송 회사 로고가 붙은 모자를 고쳐 쓰고, 차에서 내렸다. 짐칸 문을 올리고, 도시로는 백화점 꾸러미를 꺼냈다. 2인조는 서로 고개를 끄덕이더니 시동을 걸어 놓은 채 차에서 떠났다.

준이치는 순간이동으로 후미오의 방으로 돌아왔다. 음성화를 위해 의지를 모으는 잠깐이 영원으로 느껴졌다.

"후미오 씨, 지금 미야타 조 놈들이 당신을 납치하러 오고 있어요. 무슨 일이 있어도 문을 열면 안 돼요. 알겠죠?"

후미오는 육아 잡지에서 눈을 들고 놀란 표정을 지었다. 영문도 모르고 끄덕이는 후미오를 남기고, 순간이동하여 현관으로 돌아갔다. 도시로는 후미오의 집 호수를 누르는 것 같았다. 준이 치는 황급히 벽에 묻힌 오토 록 회로를 죽였다. 빨간 LED가 엉 터리 호수를 표시했다.

"빌어먹을!"

도시로가 인터폰을 향해 욕을 하는데, 유리문 안쪽에서 중년 여성이 시추 강아지를 안고 나왔다.

"수고하시네요."

여성은 2인조에게 인사를 건네고 맨션을 나갔다. 후지이와 도 시로는 열린 문으로 차례로 들어갔다. 준이치는 패닉을 일으킬 것 같았다. 엘리베이터는 후미오의 집이 있는 4층으로 소리도 없이 올라갔다. 문이 열리자 2인조는 아무도 없는 복도를 당황 하는 기색도 없이 걸어갔다. 준이치는 복도 형광등을 미친 듯이 깜박거렸다.

"어이, 그 녀석이 온 것 같아. 도시로, 어때, 인사라도 해 줄까?"

황급히 금발의 빡빡머리가 고개를 가로젓자, 후지이는 미소를 머금었다.

"자, 네 연기 실력을 보여 봐."

도시로는 후미오네 현관 앞에 섰다. 초인종을 누르고 숨을 가 다듬었다.

"누구세요?"

인터폰에서 당황한 듯한 후미오의 목소리가 흘러나왔다. 얇은 문 하나를 사이에 두고 투견 앞에 후미오가 있다. 준이치의 패닉은 한층 심해졌다.

"배달 왔습니다. 오늘 오후에 왔더니 부재중이셔서 메모를 남기고 갔습니다만."

"그건 봤는데 ……."

후미오의 목소리가 망설이는 것 같았다.

"죄송합니다, 빨리 좀 받아 주실 수 없을까요? 아직 배달할 곳이 잔뜩 밀려서 말입니다."

손잡이가 희미하게 움직이는 것을 보고 준이치의 심장은 폭발할 것처럼 뛰었다. 맨션 복도의 불빛이 심장 소리에 맞춰 일제히 깜박거렸다. 문 너머에서 자물쇠를 여는 소리가 울렸다. 준이치는 다시 음성화를 하기 위해 의지력을 쥐어짰다.

"안 돼, 열면 안 돼!"

후지이가 지긋지긋하다는 표정으로 도시로를 보았다. 문을 향해 엄지를 세웠다. 도시로는 운송 회사 제복을 입고 도어렌즈 정면에 서서 백화점 상자를 들어 올려 보였다.

"좀 봐주세요. 저희도 일입니다."

"그럼 물건만 문 앞에 두고 가 주세요."

후미오의 씩씩한 목소리가 들렸다. 도시로는 더욱 끈질겼다.

"사인을 받지 않으면 전달할 수가 없습니다. 짐은 여기에 둘 테니, 받았다는 사인만 받을 수 있도록 문을 조금만 열어 주지 않겠습니까? 걸쇠를 한 채로도 괜찮으니까요."

문 옆에 선 후지이는 거대한 정원용 가위 같은 절단기를 웃옷 안에서 꺼내, 허벅지 옆에 늘어뜨렸다. 모자를 쓴 도시로의 이마가 검게 젖고, 흘러내리는 땀이 몇 가닥이나 목에 선을 그었다.

"아이고, 그럼 저희 회사 전화번호를 가르쳐 드릴 테니 거기로 확인해 주시겠습니까? 그럼 되겠습니까?"

도시로는 너무하다는 투로 전화번호를 말했다. 어차피 전화 저쪽에는 미야타가 수배한 사람이 대기하고 있을 것이다. 자기 집 문 앞에서 누군가가 초조해하면서 기다리고 있는, 그 압력을 후미오는 언제까지 버틸 수 있을까.

후지이가 두 팔로 절단기 날을 벌렸다. 앵무새 부리 모양의 두꺼운 칼날은 금속을 자르는 부분만 새것처럼 빛났다. 패닉이 절정에 이르렀을 때, 준이치의 머릿속으로 검은색 밴의 매끄러운 몸체가 번개처럼 지나갔다.

"후미오 씨, 안 돼요. 절대로 열면 안 돼요."

비명 소리만 남기고, 맨션에 세워 둔 미야타 조의 차량으로 날아갔다. 운전석에서 엔진의 희미한 진동을 느꼈다. 정면에는 계기판이 환상처럼 떠올랐다. 준이치는 필사적으로 카스테레오를 찾았다. 스위치를 발견하자마자 바로 작동시켰다. 무슨 노래든 상관없었다. 데크에 들어 있는 테이프를 재생했다. 그리고 계기판에 연결된 차 지붕의 메가폰 스위치를 켰다.

"바이바이, 고마워요, 사요나라, 사랑스러운 연인이여."

고요한 일요일 밤 주택가에 샤란Q의 「즈루이 온나(얄미운 여자)」가 일제 사격의 포성처럼 울려 퍼졌다. 베이스 드럼이 초조하게 무거운 리듬을 두드릴 때마다 거리 선전차의 지붕이 삐걱거리는 금속 소리를 낼 정도로 소리가 컸다. 과민한 청각에는 치명적이었지만, 준이치는 간신히 의식을 지켰다. 여기서 후미오를 두고 기절할 수는 없었다.

몇 초 정도는 아무 일도 일어나지 않았다. 그러나 숨을 죽이고 맨션을 올려다보는 사이, 건물 여기저기에서 창문이 열리고 주민들이 내다보았다.

"시끄러워, 이 새끼야!"

어느 층에서 힘 좋은 남자가 소리쳤다. 더 소리쳐 줘.

준이치는 후미오의 현관으로 돌아갔다. 문 앞에는 아직 2인조가 서 있었다. 도시로는 세수라도 한 듯이 온 얼굴이 땀으로 젖어 있었다. 「즈루이 온나」는 사방 몇 킬로미터까지 퍼져 나갈 정도의 굉음으로 주택가의 밤하늘을 갈랐다. 여기저기에서 창과 문이 열리는 소리가 이어지고, 잠들어 있던 밤의 맨션은 사람 기척으로 가득해졌다.

"오늘은 이만한다. 반드시 다시 올 테다. 도시로, 가자."

후지이는 분노로 얼굴을 물들이며 소리쳤다. 두 사람은 바깥 복도로 빠르게 사라졌다. 엘리베이터도 기다리지 않고 비상계단을 뛰어 내려갔다. 도시로가 층계참에서 백화점 상자를 떨어뜨리고, 후이지가 그 상자 모서리를 밟고 지나갔다. 다시 주우러 가려고 하는 도시로에게 후지이가 소리쳤다.

"그런 것 내버려 둬. 서둘러."

발소리가 비상계단에 울렸다. 샤란Q의 「즈루이 온나」에 이어서 나오는 노래는 B'z의 「Liar, Liar」이었다. 일그러진 기타 솔로가 휴일 밤 공기를 흔들어 놓았다. 어쩐지 도시로는 록을 좋아하는 것 같다. 준이치는 천둥소리 같은 비트 속에서 누군가의 웃음소리를 들었다. 미야타 조 두 사람은 현관을 빠져나와, 면도칼처럼 날카롭게 리드기타 소리가 뿜어 나오는 차로 달려갔다.

'Baby, do you want the truth?'

도시로가 운전석 문을 열고 그제야 카스테레오 정지 버튼을 눌렀다.

주위가 거짓말처럼 고요해졌다. 차는 후방 확인도 하지 않고 급발진으로 후진하여, 타이어를 울리며 차도로 달려가더니 직선도로에서 점점 멀어져 갔다. 아직 이명이 남은 준이치는 그래도 계속 웃었다. 빨갛게 켜진 꼬리등이 좌회전하여 아무도 없는 도로에서 사라지는 것을 멍하니 지켜보았다. 하지만 잠시 후 웃음 발작은 몸서리로 바뀌었다.

분명 놈들은 또 올 것이다. 행운은 두 번, 세 번 계속되지 않는다. 이번에는 공교롭게 준이치에게 운이 따랐던 데 지나지 않는다. 후미오네 집으로 돌아가는 도중, 비상계단에 떨어져 있는 백화점 상자를 발견했다. 후지이의 부츠에 밟혀서 뜯긴 틈으로 핑크색과 파란색 아기 옷이 보였다. 아들딸 중 어느 쪽이 태어나도 입힐 수 있도록 고른 것일까. 냉정한 미야타의 얼굴이 떠올랐다.

미야타는 주도면밀하다. 목적을 달성할 때까지 절대 포기하는 일은 없을 것이다. 어디로 도망쳐도 마찬가지였다. 산달이 가까운 후미오를 단골 병원에서 떼어 놓을 수도 없다.

어떻게 해야 하지? 준이치는 다시 패닉에 빠질 것 같은 마음을 애써 진정시켰다.

새로운 한 주가 시작되고 엄중 경계 태세를 한층 강화했다. 준이치의 말로는 위험이 충분히 전해지지 않았던 것 같다. 후미오는 미야타 조 패거리를 실제로 목격하고서야 비로소 심각한 공포심을 안았다. 밤에는 전혀 나가지 않고, 낮에도 사람들이 많이 다니는 시간에 필요한 물건을 한꺼번에 사서 돌아왔다. 종일 방에 틀어박혀 소리 낮춘 텔레비전을 BGM 대신으로 틀어 놓고, 육아 잡지나 전에 읽었던 책을 다시 읽으며 시간을 보냈다.

준이치도 밤새 후미오의 집에서만 보내지 않았다. 순간이동을 거듭하면서, 미야타와 후타고다마가와를 왕복했다. 상대가 움직일 때까지, 후미오의 맨션에서 기다리기만 하는 것도 지루했다. 함께 있어도 바라보기만 할 뿐, 말을 걸 수도 없다. 하룻밤 동안 사용할 수 있는 음성화 능력을 다 써 버렸을 때, 예의 2인조가 올 것을 생각하면 쉽게 음성화를 할 수 없었다.

2월 마지막 주는 평온하게 흘러갔다. 혹독한 추위도 누그러지고, 준이치가 깨어나는 저녁 무렵조차 꽤 따듯해졌다. 죽은 이가 되어 처음으로 맞이하는 봄이 가까워졌다. 정시 순찰로 맨션 주변을 비행할 때면 몸에 닿는 바람이 놀라울 만큼 부드럽게 느껴졌다. 준이치는 이런 생활이 언제까지 계속될지 신기하기만 했다.

확실히 후미오에게는 위험이 다가오고 있었다. 출산 예정일도 가까워졌다. 하지만 자신의 아이를 임신한 여성을 온 힘으로 지키는 하루하루는 팽팽한 긴장감과 함께 뿌듯한 충실감을 주었다. 그 충실감은 일찍이 살아 있을 때, 고독으로 지상을 기어 다니고 일만 하던 일상에서는 절대 얻지 못했던 것이었다. 준이치는 생과 사의 신기한 역전 현상을 생각하지 않을 수 없었다.

나는 죽은 지금에야 비로소 마음껏 살고 있다.

이 세계에서 죽은 이로 존재하는 것은 준이치에게 그리 나쁘지 않았다.

더욱더 살고 싶었다. 정확하게는 더 죽어 있고 싶었다.

죽음 속 '생'의 달콤함을 느끼고 싶었다. 후미오와 함께 두 사람의 아이를 언제까지나 지켜보고 싶었다. 따뜻한 바람에 온몸을 감싼 채, 준이치는 눈 아래 가로등을 바라보면서 사후의 생이 한없이 계속되기를 조심스럽게 바랐다.

순간이동으로 찾아간 미야타 조에 특별한 움직임은 없었다. 엔들리스 비전의 자산 문제가 정리됐는지, 후지이와 도시로는 오모테산도에서 철수하여 조직 사무실이 있는 맨션으로 돌아와 있었다. 2인조도 역시 다음 습격 시기를 재고 있는 것 같았다. 사장인 미야타는 후미오 건에 관해서는 입을 다물고 있었다. 세 사람이 모여도 후미오나 기도사키 프로덕션 얘기는 절대 꺼내지 않았다. 머리가 좋은 미야타이니 정보 누설을 두려워하여 함구령이라도 내렸을 것이다. 다음 습격의 단서는 좀처럼 얻을 수 없었다.

3월 첫 월요일, 준이치는 언제나처럼 한 시간 간격으로 미야타 조를 감시했다. 조직 사무실의 텔레비전에서는 그날 오후,

5월 초 수준으로 기온이 상승했다고 기상 캐스터가 말했다.

"밤이 될수록 기온이 떨어지며 도쿄 지방에서는 짙은 안개가 발생할 우려가 있습니다. 주의해 주시기 바랍니다."

미야타 조 사무실은 게임 제작사와 비교도 안 될 만큼 밤이 빠를 때가 많았다. 술집 쪽으로 손을 대지 않는 탓인지, 대부분은 아홉 시경에 불이 꺼지고, 그날 당번인 똘마니만 남긴 채 조직 사무실 문을 닫는다. 그러나 그날따라 준이치가 몇 번을 방문해도 사무실에는 사람 그림자가 남아 있었다.

여섯 번째 밤 정찰을 갔을 때, 간사이 지방에 본거지를 둔 광역 폭력단의 금색 문장이 빛나는 벽걸이 시계는 밤 열두 시를 가리켰다. 방에는 어느새 미야타와 예의 2인조만 남았다. 텔레비전에서는 기운 빠진 심야 스포츠 뉴스가 흐르고 있었다. 세 명의 말수는 적었지만, 무언중에 긴장감이 전해졌다.

오늘 밤이 틀림없다. 준이치의 예감이 확실하게 굳어졌다.

준이치는 순간이동으로 후타고다마가와로 돌아갔다. 후미오는 아직 자지 않고 잠옷 차림으로 침대 속에서 상반신을 일으킨 채, 아무도 없는 방의 허공을 바라보고 있었다. 가지런한 눈썹을 모으고, 깊이 생각에 잠긴 표정이었다. 상태가 이상했지만, 준이치는 후미오의 기분을 챙겨 줄 여유가 없었다. 바로 음성화를 위해 의지력을 모았다.

"…… 들어 줘요, 후미오 씨."

심각한 후미오의 얼굴은 그 한마디에 불이 켜진 것처럼 밝아졌다.

"오늘 밤, 한 번 더 놈들이 올지도 몰라요. 문을 열면 안 돼요. 위험하다고 생각하면 바로 경찰에 전화하세요. 알겠죠?"

"알겠어요. 오늘 밤은 바로 갈 거예요? 나 …… 중요한 얘기가 있는데 ……."

"미안. 당신 얘기는 다음 기회에 들을게요. 지금은 놈들을 감시해야 해서요."

준이치는 무언가 말하고 싶어 하는 표정의 후미오를 가로막았다. 이러고 있는 동안에 놈들이 자신이 모르는 아지트로 이동하기라도 하면, 아무리 순간이동이 가능해도 쉽게 찾아낼 수 없다.

"그렇지만 정말로 중요한 얘기예요."

후미오의 안색은 건강한 주부의 장밋빛에서 핏기가 가시고 파르스름한 빛이 돌았다. 준이치는 안타깝게 호소하는 눈에서 시선을 돌리고 말했다.

"그 녀석들이 올 때 돌아올게요. 미야타 조를 퇴치하면 나중에 꼭 그 얘기 들려줘요."

준이치는 다시 미야타 커뮤니케이션으로 날았다. 초조해했던 데 비해서는 시곗바늘이 몇 분밖에 나아가지 않았다. 미야타와 두 명의 부하는 여전히 입을 다문 채 소파에 걸터앉아 있었다.

그때부터 시간은 붙어서 떨어지지 않는 유체(流體)로 형태를 바꾸었다. 물엿에 빠진 하루살이처럼 멈춘 시간 속에서 준이치는 오로지 기다렸다. 날짜는 3월 2일이 되었다. 심야 한 시, 한 시 반, 두 시, 두 시 반. 아무 일도 일어나지 않고 시간만 흘러갔다. 세 사람에게 지루한 모습은 느낄 수 없었다. 평소에는 쓸데없는 소리를 많이 하는 도시로의 침묵이 마음에 걸렸다. 미야타는 다른 부대를 준비하고 자신이 이곳에서 대기하는 동안, 후미오를 습격하게 하려는 게 아닐까. 발밑이 무너지는 것 같은 의문이 떠올랐을 때, 드디어 미야타가 움직였다.

"슬슬 가자."

시계는 세 시 십오 분 전을 가리켰다. 후지이와 도시로가 소파에서 일어났다. 두 사람 다 거무스름하고 수수한 복장으로, 지난번처럼 빌린 제복 같은 건 입지 않았다. 미야타는 짙은 감색 슈트에 흰색 셔츠 차림으로, 슈트와 같은 색 넥타이는 이른 저녁에 풀어 놓았다.

미야타가 책상 위의 수화기를 들고 어딘가에 전화했다. 준이치는 얼른 수화기에 귀를 갖다 대었다.

"여보세요 ……."

다카나시 변호사였다.

"미야타입니다. 지금 출발하겠습니다."

"그런가. 나중에 연락주게. 프로듀서도 사무실에서 대기하고 있어."

"예, 꼭 좋은 소식 들려 드리겠습니다. 그럼."

전화를 끊자, 세 사람은 묵묵히 사무실을 나갔다. 세 사람이 탄 엘리베이터 천장에 달라붙듯이 떠서 준이치는 필사적으로 다음 방법을 생각했다. 맨션 주차장에는 익숙한 검은색 거리 선전차가 서 있었다. 세 사람이 타자, 도시로가 천천히 차를 출발시켰다. 새벽 세 시, 진구마에 거리는 짙은 안개로 부옇고, 이따금 지나가는 택시 외에 움직이는 것의 그림자가 없었다.

"도시로, 안전 운전 해라. 중요한 볼일이 있으니까."

뒷자리에서 미야타가 조용히 말을 걸었다. 도시로는 룸미러로 미야타를 보고 말했다.

"사장님, 맡겨 주십시오. 오늘 밤은 아버지 자는 방 옆에서 처녀하고 그 짓을 하듯이 조심스럽게 가겠습니다."

준이치가 혹시나 하고 카스테레오를 확인하자, 테이프 데크는 콘솔에서 떼어 냈고 전원 코드도 빼 놓았다. 같은 방법을 두 번 쓰게 할 만큼 미야타도 허술하지 않았다. 그런데 어떻게 후미오의 집에 들어갈 생각인 걸까.

검은색 밴은 아오야마도리를 우회전했다. 후타고다마가와까지의 길은 거의 직선으로, 삼십 분이면 도착할 것이다. 이 시각이라면 이십오 분 만에 갈 수 있을지도 모른다. 지난번 실수에 질려서, 사장인 미야타가 출장을 올 정도다. 꽤 승산과 자신이 있는 게 분명하다.

준이치의 애타는 마음과는 반대로 심야의 아오야마도리를 달리는 자동차는 얼마 없어서, 어느 차선이나 쾌적한 속도로 흘러갔다. 거리 선전차는 어느새 하라주쿠를 지나 시부야 다마가와 도리와의 합류 지점에 가까워졌다. 액셀러레이터를 밟은 택시가 잇따라 1차로에서 빠져나가는 것도 아랑곳하지 않고, 도시로는 규정 속도를 약간 넘는 스피드로 차를 몰았다. 미야타는 뒷좌석에 느긋하게 앉아서, 창밖을 흐르는 심야의 시내에 시선을 보내고 있었다. 몰리는 상황이 아니라면 그것은 준이치에게도 아름다운 광경이었을지 모른다. 그날 밤, 도쿄 거리의 추한 모습은 우유처럼 짙은 안개에 모두 가려졌으니.

"그런데 많이 생각하셨네요, 사장님. 마스터키라니."

도시로가 한 손으로 핸들을 잡고 밝게 말했다.

"닥쳐, 도시로. 너, 정말로 입을 처닫지를 못하는구나. 이다음 손가락은 내가 날려 줄까."

"뭐, 됐어. 후지이, 그렇게 열 내지 마. 이제 여기까지 왔으니 그놈이 들어도 괜찮을 거야. 놈은 아무 짓도 할 수 없으니까."

뒷좌석 짐칸에 앉은 준이치는 하마터면 도시로의 말을 흘려들을 뻔했다. 마스터키? 관리인이 갖고 있는 그 열쇠 말인가. 그거라면 맨션의 어느 집도 열 수 있지만, 그렇게 간단히 손에 넣을 리가 없다. 미야타는 연극 투로 신나게 말했다.

"가끔은 현장에 나가는 것도 괜찮구먼. 야, 듣고 있냐? 우리 수중에는 그 여자네 맨션의 마스터키가 있다고."

미야타는 웃옷 안주머니에서 은색 열쇠를 꺼내, 머리 위에 들었다. 준이치의 시선이 손가락 끝에 못 박혔다. 그 얇은 금속이 문자 그대로 후미오의 목숨을 잡고 있는 열쇠다.

"버블 붕괴라는 것이 고마운 것도 있더라고. 일은 힘들어졌지만, 이렇게 부동산 중개소나 관리 회사는 얼마든지 굴릴 수 있게 됐어. 이봐, 좋아하는 여자가 납치당하는 기분이 어때? 그리고 말이야 ……."

그다음부터는 이미 듣고 있지 않았다. 준이치는 후미오의 집으로 날아갔다. 후미오는 잠옷에서 따듯해 보이는 임부복으로 갈아입고, 기다리고 있었다. 이내 음성화를 했다.

"지금 당장 경찰에 전화해요. 강도든 싸움이든 핑계는 뭐라도 좋으니까 빨리."

그 말만 하고 다시 순간이동했다. 후미오의 목소리가 쫓아오는 것 같았지만, 언제까지 그곳에 머물 수는 없었다. 거리 선전차는 시부야 언저리를 주행 중일 것이다. 준이치는 대교의 교차로 이미지를 그리고 날았다.

잠깐 공백으로 이어지고, 머리 위에 수도고속도로의 잿빛 고가선이 나타났다. 눈 아래에는 국도 246호선으로 택시와 트럭이 윙윙거리며 흘러갔다. 준이치는 한밤중의 교차로 신호등 위에 멈춰 섰다. 신호등에서 올라오는 열기가 준이치의 초조함을 부채질했다. 아무리 기다려도 검은색 밴은 좀처럼 나타나지 않았다.

어쩌면 다른 길로 갔을지도 모른다. 혹시 이 짙은 안개 속에서 놓쳐 버린다면 ……. 미야타 조의 거리 선전차를 놓칠지도 모른다는 공포가 준이치의 심장을 미치도록 조였다. 지금까지의 위기 때처럼 심장 박동은 빨라지지 않고, 오히려 느릿한 속도로 불규칙하게 강약을 되풀이했다.

준이치는 무거운 빈혈 같은 구토가 올라왔다. 신호등의 빨간불이 심장 고동에 맞춰서 하얀 안개 속에 옅고 짙은 빛을 뿌렸다. 그때 신호 대기를 하고 있는 편의점 배송 트럭 뒤에 미야타 조의 밴 차량 지붕을 발견했다. 준이치는 온몸에 끓어오르는 안도감을 느끼며 거리 선전차 짐칸으로 순간이동했다.

차 안에서는 아직도 미야타의 연극 투 대사가 이어지고 있었다.

"…… 그 여배우는 친구가 별로 없다는 것도 알고 있어. 통화

기록을 봤거든. 외로운 여자야. 휴대전화도 없고, 이제 고립무원이라는 말이지."

준이치는 미야타가 무슨 소리를 하는지 알 수 없었다. 통화 기록에 휴대전화, 대체 이 남자는 무슨 말을 하고 싶은 걸까.

"게다가 말이야, 그 여자는 그걸로 꽤 돈을 벌어 놓았어. 그래서 담담하게 혼자 애를 낳겠다고 할 수 있는 거야."

준이치는 혼란스러웠다. 미야타의 말 어딘가에 왠지 몹시 마음에 걸리는 부분이 있었다. 미야타는 무슨 말을 하고 싶은 걸까. 음성화의 유혹을 견디면서 필사적으로 머리를 쥐어짰다.

미야타는 기분 좋게 노래까지 불렀다. 이 몇 주간, 조직 사무실에서 입을 닫고 있었던 반동일까. 아니면 준이치에게 철저하게 패배를 깨닫게 한 기쁨에 취한 걸까.

"맨션이란 게 안전해 보이지만, 우리한테는 그보다 일하기 쉬운 곳이 없어. 이봐, 그쪽 세계는 어때? 좋아하는 여자가 납치당하는데 꼼짝도 못하는 기분이 어떠냐고, 응?"

말을 많이 해서 지쳤는지 미야타가 입을 다물었다. 도시로가 이를 드러내고 웃으면서 룸미러 너머로 미야타의 상태를 엿보고 있었다. 후지이는 전혀 무관심하게 전방만 보았다. 검은색 벤은 산겐자야 역 앞을 지났다.

길가에 빛나는 NTT 간판이 어둠속에 꼬리를 끌며 흘러가, 준이치는 벼락이라도 맞은 것처럼 꺼림칙했던 것의 정체를 이해했다.

'전화다 …… 미야타가 후미오 씨의 전화에도 수작을 부려 놓았어 …… 전화가 불통이 되어 있겠군 ……. 경찰에 통보도 못 했겠네.'

얼음물을 뒤집어쓴 듯한 충격이 온몸을 달렸다. 좀 전의 구토와 부정맥이 도졌다. 준이치는 차량 짐칸에서 무릎을 안은 채 눈에 보일 정도로 심하게 몸을 떨었다.

통신사 내부 협력자에게 통화 기록을 받거나 불법 도청을 하는 정도는 폭력 관계자의 단골 수법이다. 하룻밤만 전화 하나 불통시키는 것쯤, 미야타에게는 일도 아닐 것이다.

어떻게 하면 좋을까?

한 번 더, 후타고다마가와로 돌아가 후미오를 데리고 도망갈까. 하지만 준이치는 속옷까지 젖을 것 같은 짙은 안개와 3월 초순 심야의 추위를 생각했다. 심야 영업 가게도 근처에는 보이지 않았다. 출산 예정일을 팔 일 앞둔 후미오를 얼어붙을 것 같은 추위 속으로 데리고 나가도 되는 걸까.

어떻게 하면 좋을까?

준이치의 혼란은 극에 달했다. 도망치려고 생각하면 이번에도 어떡하든 도망칠 수 있을 것 같았다. 하지만 놈들은 언제까지고 쫓아올 것이다. 영원히 도망치는 것이 가능할 리 없다. 출산 후 체력을 회복하지 못한 후미오를 덮치면, 혹은 갓 태어난 아기를 빼앗아 간다면 그때는 어떻게 해야 하는가?

'싸울 수밖에 없다.'

준이치는 그 차가운 말을 남의 목소리처럼 들었다. 그것은 마음속 깊은 어딘가에서 떠오른 결의였다. 열광도 흥분도 분노도 느껴지지 않았다. 완전히 맑아진 의식의 일부가 다른 기계처럼 맹렬한 속도로 회전했다.

준이치는 짐칸에서 공중을 바라보며 무언가 생각하는 듯했다. 이제 떨지는 않았다. 이따금 중얼거리듯이 입가를 움직였지만 말은 밖으로 새지 않았다. 준이치는 눈을 반쯤 감고, 무릎을 안은 자세로 느닷없이 차 안에서 사라졌다.

잠시 후 두 개 앞의 교차로 신호등 위에 준이치는 나타났다. 파란불을 통과시키는 몸이 밤하늘에서 부옇게 빛났다. 신호등 위에 서서 짙은 안개로 부연 246호선 저 앞으로 시선을 보냈다. 멀어지는 꼬리등은 곧게 이어지는 길 어딘가에서 젖빛 안개에 삼켜지며 가라앉았다.

교차로가 많은 이 거리에서밖에 할 수 없을 것이다. 기회도 한 번밖에 없다. 상대는 미야타다. 경계하기 시작하면 두 번 다시 걸리지 않을 것이다. 준이치는 순간이동을 되풀이하면서 적절한 지점을 찾았다.

처음이자 마지막인 천사의 공격을 장치할 장소를.

검은색 거리 선전차는 짙은 안개의 바닥을 미끄러지듯이 질주
했다. 아게우마, 고마자와를 지나 신마치로. 주위를 달리는 자동
차는 셀 수 있을 정도여서 도시로는 콧노래라도 부르고 싶은 기
분이었다. 카스테레오를 사용할 수 없는 것이 유감이었다. 오늘
밤으로 성가신 작업도 끝난다. 요전에는 그놈에게 수모를 당했
지만, 이번에는 그렇게 안 될 것이다. 임신부가 나오는 성인 비
디오를 본 적이 있는데, 절정일 때 여자는 어떤 맛일까.

밴은 세타가야 구 요가의 작은 교차로에 이르렀다. 신호는 마
침 파란불이었다. 이곳을 지나면 한참 신호에 걸리지 않을 것이
다. 정면의 신호가 슬슬 노란불로 바뀔 것 같았다. 도시로는 콧
노래를 부르며 가볍게 액셀러레이터를 밟았다. 교차로 바로 수
십 미터 앞에서 검은색 밴은 꼬리를 낮추더니 강력하게 속도를
높였다.

전방의 교차로 신호등에는 준이치가 입을 굳게 다물고 서 있
었다. 창백한 얼굴에는 어떤 감정도 서리지 않았다. 조용히 검은
차체만 노려보고 있었다. 신호등의 전류를 제어하는 일은 준이
치의 전기 사용 능력을 웃돈다. 통상보다 약 십 초 정도 길게 파

란불을 유지하는 것만으로 준이치는 백열하는 금속의 흐름에 양팔을 담그는 듯한 심한 통증을 느꼈다. 살이 타는 냄새마저 나는 것 같았다.

무게 2톤이 넘는 대형 밴은 브레이크 성능으로는 일반 승용차에 절대 밀리지 않는다. 짙은 안개로 아스팔트 노면도 축축하게 젖어 있었다. 신호등까지 몇십 미터, 시간에 맞춰 브레이크를 밟지 못할 거리까지 검은 차가 교차로에 가까이 오자, 준이치는 신호등 제어를 해제하고, 순간이동으로 짐칸으로 돌아갔다.

의식을 회복하는 것과 동시에 차창에 시각화 에너지를 집중시켰다. 시간은 이제 아주 조금밖에 남지 않았다. 안개로 부연 차창에 한층 농도를 더한 재색 기체가 흐르기 시작했다. 다음 순간, 운전석 좌우는 완전히 가려지고 전방 교차로밖에 보이지 않게 되었다. 준이치가 만든 재색 장막을 아직 깨닫지 못한 것 같았다. 안개가 조금 짙어졌다고 생각했을 것이다. 자기 자신을 시각화할 때와는 달리 자세히 재현하지 않아도 되는 만큼, 시각화는 전에 없는 속도로 성공했다.

전방의 교차로 신호가 파란불에서 노란불을 건너뛰더니 갑자기 빨간불로 바뀌었다. 빨간불은 짙은 안개에 번져, 평소 몇 배의 크기로 요가 교차로에 걸려 있었다.

"도시로, 위험해. 뭔가 이상해."

후지이의 비명과 도시로가 브레이크를 밟은 것은 거의 동시였다.

거기서부터 준이치의 의식은 고속 촬영 카메라처럼 급회전을 시작했다. 자신의 주위에서 일어난 일을 이상하리만치 선명하게 느린 동작으로 확인할 수 있었다.

전방 왼쪽에서 10톤 트럭이 거대한 회유어 같은 은색 배를 보이며 천천히 교차로로 침입해 왔다. 우회전을 하려고 했던 것 같았다. 운전석 뒤편의 작은 창에는 아이돌 포스터가 보였다. 흰색 티셔츠 차림에 스포츠머리를 한 아직 어린 운전사는 한껏 꺾은 핸들에 손을 올린 채, 노래를 부르고 있었다. 조그맣게 입술이 움직이는 것이 보였다. 트럭의 사이드패널은 깎아지른 알루미늄 절벽이 되어, 밴 차량의 코앞으로 다가왔다.

도시로는 소리 없는 절규를 하듯 입을 벌린 채, 두 손으로 핸들을 꽉 잡고 한껏 팔에 힘을 주었다. 조수석 후지이는 두 팔을 들어 머리를 감싸고 굵은 팔뚝 사이로 다가오는 트럭 옆구리를 보고 있었다. 뒷자리의 미야타는 머리를 감싸고 앞좌석과 뒷좌석 사이의 좁은 공간에 몸을 숨겼다.

준이치가 시각화를 시작한 재색 물체는 이미 앞 유리창에서 사라졌다. 왼쪽 후방에서 타이어를 울리며 급브레이크를 밟는 소리가 들렸다. 준이치는 돌아보지 않아도 그것이 차고지로 돌아가는 중인 택시란 걸 알고 있다. 그쪽은 괜찮다. 생채기 정도로 끝날 것이다.

충돌 직전, 준이치는 차량의 짐칸에서 트럭의 알루미늄 패널로 날았다. 천천히 머리를 돌리는 십 톤 트럭의 옆구리에 미야타조의 차가 소리도 없이 빨려들어 갔다. 가속이 붙은 준이치의 시각에는 그것이 몹시 여유롭고 우아한 접촉으로 보였다.

거리 선전차의 까만 몸체는 아이의 손안에서 구겨진 알루미늄 포일처럼 찌그러졌다. 트럭의 새시에 박힌 보닛 속으로 아직 뜨거운 엔진이 얽힌 관과 선을 잡아떼면서, 운전석 쪽으로 거대한 힘으로 천천히 밀고 들어갔다. 공포로 일그러진 도시로와 후지이의 눈앞에서 에어백이 고속 촬영한 하얀 꽃처럼 활짝 부풀었다. 앞 유리가 깨지고 자잘한 유리 파편이 물을 뿌리듯이 보닛에 튀었다.

무음의 한순간이 지나가자, 깨지고 부서지는 모든 소리가 음 속 덩어리가 되어 준이치를 덮쳤다. 그 충격으로 트럭 지붕에서 날려가 수도고속도로 3호선의 칙칙한 콘크리트 고가가 눈앞까지 다가왔다. 그러나 그 충격으로 준이치의 의식은 꿈을 꾸는 듯한 가속 상태에서 보통 상태로 돌아왔다.

심야인데도 사고 현장에는 주위에서 사람이 모여들기 시작했다. 반대 차선에서는 벌써 사고로 인한 정체가 일어났다. 교차로

를 지나가는 자동차는 예외 없이 서행하며 남에게밖에 일어날
리 없는 참사를 천천히 맛보고 지나갔다.

준이치는 떨면서 미야타 조의 차에 다가갔다. 차량은 앞부분
이 트럭 옆에 꽂힌 채 멈춰 있었다. 보닛에서 올라오는 수증기가
짙은 안개 속에 녹아들었다. 검은 거리 선전차의 길이는 3분의
2 정도로 압축되었다.

준이치는 흠칫흠칫 앞자리를 들여다보았다. 도시로와 후지이
의 머리에서 15센티미터 정도의 거리에 트럭의 알루미늄 패널
이 있었다. 에어백 탓에 맨손으로 맞은 것처럼 빨개졌을 뿐, 얼
굴에는 외상이 보이지 않았다. 두 사람 다 의식을 잃은 것 같았
다. 이따금 후지이가 술 취한 사람 같은 신음을 낼 뿐이었다.

준이치는 간신히 원래 모습을 보존한 뒷좌석 짐칸으로 이동했
다. 앞좌석 두 사람의 다리는 찌그러진 기계부품이 얽혀 있는 어
둠 속으로 사라져 있었다. 다리 끝이 어떻게 되었는지 상상하고
싶지 않았다. 앞좌석 바닥에는 기름이 두껍게 뜬 피 웅덩이가 생
겼다.

미야타는 몸에 뒤집어쓴 유리 파편을 떨어내면서 앞좌석과
뒷좌석 틈에서 일어났다. 온 힘을 쥐어짜서 깨진 창을 통해 밖으
로 기어 나갔다. 온 얼굴이 실로 뜬 빨간색 레이스 같았다. 비틀
비틀 왼 다리를 끌면서 갓길까지 걸어가 쓰러지듯이 도로에 주

저앉았다. 그리고 두껍게 먼지를 뒤집어쓴 가드레일 기둥에 몸을 기댔다.

"네놈의 승리 같군 …… 그렇지만 이대로 끝내지 않아."

미야타는 그렇게 중얼거리고, 안주머니에서 휴대전화를 꺼냈다. 준이치는 귀를 기울였다.

"여보세요, 빠르군."

다카나시 변호사의 목소리가 들렸다.

"예, 완전히. 아직 후타고다마가와에 도착도 하지 못했습니다. 그놈한테 당했습니다. 작전은 실패입니다."

"그런가. 그쪽은 괜찮나?"

다카나시의 목소리는 침착했다.

"아뇨. 우리 아이 둘이 다쳤습니다. 교통사고로 꽤 중상입니다."

두 대의 전화 사이에 침묵이 흘렀다. 멀리서 구급차와 경찰차 사이렌이 다가오는 소리가 들렸다. 침묵을 견디지 못한 미야타가 먼저 말했다.

"다음에는 절대로 놓치지 않겠습니다. 이렇게 되면, 우리도 오기입니다."

다카나시가 마지막으로 불쑥 중얼거렸다.

"그래. 다음이 있다면."

미야타는 갑자기 뚝 끊긴 휴대전화를 아스팔트에 내동댕이 쳤다.

준이치는 요가 교차로에서 쓰쿠다의 맨션으로 날았다. 컴퓨터를 켜서 나카니시 도루에게 준비해 둔 메일을 보냈다.

도루에게
모든 파일을 오늘 안에 경찰에 보내 줘.
나는 이제 이 세상에 없어(이건 농담이 아냐).
여러 가지로 폐를 끼쳐서 미안했다.
마지막으로 만나지 못한 것도 매우 유감.

P.S. 이미 잊었겠지만, 나 작년 8월에 너희 사무실에 간 적이 있단다(영혼뿐인 존재로). "고데쓰"라고 모리에게 대답해 준 건 나야.

보내기를 누른 준이치는 다시 순간이동했다. 오늘 밤 안에 어떻하든 후미오에게 닥친 위기의 사슬을 끊어야 했다.

도쿄 역 마루노우치 출구의 역 앞 광장. 새벽 네 시. 중앙우체국 근처여서 우체국 출입 차량만 눈에 띌 뿐 역 앞에 사람의 모습은 없고, 짙은 안개에 가라앉은 오피스 가는 어딘가 외국 도시처럼 낯설었다. 준이치는 다카나시 법률 사무소가 있는 건물을 올려다보았다. 제일 위층의 창에 지금도 한 곳만 불이 켜져 있었다. 준이치는 반가움마저 느껴지는 그 방을 향해 날았다.

다카나시 변호사의 방은 종이를 태우는 냄새와 바깥 안개에 지지 않을 정도로 연기가 자욱했다. 변호사 등 뒤의 창은 환기 때문인지 열려 있었다. 다카나시는 책상 옆에 철제 쓰레기통을 갖다 놓고 책상에 쌓인 문서를 그 속에서 태우고 있었다. 심야인데도 조끼까지 갖춘 트위드 양복을 단정하게 입고, 넥타이도 반듯하게 매고 있었다. 쏟아질 듯 뜬 눈은 빨갛게 충혈되었고, 두꺼운 안경알에 불꽃 두 개가 춤을 추고 있었다.

준이치는 음성화를 위해 집중력을 모았다.

"다카나시 씨 ……."

불꽃을 보고 있던 변호사가 시선을 들었다.

"어서 오세요. 기다리고 있었습니다."

소파에 앉자, 준이치는 인사도 받지 않고 말을 계속했다.

"친구한테 이번 사건을 정리한 보고서와 『소동』 계약서를 경찰에 보내라고 했습니다. 후지사와 씨를 입막음할 필요는 없습니다. 이제 그녀를 놓아줄 수 있겠죠."

"그렇게 하죠."

다카나시 변호사의 대답은 어이없을 정도로 간단했다. 마치 후미오 따위 처음부터 관심이 없었다는 투다. 준이치는 엉겁결에 묻고 있었다.

"이 사건에서는 처음부터 도저히 이해가 가지 않는 게 있었습니다. 어째서 다카나시 선생님 같은 사람이 살인이라는 범죄에 손을 담갔을까 하는 겁니다. 은행 계좌에서 보는 한, 선생님은 기도사키 프로덕션에 다리 역할만 했을 뿐, 정상적인 수수료밖에 받지 않았습니다. 아버지가 나를 버렸을 때도 가케이 그룹과는 아무런 관련도 없어진 나를 누구보다 챙겨 준 다카나시 선생님입니다. 어째서입니까? 어째서 선생님은 나를 죽여야 했습니까?"

다카나시 변호사는 다시 책상으로 돌아서더니 상판 위에 두 손을 깍지 끼고, 죄가 없는 용의자의 변호라도 시작하듯 무거운 말투로 얘기했다.

"오랜 세월 남한테, 그것도 아주 친한 사람한테조차 말할 수 없는 비밀을 갖고 있다는 것은 정말 괴로운 일입니다. 나는 오늘 밤 이 시간이 와서 실은 안도하고 있습니다. 얘기가 조금 길어질 텐데, 준이치 씨, 편히 앉아 들어 주세요."

변호사는 천천히 얘기를 시작했다.

"나와 아버지 가케이 준지로 씨가 만난 지는 그럭저럭 삼십 년 이상 됩니다. 준지로 씨는 당시 가케이 그룹의 전신인 가케이 상점이 막 잘될 때였고, 나도 신출내기 변호사였죠. 둘이서 곧잘 장래의 꿈을 얘기했습니다. 돌아가신 어머니 기미 씨를 준지로 씨한테 소개한 것도 실은 나랍니다. 준이치 씨는 알았습니까?"

"아뇨."

어머니 이야기부터 시작하는가. 준이치는 이상한 느낌이 들었다. 꿈을 꾸는 듯한 다카나시의 목소리는 이어졌다.

"지금의 내 아내와 넷이서 함께 곧잘 영화를 보러 갔었죠. 전성기였던 프랑스 영화나 할리우드의 세련된 뮤지컬을요. 음악회나 영화를 보고 오는 길에는 그렇게 비싸지 않은 양식당에서 하우스와인이나 맥주를 한잔하는, 그 정도가 최고의 사치였던 시절입니다. 자가용도 텔레비전도 지금처럼 보급되지 않았습니다. 가난했지만, 내일은 하고 싶은 일이 잔뜩 있는 그런 좋은 시절이었습니다. 경제 성장의 큰 파도를 타고 준지로 씨도 나도 열심히 살았죠. 그 무렵은 열심히 하면 그만큼의 성과가 약속되어 있던 시절이었습니다. 나는 가케이 그룹을 위해 아주 위험한 다리를 건넜습니다. 물론 그 보상도 컸죠. 작은 법률 사무실 소속 변호사였던 내가 이렇게 마루노우치의 제일 좋은 땅에 사무실을 갖게 되었으니까요."

다카나시는 말을 끊고, 아스라한 눈빛으로 혼자 미소 지었다.

"십 년쯤 전까지는 좋은 일, 나쁜 일 여러 가지 일이 있어도 모든 문제는 어떻게든 해결이 됐습니다. 그런데 황금기는 금세 지나가 버리더군요. 그건 1985년 초봄이었습니다. 부동산 회사에 취직한 대학 시절 친구가 좋은 건수가 있다며 날 찾아왔습니다. 아카사카에 우량 물건이 있다고. 그 친구는 학생 시절부터 성실한 녀석으로, 나를 미끼로 돈을 벌려고 주판알을 튕겼던 게 아니란 것은 지금도 확신합니다. 나도 이십 년 이상 열심히 일해서 주택 대출금도 다 상환했고, 자그마한 별장도 한 채 가지고 있어서요. 이쯤에서 땀 흘리지 않고 한몫 버는 것도 괜찮지 않을까. 처음에는 그렇게 생각했습니다. 지금도 옛날로 돌아갈 수 있다면, 그해로 돌아가고 싶습니다. 그리고 아카사카의 맨션을 팔아치우고, 부동산 투자에서 깨끗이 손을 씻을 겁니다. 그런 꿈을 대체 몇 번이나 꾸었는지요. 그러나 그때 내가 한 것은 그 물건을 담보로 은행에서 대출받아, 다음 부동산에 투자하는 것이었습니다. 그 무렵 나는 내가 부동산 투자의 귀재가 아닐까 생각했답니다. 한심한 얘기지만, 무리도 아니었죠. 몇 년 동안에 내가 소유한 물건은 열일곱 건. 총자산은 30억 엔 가까이 불어났으니까요."

변호사는 쓸쓸하게 자조의 웃음을 지었다.

"나는 그 하얀 거품의 알갱이 하나에 지나지 않는데 신나서 줄

타기를 즐겼죠."

준이치는 자기 자신을 돌아보았다. 만약 그 버블 시기, 주식이나 부동산 세계에 가까이 있었더라면 자신은 어떻게 움직였을까. 젖은 손으로 거품 돈벌이를 하는 남들을 보고 그냥 지나칠 수 있었을까. 게임 세계에 몸담아서 다행히 불똥을 맞지 않은 것은 단순한 행운에 지나지 않는다. 다카나시의 목소리는 담담하게 계속되었다.

"그리고 그 악몽 같은 1991년이 왔습니다. 일본 전국을 뒤덮었던 버블이 깨지고 부동산 가격은 끝없이 추락하고, 은행에서는 화살처럼 독촉이 날아들었습니다. 낮에는 창구에 가도 은행은 진짜 얼굴을 보여 주지 않습니다. 은행의 진짜 얼굴은 돈을 조달하느라 지칠 대로 지쳐서 집에 돌아왔을 때, 현관 앞에서 기다리는 얼굴입니다. 중요한 일 때문에 아침 일찍 출근했을 때, 아무도 없어야 할 복도에서 어두운 인사를 건네는 얼굴입니다. 내가 소유한 물건은 도심의 일등지에 있는 게 많았답니다. 자산 가치의 하락은 마치 용소(龍沼)에 뛰어드는 듯한 기세였습니다. 몇 년 사이에 가격이 3분의 1 이하가 돼 버렸어요. 은행에서는 담보물 재평가 결과를 알려 주고, 대출을 갚든지 새로운 담보를 맡기라고 압박했습니다. 나는 집도, 별장도, 사무실 권리도, 자가용까지도 담보로 맡겨야 했습니다. 이 법률 사무소에서 나오는 수익도 대부분 채무 구덩이 메우는 데 들어갔죠. 그렇지만 그 구덩이는 바닥이 없었습니다. 메우는 순간에도 무너지고, 사람을 삼킬 때까지 멈추지 않았습니다. 매각이 가능한 물건은 조금씩이라도 정리하고, 어떡하든 버블 붕괴라는 이름의 지옥에서 살아 돌아가려고 했는데 …… 더 버틸 수 없게 되었습니다."

다카나시 변호사는 헛기침을 했다. 꽉 잡은 양손 손가락 끝에서 핏기가 가셨다. 쉰 목소리가 낮게 이어졌다.

"삼 년 전 일입니다. 드디어 우리 사무실은 부도를 각오해야 했습니다. 법률 사무소에서 채무 불이행을 범하면 고객의 신용 같은 건 한꺼번에 날아가 버리죠. 10억 엔이 넘는 채무를 안은 채, 두 번 다시 법조계에서 일을 할 수 없게 됩니다. 나는 궁지에 몰렸습니다. 수취인은 은행 이름으로 하고 보험을 들어 놓은 뒤 자살할까도 생각했어요. 최대한의 저항이죠. 하지만 그러지도 못했습니다."

변호사의 안경 속에서 순식간에 눈물이 넘치더니 연신 책상에 뚝뚝 떨어졌다.

"그해 봄은 두 아이에게 중요한 시기였습니다. 큰딸은 엘리트는 아니지만 괜찮은 청년과 결혼을 앞두고 있었고, 대학 시절에는 노는 데만 빠져 있던 아들 녀석은 사회인이 되기 위해 여기저기 기업을 접촉하고 다녔습니다. 절대 그해 봄만큼은 파산할 수 없었습니다. 나는 한계까지 몰렸습니다. 사무실에서도 가족에게도 힘든 얼굴을 보일 수는 없었습니다. 인간은 너무 고통스러울 때는 그것에 관해 언급조차 할 수 없습니다. 불이 붙은 다이너마이트를 입에 물고 태연한 척하는 거나 마찬가지죠."

다카나시는 행커치프로 부예진 안경을 닦았다. 준이치는 자기도 모르게 말을 걸었다.

"누구한테 상담할 수 없었습니까?"

변호사는 빨개진 눈을 들고 미소 지었다.

"나는 너무 완벽한 인간인 척하고 살아왔는지도 모릅니다. 타인의 실수는 용서해도 자신의 실수는 용서할 수 없었어요. 자신의 실패를 남한테 말하지도 못할 만큼 약한 인간이었습니다. 그런 부분은, 준이치 씨, 당신하고 닮았을지도 모르겠군요."

준이치는 사후에 일어난 일련의 위기를 생각했다. 자신도 속을 터놓고 누군가와 어려운 일을 의논하고, 위기를 극복하려고 하지 않았다. 내가 이런 사람이 아니라면 또 다른 해결법이 있었을지도 모른다. 변호사가 조용히 말했다.

"욕심을 좀 냈던 바람에 하루하루가 지옥이 되었습니다. 그것이 당연한 결과라고 한다면 나는 신도 사람도 믿지 않을 겁니다. 그토록 잔혹하고 무정한 신은 믿을 가치가 없어요. 나와 같은 처지에 섰을 때, 유혹을 거절할 수 있는 사람은 별로 없을 겁니다.

그리고 그해 봄, 해서는 안 될 짓을 해 버렸어요. 아버지 준지로 씨와 내가 관리하는 가케이 그룹 비자금에 손을 댄 겁니다. 일본 기업은 통상 정치가나 관료들에게 공작금으로, 또는 총회꾼이나 폭력단에게 주는 보수로 사용하는, 겉으로 드러내고 쓸 수 없는 비자금을 갖고 있습니다. 일본의 경제를 원활하게 움직이게 하기 위한 비상금이라고 생각해 주세요. 준지로 씨는 나의 부정을 눈치챘습니다. 나는 모든 사정을 설명하고 유예를 빌었습니다. 그러나 준지로 씨의 입에서 나온 대답은 차가웠죠. 다음 말은 토씨 하나 틀리지 않습니다. 그 말을 듣고 내가 사람이 아니게 되었으니까요."

변호사는 크게 심호흡을 하고 중얼거렸다.

"키운 개한테 손을 물린 거나 다름없다. 두 번 다시 법조계에서 일할 수 없도록 추방해 주겠다."

눈물이 번진 변호사의 두 눈에 그 순간만 칼날처럼 날카로운 빛이 달렸다.

"준지로 씨는 내 멱살을 잡고 그렇게 말했습니다. 나쁜 건 납니다. 그건 알고 있어요. 하지만 충격이었습니다. 준지로 씨한테 나는 키우는 개였지, 친구가 아니었습니다. 준이치 씨, 당신이 듣기 좋으라고 하는 말은 아닙니다만, 기미 씨의 유일한 혈육인 당신을 돈으로 떨쳐 내는 것도 나로서는 도무지 이해가 가지 않았습니다. 그날 밤에 나는 결심했습니다 …… 가케이 준지로를 죽여야겠다."

다카나시 변호사는 자신의 손을 물끄러미 바라보았다. 한 호흡 쉬었다가 이야기를 시작했다.

"방법은 간단했습니다. 가케이 그룹의 뒷일 처리로 쓸데없는 인연이 있는 미야타 조 놈들을 이용하면 됐죠. 문제는 준지로 씨가 보디가드를 대신할 측근과 한시도 떨어지지 않는다는 것입니다. 그러나 그렇게 주도면밀한 준지로 씨도 반드시 혼자 만나고 싶어 하는 사람이 있었죠 ……."

준이치는 엉겁결에 음성화를 했다.

"나죠."

"그렇습니다. 차남인 준타로 씨나 직원들 눈을 신경 쓴 준지로 씨는 당신을 만날 때만큼은 언제나 혼자였어요. 물론 그런 일은 한 해에 한 번 있을까 말까였습니다만. 나는 준이치 씨에게 급한 일이 있다고 속여서 심야에 준지로 씨를 불러냈습니다. 기치조지 자택 옆의 아동공원이었습니다. 준이치 씨가 아직 어릴 때, 코끼리 미끄럼틀에서 나와 함께 놀았던 적이 있는데, 기억하나요?"

"네."

코끼리 코 미끄럼틀을 몇십 번이나 타는 나를 다카나시 변호사는 웃으면서 보고 있었다. 아동공원의 평온한 봄날 오후. 맨무릎에 비치는 햇살의 온기마저 기억났다.

"다음은 미야타 조의 누군가가 운전한 자동차가 해결해 주었습니다. 그 차는 미야타 조 소유의 폐기물처리장에서 그날 밤에 처분했다고 들었습니다. 거액의 돈은 들었지만, 미야타 조에 지불할 금액도 문제는 없었습니다. 게다가 준타로 씨는 학생이었고, 현재 부인은 그런 사람이니 그룹 내에서 나의 위치는 한층 강화되었죠."

변호사의 목소리가 낮아졌다.

"최근 두 해 동안의 기억을 잃었다는 것은 정말인가 보군요. 그래서 준이치 씨는 지금도 나를 예전처럼 대하네요. 교통사고가 난 지 일 년쯤 뒤에 당신은 갑자기 내 사무실을 찾아왔어요. 아무래도 그 사고가 수상하다, 나한테는 시간도 돈도 있으니 조사를 해 보겠다고, 당신은 그 소파에 앉아 내게 말했답니다. 뭔가 확실한 증거를 갖고 있는 것처럼 들렸습니다."

살인 주동자에게 사건의 수상함을 얘기하다니. 준이치는 자신의 천진함에 기가 막혔다.

"나쁜 일은 한꺼번에 생기죠. 같은 시기에 『소동』 한정 파트너십 건으로 처음으로 기도사키 와타루 씨가 내게 면담을 요청했습니다. 기도사키 씨는 절박한 것 같았습니다. 친형인 기도사키 쓰요시 감독은 악성 종양이어서 이것이 마지막 영화가 된다. 혼이 담긴 각본까지 완성되었는데 자금이 부족하다. 이 영화를 찍기 위해서라면 자신은 무엇이든 하겠다. 그러지 못하면 형은 죽어도 죽지 못할 것이다. 그때, 내 머리에 악마가 숨을 불어넣었습니다. 미야타 조에게 다리를 놓아 주고, 이 남자에게 준이치 씨를 죽이게 하면 되지 않을까. 미야타라면 사람 하나 없애 버리는 방법쯤 알고 있을 것이다. 나는 준지로 씨 건을 어둠에 묻을 수 있다. 주범은 기도사키 와타루다. 나는 준이치 씨 실종 사건에는 전혀 관여하지 않은 걸로 하면 된다. 이런 말을 하면 가증스럽게 느낄지도 모르겠습니다만, 나는 준이치 씨, 당신을 좋아했어요. 그래서 양심의 가책을 덜고 싶었을지도 몰라요. 도중에 망설이다 실패할 우려도 없어지겠죠.『소동』의 투자 안건이 갈등하던 내 등을 민 마지막 일격이 되었습니다."

다카나시 변호사는 깊이 머리를 숙였다. 말랐던 눈물이 다시 쏟아지는 것 같았다. 준이치의 가슴이 저려 왔다.

"그러나 실제로 사람 하나 지우는 것은 그리 간단한 일이 아니었습니다. 정작 기도사키는 겁에 질렸고, 미야타의 아이디어도 구멍투성이었습니다. 할 수 없이 내가 모든 그림을 그려 주어야 했습니다. 준이치 씨를 어떻게든 해서 가루이자와에 있는 기도사키 감독 별장으로 불러들인 다음, 미야타 조 놈들에게 처리하게 한다. 나는 준이치 씨 집에서 여권을 훔친다. 기도사키에게는 준이치 씨와 키와 외모가 비슷한 남자를 찾게 했습니다. 기도사키가 준비한 사람은 배우를 꿈꾸다 포기한 바텐더였습니다. 준이치 씨의 여권을 주어서 그 남자를 멕시코로 보냈습니다. 입국 때는 자기 여권을 사용하면 되죠. 현지에서는 준이치 씨의 여권에 가짜 출입국 사증을 찍게 하고, 얼굴 사진을 바꾸고, 이번에는 준이치 씨인 척하고 미국에 들어가요. 물론 그런 세세한 조작은 실제로는 필요 없었습니다. 멕시코에서 미국으로 입국하는 멀쩡한 비즈니스 슈트 차림의 일본인 청년을 자세히 조사할 국경 경비원 같은 건 존재하지 않기 때문이죠. 남자는 그대로 라스베이거스에 보내서 며칠 놀게 하여 흔적을 남기게 했습니다. 그리고 차를 사막 복판에 버리고 근처에 여권과 준이치 씨의 빈 지갑을 버리게 한 거죠."

"잠깐만. 그러나 뉴스에서는 아무도 없는 렌터카를 발견했다고 했습니다. 렌터카를 빌릴 때는 국제면허증 복사를 사무실에 남길 텐데요. 얼굴이 다르면 아무리 비슷해 보이는 동양인이어도 나중에 반드시 들켰을 겁니다."

"정규 업자라면 그렇습니다. 그러나 라스베이거스 호텔에서 웨이터에게 이십 달러만 주고 물어보세요. 면허증이 실효되었는데 차를 조달할 수 있는지. 불법 렌터카를 쓰면 되는 거죠. 그날 오후면 호텔 주차장에 차가 도착합니다. 포르쉐든 BMW든 마음대로 차종을 고를 수 있습니다. 경쟁이 심해서 정규 업자의 세 배 정도 요금이 더 비싸다고 합니다. 얘기가 샜군요. 차를 타고 가서 버린 뒤, 사막 한복판에서 미야타 조 부하가 운전하는 다른 차로 그 남자를 픽업하여 다시 멕시코 국경으로 향합니다. 그리고 남자에게는 이번에는 자신의 여권을 갖고 국경을 넘게 합니다. 미국에서 멕시코로의 재입국은 반대의 경우보다 몇 배 더 간단합니다. 거의 프리패스에 가까워요. 그다음은 일본으로 돌아온 남자에게 남은 잔금을 지불하고, 뼛속까지 스며들도록 미야타 조가 협박을 하면 됩니다. 해외여행 중에 범죄에 휩쓸려 행방불명이 된 여행자는 얼마든지 있습니다. 현지 경찰도 시체가 발견되지 않으면 형식적인 수사밖에 하지 않습니다. 사건은 그걸로 끝날 뻔했습니다."

다카나시의 냉정한 목소리가 울렸다.

"그런데 당신이 나타났습니다. 미야타 조에서 수수께끼 같은 유령 이야기를 전해 왔습니다. 어지간한 일로는 공포 따위 느끼지 않는 미야타조차 내심 두려워하는 것을 알았습니다. 게다가 후지사와 씨가 당신의 아이를 임신했다고 하는 겁니다. 동요는 한층 심해졌죠. 임신 중인 여성에게 행방불명된 연인을 잊으라고는, 아무리 소속사 사장이어도 말할 수 없겠지요. 그래서 후지사와 씨를 어떻게든 해야 했습니다. 그 시도가 줄줄이 실패한 것은 준이치 씨도 아시는 대로입니다."

거기까지 이야기하고 다카나시의 눈에 다시 눈물이 글썽거렸다. 폭발할 듯이 쏟아지는 눈물은 몇 가닥이나 뺨을 타고 줄줄 흘러내렸다. 울면서 변호사는 아무도 없는 소파를 향해 말했다.

"하지만 …… 정말로 실패해서 다행입니다. 오늘 밤의 습격에 성공했더라면 나는 준지로 씨부터 시작해서 준이치 씨, 그리고 아직 배 속에 있는 준이치 씨의 아기까지, 가케이 가 삼대를 몰살할 뻔했습니다. 미야타는 지난번 실패로 피가 거꾸로 솟구쳐, 후지사와 씨를 맨션 실내에서 죽일 생각이었습니다. 유감스럽게 내게는 그들을 제어할 힘이 없었습니다. 준이치 씨가 미야타조를 말려 주어서 감사하고 있습니다. 내 욕심에서 시작된 살인의 고리를 어딘가에서 끝내야 합니다. 후지사와 씨를 죽였더라면 또 다음 살인이 계속될 것 같은 기분이 들었습니다."

준이치의 마음속에서는 정리가 되지 않는 생각이 소용돌이쳤다. 많은 조각들이 말이 되지 않고 돌아다녔다. 다카나시 변호사는 반대로 개운한 표정이었다.

"준이치 씨, 아까 생명보험 얘기한 것 기억하세요? 지금 나는 수령인을 아내로 한 거액의 보험을 들었습니다. 은행 채무는 그 보험금으로 깨끗이 갚을 수 있습니다. 딸이 작년 여름에 아이를 낳아서 첫 손자 얼굴도 봤습니다. 장남도 휴일이 적다고 불평하면서도 열심히 일하는 것 같습니다. 결국 돈밖에 남겨 주지 못해서 아내는 정말로 불쌍합니다만, 이런 나를 선택했으니 포기할 수밖에 없겠죠. 나는 이제 그만 끝내고 싶습니다. 인생의 막을 내리고 싶어요. 그리고 ……."

"그리고, 뭡니까?"

준이치의 목소리는 비명에 가까웠다.

"죽음이 궁극의 끝이 아니라는 것을 준이치 씨, 당신이 가르쳐 주었어요."

집중력을 모으며 준이치는 소리치듯이 말했다.

"잠깐만요. 죽을 것 없어요. 살아서 죄를 갚으세요."

"아닙니다. 아무리 준이치 씨의 말이라도 그것만은 들을 수 없습니다. 나는 이런 일을 하고 있어서 예순, 일흔이 넘은 노인 복역수들도 많이 압니다. 노인에게 교도소 생활은 정말 고통스럽습니다."

거기서 일단 말을 끊더니, 다카나시는 주저하듯이 말을 이었다.

"그리고 나머지 자세한 얘기는 기도사키 프로듀서한테 들어 주세요. 내 결심도 이미 전해 두었습니다. 내 쪽의 일방적인 얘기로는 그에게 불공평할 테고 …… 게다가 내가 말하기 곤란한 일도 있으니."

말하기 곤란한 일이란 게 대체 무엇일까. 아버지와 자신을 죽였다는 사실 이상으로 말하기 힘든 일이 있을까. 준이치의 저럴 대로 저런 마음에 기계적으로 의문이 떠올랐다.

그때 다카나시 변호사의 시선이 소파를 넘어 집무실 구석으로 향했다. 경악한 나머지 그러잖아도 큰 눈이 더욱 커지고, 두꺼운 안경알 속은 일그러진 안구로 가득해졌다. 변호사는 입을 뻐끔 뻐끔 움직인 뒤, 간신히 말을 쥐어 짜냈다.

"…… 마중을 나오신 것 같네요."

다카나시 변호사는 머리를 숙였다. 준이치는 놀라서 돌아보았다. 변호사의 시선 끝, 소파 뒤쪽 벽 앞에 장년의 남자가 서 있었다. 군복처럼 반듯한 오더메이드 슈트. 콧수염은 깨끗하게 다듬어져 있고, 네모난 턱에는 의지력이 굳게 담겨 있었다. 위압감 있는 체격이 큰 남자였다.

"…… 아버지 ……."

준이치는 엉겁결에 중얼거렸다.

다카나시 변호사의 말이 등 뒤에서 들려도 준이치는 아버지의 모습에서 눈을 뗄 수 없었다.

"오랜만입니다, 준지로 씨. 지금부터 곁으로 가겠습니다. 사과의 말이라도 들어 주십시오."

그 말이 너무나 평온함에 당황하여 준이치는 시선을 돌렸다. 변호사는 한쪽 다리를 들어 창틀에 걸치고 있는 참이었다. 발코니라도 나가는 것처럼 가볍게 창틀을 넘더니 창 너머로 사라졌다. 등에는 조금의 망설임도 느낄 수 없었다. 비명도 들리지 않았다. 영원으로 느껴지는 순간이 지나고, 까마득한 저 아래쪽에서 둔탁한 충돌음이 울려왔다. 다카나시 변호사가 사라진 창에는 이른 봄의 젖빛 안개가 네모나게 도려진 채 남아 있었다.

준이치는 다시 돌아보았다. 소파 뒤쪽에 서 있던 준지로는 아침 안개처럼 희미하게 사라지려 하고 있었다. 준이치는 나뭇결이 비쳐 보이는 아버지의 입가에 부드러운 미소가 서려 있는 것을 보았다.

틀림없다. 아버지는 내게 웃어 주었다.

딱딱하게 굳어 있던 아버지에 대한 응어리가 준이치의 속에서 천천히 녹아내렸다. 다카나시의 불운과 투신 때문인지, 죽은 뒤에도 자신을 신경 써 준 준지로 때문인지, 굳게 닫혔던 자신의 마음 때문인지, 이유를 알 수 없는 눈물이 준이치의 뺨을 적셨다.

자, 다음이 이 긴 밤의 마지막이 될 것이다.

준이치는 눈물로 저린 마음을 안은 채, 아카사카의 기도사키 프로덕션으로 날았다.

완벽한 공백 뒤, 눈앞에 지금은 죽은 기도사키 쓰요시 감독 작품의 명장면을 콜라주한 벽면이 나타났다. 『SODONG―소동』에서 새로운 스틸 사진도 더해졌다. 창고에서 젊은 사무라이에게 당하고 있는 후미오의 모습도 보였다. 준이치는 그녀가 멀리가 버린 것 같은 쓸쓸함을 느꼈다. 접수대 옆 복도에 불빛이 희미하게 드리우고 있었다. 준이치는 빛을 향해 천천히 걸어갔다. 이곳이 마지막이다. 이제 서두를 이유는 없었다.

살짝 열린 문으로 들어갔다. 처음 감독을 만났던 방이다. 비즈니스 코너에만 형광등이 차가운 빛을 뿌리고 있었다. 책상 뒤에 웅크리고 있는 남자의 동그란 등이 보였다. 기도사키 프로듀서였다. 볼트로 바닥에 고정한 중형 내열 금고를 열고, 서류며 돈 뭉치를 꺼내고 있었다. 기도사키 옆에는 오래 사용한 듯한 루이비통 트렁크가 입을 벌리고 있었다.

준이치는 소리를 낮추고 말했다.

"다카나시 씨는 자살했어, 기도사키 프로듀서."

기도사키 와타루는 얼굴을 들고 아무도 없는 방을 둘러보았다. 등이 희미하게 떨리기 시작했다.

"이제 이런 일은 지긋지긋해. 나는 형의 마지막 꿈을 이루어주고 싶었을 뿐이야."

프로듀서의 목소리는 또렷했다.

"알아. 다카나시 씨한테 대충 얘기는 들었어. 영화를 위해서라면 사람 하나 없애는 것쯤 아무것도 아니었더군."

"지금은 당신한테 몹시 미안하게 생각하고 있어. 하지만 우리 사정도 생각해 줘. 가케이 씨도 옛날에 나한테 그랬잖아. 기도사키 쓰요시의 재능을 잠자게 두는 것은 일본 영화계 최대의 범죄라고. 솔직히 말할게. 감독의 생명이 언제까지 버틸지 알 수 없었어. 혼이 담긴 각본도 완성돼 있었어. 감독이 죽으면 나는 프로듀서로서 일을 계속할 수 없어. 내게는 그런 힘도, 조직이란 방패도 없으니까. 감독에게도 내게도 『소동』이 마지막 작품이란 건 처음부터 알고 있었어. 그 무렵, 영화 제작 기간 중에는 잡히지 않을 거란 보장만 있으면 은행 강도라도 했을 거야."

바닥에 주저앉은 채, 프로듀서는 자조 섞인 미소를 지었다.

"그 대신, 더 나쁜 수를 썼군."

"그럴지도 몰라. 하지만 그럴 때 가케이 씨, 당신이 나타났어. 자기가 땀을 흘린 것도, 머리를 숙인 것도 아니고, 부모에게 받은 십억 가까운 여윳돈을 들고. 당신이 은행에 맡긴 돈은 죽은 돈이라고 나는 생각했어. 쩨쩨한 은행의 손톱 때 같은 이자를 낳을 뿐인. 그래서 우리는 계획을 세워서 실행했지. 잘한 일이라고 생각한 적은 한 번도 없어. 기도사키 쓰요시 팬이라고 하는 당신한테는 정말로 미안하게 생각해. 그러나 어쩔 도리가 없었어.

『소동』완성 시기를 봐. 그 계획이 한 달만 늦어졌더라도 영화를 완성하긴 어려웠을 거야. 그렇지만 말이야, 가케이 씨.『소동』은 완성되었어. 우리 모두가 졌어도 영화는 이겼다고."

기도사키의 눈이 빛났다. 자신의 말에 취해 있었다. 무리도 아니었다. 그는 확실히 내기에 이겼다. 최대의 보수는 이미 받아 챙겼다. 나머지는 입장료를 챙기는 정도다.

준이치는 말싸움을 할 생각도, 상대를 위협할 생각도 없었다. 준이치의 긴 이야기도 이제 끝이 가까웠다.

"다카나시 씨가 마지막으로 남기고 간 말이 있다. 자신은 얘기할 수 없으니 당신한테 물어보라고. 기도사키 씨, 나는 두 번 다시 당신 앞에 나타나지 않을 거야. 용서는 절대 하지 않겠지만, 화도 내지 않아. 다카나시 씨가 말하지 못한 얘기가 뭐였지? 그것만 가르쳐 줘. 그걸 들으면 당장에라도 이곳을 떠나겠어. 당신과는 영원히 이별이야. 어디로든 마음대로 도망쳐."

기도사키는 얼굴을 바닥으로 돌렸다. 그림자에 가려진 표정을 읽을 수 없게 되었다. 잠시 후 얼굴을 들고 어깨로 숨을 쉬며 이야기를 시작했다.

"그건 아마 후미오 얘기일 거야. 다카나시 씨는 마지막에 악역을 떠넘기고 갔군. 가케이 씨, 당신은 지난 두 해 동안의 기억을 잃었다고 했지. 후미오를 어떻게 생각하고 있었나? 그 여자가 뭐 천사 같은 걸로 보이지 않았나? 내가 지금부터 하는 말을 화내지 말고 들어 줘. 약속해 주겠나?"

기도사키는 거기서 이야기를 멈추고, 눈을 치뜨고 준이치의 대답을 기다렸다.

"알겠다. 어떤 얘기든 당신한테 화내지 않아."

"미안, 가케이 씨 ⋯⋯. 연예계에는 옛날부터 편리한 여자란 게 있었어. 탤런트나 신인 배우 중에 많은데, 보기에는 아주 예쁘고 성격도 머리도 나쁘지 않아. 그런데 어째서인지 그런 종류의 여자는 힘을 갖고 있는 사람, 돈을 갖고 있는 사람은 무조건 훌륭하다고 믿고 있어. 그것만으로 인간적으로 훌륭하고, 남자로서 매력이 넘친다고 착각하지. 그런 여자는 자기보다 사회적으로 상위에 있는 남자에게는 이내 꼬리를 흔들며 따라가. 그래서 자기최면을 거는 것처럼 자동으로 연애 상태에 빠져. 돈을 빼돌리겠다는 타산으로 접근하는 게 아니니, 상대 남자도 거기 넘어가 버리지."

무슨 말을 하고 싶은 거야. 불안이 먹구름처럼 피어올랐다. 편리한 여자, 자기최면, 자동으로 연애 상태. 기도사키는 말하기 곤란해하며 얘기를 계속했다.

"후미오는 우리 사무실 전속 배우이고, 전속 ⋯⋯ 화내지 말게 ⋯⋯ 접대용 여자였어. 당신은 기억을 잃어서 후미오와 만났던 시절의 일은 기억하지 못하겠지. 하지만 처음 후미오가 당신과 데이트한 것은 말하자면 우리의 업무 명령이었어. 당신은 몹시 내성적이었지만, 돈도 있고, 머리도 좋고 센스도 제법 괜찮았어. 언제나 후미오가 상대하는 중역들보다 훨씬 젊기도 하고. 후미오가 빠지는 데 시간이 걸리지 않았지. 그리고 연애 경험이 적은 당신은 후미오한테 껌이었어."

업무 명령. 준이치의 피가 식어 갔다. 후미오가 접대용 '편리한 여자'이고, 그 시작은 업무 명령이라니. 기도사키의 이야기를 믿을 수 없었다. 그렇다면 준이치의 모습에 눈물을 흘리고, 준이치의 아이를 임신한 그녀는 대체 무엇인가. 그런 이야기가 진실일 리 없다. 그러나 이상하게 준이치의 마음속 어딘가에서 그것이 사실이라고 받아들이고 있었다. 마음의 움직임이 이상했다. 정반대인 두 개의 생각으로 찢겨 있는데, 마비된 마음은 아픔조차 느끼지 않았다. 나는 후지사와 후미오를 어떻게 생각하고 있었을까.

무의식중에 준이치는 중얼거렸다.

"하지만 그녀는 내 아이를 임신했어. 중절하려고 마음만 먹으면 할 수 있었을 텐데, 혼자 낳아서 혼자 키우기로 결심했어."

"그렇지. 거기에는 나도 놀랐어. 이제 겨우 뜨기 시작했는데 아이를 낳겠다고 하고, 그 아빠가 가케이 씨라고 해서. 내게 임신 사실을 말했을 때는 중절이 가능한 시기가 지나 버렸지. 대단한 결심을 했다고 나도 생각해. 이봐, 가케이 씨, 설령 비즈니스로 시작했다 해도 후미오는 진심으로 당신한테 빠졌던 게 아닐까. 경제적인 원조도 없고 연락도 없이 행방불명이 된 남자의 아이를 혼자 키우겠다고 하는 걸 보면. 그건 굉장한 결심이야. 가케이 씨, 후미오를 용서해 줘."

충격은 있었다. 그래도 준이치는 후미오를 책망할 생각은 없었다.

하지만 아직 무언가가 가슴을 찔렀다. 꺾여 버린 날카로운 가시처럼 무언가가 준이치의 가슴을 찌른 채, 뜨거운 아픔을 만들고 있다. 그 아픔은 몇 겹으로 포개진 마음의 벽 가장 구석에서 기묘한 경고를 발하고 있었다.

가까이 가지 마 …… 위험 …… 취급주의 …… 그리고 진실.

왠지 모르겠지만, 준이치의 마음에 그 낯선 산속의 네모난 구덩이 바닥에 누워 있는 알몸의 시체가 떠올랐다. 내 시체는 어디에도 외상이 없고 깨끗했다. 깨진 치아는 신원을 감추기 위해 아마 사후 처리했을 것이다.

기도사키 프로듀서는 트렁크 뚜껑을 닫았다. 당황해서인지 안절부절못하며 허둥대는 몸짓이었다.

"후미오 이야기는 그런 정도야. 가케이 씨는 다카나시 씨에게 다른 얘기는 다 들었을 테지. 나는 내일 아침 첫 비행기로 일본을 떠나. 이쯤에서 그만 실례해도 될까."

더는 아무것도 말하지 않는 편이 좋아, 마음 어딘가에서 그런 목소리가 들렸다. 다른 어딘가에서는 또 하나의 목소리가 모든 것을 알아야만 해, 라고 한다. 준이치는 꼭두각시 인형처럼 다음 질문을 던졌다. 그것은 자신도 뜻밖의 말이었다.

"최종적으로 나를 죽인 것은 누구지?"

기도사키의 안색이 바뀌었다. 놀람에 이어서 동정의 표정이 서렸다. 준이치는 그 질문이 표적의 중심을 뚫는 것이었음을 깨달았다. 기도사키의 말투가 질 나쁜 학생을 설교하는 선생님처럼 온화해졌다.

"그걸 꼭 들어야만 성이 풀리겠나, 가케이 씨. 몰라도 좋을 일은 모르는 채로 두는 게 좋지 않을까. 알아서 상처입는 사람도 있어. 얘기는 이걸로 끝내도록 하지."

준이치는 고구레 히데오의 말을 떠올렸다. 한번 알아 버리면 두 번 다시 모르는 상태로 돌아갈 수 없다. 일반론이라면 확실히 그것은 진실일 것이다. 하지만 상대는 자신의 목숨을 빼앗은 살인범이다. 모르는 채 덮어 둘 수는 없었다. 미어질 듯 아픈 마음속에서 최고의 음량으로 울어 대는 경보를 무시하고, 준이치는 냉정함을 가장한 채 기도사키에게 말했다.

"모든 것을 알고 싶다. 당신이 내 입장이라면 그다음은 잊어버리겠다고 물러서겠나. 당신과는 두 번 다시 만날 일도 없다. 다 얘기해 줘."

기도사키 프로듀서는 트렁크를 들더니 바닥에서 일어나 감독 책상에 다시 앉았다. 책상 위에는 기도사키 쓰요시의 영정이 걸려 있었다. 검은 액자 속에서도 감독은 선글라스를 낀 채였다. 초로의 프로듀서는 조용히 얘기를 시작했다.

"잘못한 건 나야. 책임도 나한테 있어. 작년 여름, 가케이 씨를 살해할 계획을 앞에 두고 나는 좀 이상해졌어. 사기나 횡령이라면 몰라도 살인이야. 아마추어가 느닷없이 본편 촬영 카메라 앞에서 연기하는 꼴이지. 무리도 아니었어. 나는 미야타나 다카나시 씨와의 미팅으로 몹시 혼란스러워졌어. 호텔 라운지에서였으니 많지는 않았지만, 당연히 주위에 사람들 눈이 있었지. 그걸로 미야타가 나중에 트집을 잡았어. 나하고는 같이할 수 없다, 이 계획을 실행하려면 기도사키 프로덕션을 더 깊이 관여시켜라, 하고. 관여 …… 관공서 같은 교묘한 말이지. 요는 진흙탕에 손을 더 깊이 담그게 하라는 거지. 그러면 내 입막음이 된다고 생각했던 거야. 최초의 계획은 후미오가 가케이 씨를 가루이자와 별장에 불러들여서 술에 수면제를 섞여 먹이고, 나머지 처리는 미야타 조 놈들에게 맡기게 되어 있었어."

준이치는 자기도 모르게 끼어들었다.

"그녀도 내 살해 계획을 알고 있었던 거야?"

"아니. 후미오의 역할은 수면제를 먹이는 것까지였어. 그리고 별장을 떠나기로 했지. 나머지는 미야타 조가 가케이 씨를 협박해서 『소동』에 투자하게 하는 거라고 말해 두었어. 나와 다카나시 씨가 미야타 조에게 약점을 잡혀 있기 때문에 공통의 피해자 처지에서 천천히 설득할 거라고. 물론 계약 후, 가케이 씨는 자유로워진다는 얘기도 했지."

"그런 이야기, 말도 안 돼. 나라면 안 믿어."

"그건 당신이 편리한 여자가 아니기 때문이야. 아무리 신인을 키우기 위해서라고 하지만, 왜 『소동』 같은 대작에 서른 가까이 되도록 무명인 배우를 썼을 걸로 생각하나. 게다가 말이야, 후미오는 감독의 몸 상태도 알고 있었어. 의심이 가도 애써 자신을 이해시켰을지 몰라."

"그러기로 한 게 어떻게 바뀐 거야?"

준이치는 자신의 목소리가 멀리서 들려 놀랐다. 메아리처럼 희미하게 울렸다. 이미 알고 있다, 듣고 싶지 않다, 그렇게 소리칠 것 같았다. 자신의 몸조차 지탱할 수 없어서 모래성처럼 무너질 것 같은 상실감이 손가락 끝까지 허무하게 찼다.

"순서가 바뀐 것은 한 군데뿐이었어. 가케이 씨, 미안해 ······

수면제를 먹인 뒤 …… 후미오한테 …….”

기도사키 프로듀서는 고개를 숙인 채 얼굴을 들지 못했다. 책상 위에 서 있는 감독의 영정을 살짝 쓰러뜨렸다. 준이치는 부드러운 목소리로 다음을 재촉했다.

“수면제를 먹인 뒤, 어떻게 한 거야?”

기도사키 와타루는 꺼져 들어갈 것 같은 작은 목소리로 더듬더듬 책상 위에 말을 던졌다.

“…… 미리, 후미오한테, 앰풀과 주사기를, 건네 두었어 …… 만일을 위해 준비했다, 강한 수면제다, 하고 …… 마침, 후미오의, 후쿠이에 있는 할머니가 당뇨여서 …… 후미오는 인슐린 주사에, 익숙했어 …….”

“앰풀의 내용물은?”

“잘 모르겠지만, 근육이완제라고 했어 …… 준비한 건, 미야타로, 채무를 못 갚아서, 곤경에 빠진 수의사한테, 얻었다고 하더군 …… 첫 번째 약으로 잠든, 가케이 씨한테, 수면제라고 믿고 …… 후미오는, 주사를 놓았어 …… 그리고 별장을 떠나고, 나머지는 미야타 조 놈들이, 가케이 씨 시체를 …… 어디 가까운, 산속에 묻었어 …… 장소는, 몰라 …….”

그리고 모든 것이 시작된, 그 악몽의 장소로 돌아간다.

바라보고 있을 수 없을 만큼 눈부신 별들과 유리 조각으로 깎은 초승달이 뜬 하늘. 시야 끝까지 이어지는 완만한 산의 능선과 밤의 선명한 초록. 땅바닥에 입을 벌리고 있는 네모난 어둠과 바닥에 누워 있는 진흙투성이 알몸의 시체.

나는 오랜 시간, 나를 죽인 여자를 필사적으로 지키고 있었다.

잠든 내게 근육이완제를 주사한 여자를 만나, 한 번 더 어리석은 사랑에 빠지고, 그녀를 지키기 위해서라면 할 수 있는 일은 무엇이든 했다.

준이치는 웃고 싶었다. 포효하듯이 울고 싶었다.

잘 만들어진 각본이라고 칭찬해 주고 싶었다.

풀 데 없는 증오와 분노가 미칠 듯이 불어 대는 마음속 어둠에 희미한 빛이 흔들렸다.

준이치는 그래도 후미오를 사랑했던 것이다.

하지만 어리석은 애정의 빛은 주위를 압도하는 어둠을 한층 깊게 할 뿐이었다.

준이치의 마음 일부는 이미 알고 있다.

그것은 도망칠 수 없는 진실이다. 그러지 않으면 왜 즐거웠던 후미오와의 만남과 둘이서 함께 보낸 날들까지 기억에서 지울 필요가 있었을까.

졸음 속에서 죽음의 세계로 떨어진 준이치는 사랑하는 여성이 자신을 죽인 것을 알아차리고, 모든 기쁨과 배신을 영원히 봉인하기 위해 짧은 생애의 마지막 두 해를 기억에서 삭제했다. 진실을 안 지금도 추억은 되살아나지 않았다. 기쁨으로의 문은 결정적으로 닫힌 채, 고통과 배신만이 준이치 속에서 미쳐 날뛰고 있었다.

기도사키 프로듀서는 등을 구부린 채 어두운 복도로 떠나갔다. 준이치는 말을 걸 마음도 들지 않았다.

긴 밤이었다. 이곳이 마지막이라고 생각했지만, 이곳에서도 준이치의 여행은 끝나지 않았다. 지금은 도약의 순간에 찾아오는 그 완전한 공백이 반가웠다.

준이치는 도약했다.

아직 날이 새기까지는 시간이 있다.

그녀는 분명 기다리고 있을 것이다.

자신의 아이의 아버지가 될 남자, 자신이 죽인 남자가 돌아오기를.

익숙한 후타고다마가와의 맨션에서 준이치는 의식을 되찾았다. 실내 공기가 차가웠다. 불은 켜져 있고, 에어컨도 가동 중이었지만 인기척이 없었다. 미야타 조 놈들은 그 사고로 막았을 텐데.

가슴이 쿵쾅거렸다.

무선전화가 침대 위에 내동댕이쳐져 있었다. 침대 옆 마룻바닥에 하얗고 부연 액체가 고여 있었다. 젖은 것을 질질 끌고 간 것 같은 자국이 현관까지 이어졌다. 문은 잠겨 있지 않았다. 출산이 임박한 배를 안고, 3월 한밤중에 후미오는 어디로 사라진 걸까.

준이치는 그 냄새를 알아차렸다. 짭짤한 것 같기도 하고 달콤한 것 같기도 한 바다 냄새. 그것은 바닥에 퍼진 액체에서 나고 있었다.

그때의 냄새다. 준이치의 기억은 순식간에 무사시노 산부인과로 플래시백했다. 분만대 위의 어머니 모습, 신생아인 나의 온몸은 이 냄새로 싸여 있었다.

파수! 후미오는 양수가 터진 것이다.

그녀는 구급차를 부르려고 전화를 걸었지만, 미야타 조의 공작으로 전화는 불통이 되어 있었다. 예정일은 일주일 정도 남았지만 심한 긴장감에 후미오의 몸이 버티지 못했을 것이다. 이 액체는 후미오의 자궁에서 쏟아진 양수가 분명하다.

돌발적인 '전기파수'. 육아서에서 본 네 글자가 검디검게 떠올랐다.

준이치는 안개 속에 잠든 후타고다마가와를 달렸다. 병원은 알고 있었다. 예스러운 상점가 끝에 있는 종합병원으로 이름이 아마 다마가와 병원. 모자수첩에 찍힌 스탬프를 본 기억이 있다.

몇 분 뒤, 준이치는 병원에 도착했다. 나무가 많은 정문이었다. 반원형 주차장 구석에 응급센터의 빨간 등이 안개 속에 부옇게 회전하고 있었다. 무인 로비를 지나 사람의 기척을 찾아 어두운 복도를 달렸다. 어디를 어떻게 지나왔는지 알 수 없어졌을 즈음, 사람들의 술렁거림과 문 여닫는 소리에 이끌려 준이치는 그 방 앞에 섰다.

제1분만실.

간호사를 따라 네모난 방 안에 들어갔다. 후미오는 한복판에 놓인 분만대에 누워 있었다. 바로 위에서 무영등 빛이 쏟아지고 있었다. 간호사의 움직임이 분주했다. 중년 여성이 연신 명령을 내리고 있었다. 전원이 팽팽한 긴장감으로 뭉쳐진 것 같았다. 이것은 평범한 출산이 아닌 건가.

준이치는 천천히 분만대에 다가갔다. 후미오는 의식을 잃고 있었다. 이마에는 땀에 젖은 머리칼. 눈 밑은 시커멓게 꺼지고, 어두운 그림자가 드리워져 있었다. 마지막에 본 어머니의 얼굴이 생각나 준이치는 불길한 연상을 떨쳐냈다.

괜찮다, 그 빛 구슬이 있다.

시선이 천천히 아래로 내려갔다. 하얀 시트로 덮인 후미오의 배 위에서 준이치는 낯익은 것을 보았다.

하얀 빛 구슬 표면에 긁힌 것 같은 무수한 검은 선이 달렸다. 천천히 회전하는 그 줄무늬 구슬은 눈을 가늘게 뜨면 빛을 잃어 칙칙한 재색으로 보였다. 준이치의 등에 얼음 기둥이 뚫고 지나 갔다. 지켜보고 있는 동안 재색은 농도를 더해 가는 것 같았다. 준이치는 그 빛 구슬을 삼킬 정도로 완벽한 칠흑으로 변했을 때, 무엇이 일어나는지 알고 있었다.

갑작스러운 파수 탓일까, 아니면 태아에게 이상이라도 있는 걸까. 자세히는 모르겠지만, 후미오의 배 속 아이에게 생명의 위 기가 닥치고 있다.

"어머니, 힘내세요. 어머니가 기절하면 어떡해요. 배 속의 아 이도 열심히 싸우고 있어요."

여의사가 소리쳤다. 후미오는 창백한 얼굴을 베개에서 아주 조금 들고 실눈을 떴다. 가늘고 긴 눈가에서 눈물이 쏟아졌다.

"준이치 씨, 미안해요. 우리 아기 ……."

머리가 딱딱한 병원 베개에 떨어졌다. 후미오는 다시 기절한 것 같았다.

준이치는 혼란스러운 머리로 생각했다.

차라리 잘됐을지도 모른다.

사건은 이제 모두 만천하에 드러날 것이다.

도구는 다 준비되었다. 아무도 잊을 수 없는 주간지 표지가 될 것이다.

이 아이는 아버지를 죽인 엄마에게서 태어난다.

자산가를 죽인 여배우의 이야기는 평생 이 아이를 따라다닐 것이다.

어차피 업무 명령으로 시작된 생명이다.

후미오의 징역도 피할 수 없을 것이다.

이 아이의 엄마는 가장 엄마를 필요로 할 시기에 교도소 안에 있다.

불쌍하지만 이 아이는 살아나도 혼자서 살아 나갈 수밖에 없다.

하지만 …….

만약 자신이 이 혼을 준다면.

고구레 히데오처럼 모든 존재를 걸어서 저 검은 빛을 소멸시킬 수 있다면, 이 아이가 살아날 가능성이 있을지 모른다.

그러나 …….

그러기 위해서 준이치는 다시 모든 것을 잃어야 한다.

두 번째 '죽음'을, 멋있었던 사후의 '생'의 소멸을, 이번에는 자신의 의지로 선택해야 했다. 후미오의 손에 독살당했을 때, 준이치는 깊은 잠에 빠져 있었다. 그때는 죽음의 공포를 느낄 시간도 없었다.

이번에는 다르다.

이 아이를 살리기 위해서는 모든 것을 잃을 각오를 해야 한다.

결단의 시간이 다가오고 있었다.

후미오의 배 위에 떠 있는 작은 빛 구슬은 이미 진한 잿빛으로 변했다. 표면이 죽음과 어둠의 색으로 짙어지면서 그 구슬은 조금씩 커져 갔다.

'자, 결정해야 해.'

준이치는 자기 자신을 향해 말했다.

불행한 인생을 보낼 후미오와 자신의 아이를 구하기 위해, 지금 여기서 소멸할지 ……, 아니면 이 아이를 이대로 죽게 하고 허무하게 사후의 '생'을 살지 …….

어떻게 하면 좋을까?

결정 같은 건 할 수 없었다.

준이치는 도망쳤다.

준이치는 마구잡이로 순간이동을 했다.

목적지 같은 건 정하지 않았다.

제일 처음 도착한 곳은 기치조지 주택가에 덩그러니 있는 아동공원.

코끼리 코 모양을 한 콘크리트 미끄럼틀이 심야의 공원에 지금도 남아 있었다. 어릴 때처럼 커 보이지는 않았다. 초록색 페인트가 벗겨진 부분에 재색 살빛이 보였다. 나를 만나기 위해 몰래 집에서 빠져나온 아버지는 마지막 순간에 무엇을 보았을까.

준이치는 날았다.

한밤중의 볼링장.

불을 끈 레인에는 사람의 모습이 보이지 않았다. 바닷속처럼 고요했다. 처음으로 벽돌 깨기를 만났던 추억의 게임 코너에는 스티커 사진기와 3D 격투 게임이 줄줄이 있었다. 그래도 주크박스에는 그리운 디스코 히트가 남아 있었다. 100엔짜리 동전을 넣을 수 없는 것이 유감이었다.

준이치는 날았다.

새벽 다섯 시의 시부야 센터가.

이 추위 속에 미니스커트를 입고 바닥에 주저앉아 첫차를 기다리는 소녀가 여기저기 눈에 띄었다. 소년 무리가 연신 소녀들에게 말을 걸고 지나갔다. 소녀의 숄더백에는 이상한 열쇠고리가 주렁주렁 달려 있었다. 살찐 올빼미 모양?

한 소녀가 소년들의 유혹에 그 휴대용 게임기로 대답했다.

"얼른 꺼져, 이 못생긴 놈."

준이치는 미소 지었다. 엔젤펀드의 마지막 투자에 이런 히트작이 있었다니. 니시카사이 연구소는 아직 그 창고에 있을까.

준이치는 날았다.

다카다노바바의 히노마루 제작소.

바닥에서 침낭을 감고, 도루도 히메도 모리도 쿨쿨 자고 있었다. 처음 보는 청년이 모니터에 앉아 CG로 배를 만들고 있었다. 마우스 움직임이 현란했다. 모니터 안을 흐르는 에도 시대의 스미다 강 양쪽 강가에는 녹색 갈대가 바람에 살랑거렸다. 수면에 비친 조심스러운 마을 불빛.

준이치는 날았다.

도쿄예술극장의 홀.

우뚝 솟아오른 파이프오르간 끝에 앉아 아무도 없는 콘서트홀을 내려다보았다. 여기서 들은 교향곡들을 떠올렸다. 모차르트 40번, 말러 9번, 쇼스타코비치 15번. 평론가가 말하듯이 어느 악장에나 어두운 죽음의 그림자가 드리우고 있었다. 하지만 음악은 절대 그것뿐만이 아니었다. 빛과 기쁨도 많이 담겨 있다. 노래와 춤, 웃음과 포기, 울림과 기도.

준이치는 날았다.

쓰쿠다 맨션의 거실.

처음으로 전기 제어에 성공한 에어컨은 아직도 켜져 있었다. 방 안을 둘러보았다. 대형 텔레비전과 게임기, 책과 CD로 가득한 오픈식 선반, 한참 망설이던 끝에 고른 인테리어. 아마 후미오도 앉았을 베이지색 러브소파도 보였다. 모두 하나하나 직접

사 모은 추억의 물건들이었다. 마지막으로 준이치는 에어컨의 초록색 전원 램프를 살며시 껐다.

준이치는 날았다.

스미다 강의 높은 상공.

그곳에서 내려다보이는 도쿄는 아름다운 도시였다. 짙은 젖빛 안개로 뚜껑이 닫혀도 부스러기 별만 뜬 하늘보다 발밑에 뿌려진 불빛이 눈부셨다. 한 개의 빛 아래 사람 한 명이 있다고 해도, 이만한 숫자의 사람이 새로운 아침에 눈을 뜨기 위해 지금은 깊은 잠에 들어 있다. 머리 위에는 짙은 감색의 대원반이 펼쳐져 있었다. 동쪽의 포물선이 투명한 청색으로 선명해졌다.

그리고 마지막으로 준이치는 날았다.

모든 것이 시작된 그곳으로.

하늘에 빛나는 별들도 예전만큼 눈부시지 않았다. 산자락이 끝없이 포개지고, 완만한 능선이 주위를 둘러싸고 있었다. 나무들은 완전히 잎이 지고, 가느다란 가지 끝에 날카롭게 초봄의 하늘이 걸려 있었다.

이곳이 나의 마지막이 되는 건가.

어때. 언젠가 혼이 말라 죽을 때까지 산과 나무와 별을 보며 지내면 된다. 더는 다른 인간을 만날 일은 없을 것이다. 그 아이를 버린 것은 아무도 모른다. 그걸로 상처입을 거라면 혼자 상처를 안고 살아가면 된다. 자신을 원망할 시간이라면 충분히 남아 있다. 준이치는 시체가 묻힌 장소를 향해 날다가 밤이슬에 젖은 풀 위에 조용히 내려앉았다.

이윽고 아침이 온다. 나는 언제나처럼 그 금빛 소용돌이 속에 삼켜질 것이다. 다음에 눈을 떴을 때는 모든 문제가 해결되어 있을 것이다. 동쪽 하늘은 밝고 파란 유리 지붕이 되었다.

오늘 밤은 정말로 긴 밤이었다. 하지만 그것도 곧 끝나려 하고 있다.

준이치는 쉬고 싶었다. 자신의 묘 위, 거친 흙에서 힘없이 자란 잡초에 쓰러지듯이 엎드려 누웠다.

머리를 옆으로 돌리자, 차가운 이슬이 앉은 잎 끝이 뺨에 닿아 기분이 몹시 상쾌했다. 토끼풀이던가, 어린 시절 곧잘 풀로 왕관을 만들어 놀던 그 꽃과 비슷한, 가련한 흰꽃이 피어 있는 것이 눈에 들어왔다.

잠이 들려는 순간, 뺨에 닿은 잎 끝에서 땅을 기어가는 잡초의 감정이 분출하듯이 준이치의 마음에 흘러들어 왔다.

살아 있는 것의 피할 수 없는 불안. 작은 꽃을 피운 기쁨. 이곳에서 절대 움직일 수 없는 슬픔. 더욱 볕이 좋은 곳에 뿌리내린 같은 종류의 풀을 향한 질투. 간절하게 아침 햇살을 기다리는 기도.

그리고 작은 잡초 속에는 모든 잡다한 감정을 넘어, 그저 지금을 살고 싶다, 더욱더 살고 싶다는 소박하지만 강렬한 마음이 넘치고 있었다.

준이치는 울었다. 왜 우는지 자신도 알 수 없었다.

준이치는 한 번 더 모든 것을 시작하기 위해 날았다.

후미오가 기다리는 후타고다마가와의 분만실.

그 후 얼마나 시간이 흐른 걸까. 아마 십오 분은 지나지 않았을 것이다. 후미오는 아직 의식을 되찾지 못했다. 하얀 커버로 덮인 배 위에는 한없이 어둠에 가까운 구체가 떠 있었다. 잘 닦인 칠흑 바탕에 희미한 균열이 달리고, 그곳에서 이따금 힘없는 하얀빛이 새어 나왔다.

준이치는 음성화를 향해 마지막 힘을 쥐어짰다.

"후미오, 그 아이를 살리러 갈게. 나와 함께 살자."

이제 망설이는 일은 없었다.

준이치는 손을 뻗으면 닿을 것 같은 검은 구체를 향해 무한의 거리를 날았다.

에필로그

그는 눈을 떴다.

머리 위에는 천 개의 태양을 모은 무영등이 빛나

빛에 익숙하지 않은 그의 눈과 민감한 피부를 태웠다.

처음으로 들이마신 바깥 공기는 얼어붙을 정도로 차가워서

양수로 젖은 기관과 폐를 구석구석까지 찔렀다.

그는 돌아왔다.

이 끊임없는 불안과 고통의 세계로.

너무 강렬한 감각적 자극과 닳아빠진 감수성의 세계로.

그는 돌아왔다.

평생 계속될 지루한 순서 매기기와

도중에 포기하는 것이 허락되지 않는

유치한 승부의 세계로.

그는 작은 가슴을 힘껏 부풀리고는

이 세상에 첫 인사를 보내기 위해

온몸을 떨면서 있는 대로 소리 지르며 울기 시작했다. *end.*

극락과 지옥의 차이에 관한 중국 불교 설화로 기억하는데, 극락과 지옥 양쪽 세계 모두 진수성찬이 푸짐하게 준비되어 있다고 한다. 그런데 그걸 먹는 수단은 1미터짜리 젓가락뿐. 지옥 망자들은 그 젓가락을 사용해 어떻게든 음식물을 자기 입에 넣으려고 하지만, 당연히 잘될 리가 없다. 그러니 항상 허기져서 괴롭다. 눈앞에 차려진 진수성찬을 먹지 못하고 원망만 깊어진다. 그런데 극락 주민들은 어떤가 하면, "자, 드시지요" 하고 서로에게 먹여 주기에 항상 배부르다. 화기애애하고 마음도 평안하기 그지없다.

자, 그런 식으로 현대 일본이 극락인지 지옥인지 묻는다면, 아무래도 지옥에 가깝겠다고 대답할 수밖에 없지 않을까. 언제부터인가 우리는 '1미터짜리 젓가락을 든 채, 마음에 기아나 갈증을 품은 고독한 나'를 선택하고 말았다는 생각이 든다. 요즘 세상은 기브 앤 테이크가 아니라 테이크 앤 기브 정신이 버젓이 통한다. ○○해 주길 바라는 자신이 먼저 있다. "당신이 ○○해 준다면, 나도 ××해 주지." 누군가가 긴 젓가락으로 자기 입에 음식을 넣어 주는 날을 기다린다. 자기가 누군가를 먹여 주려는 발상이 없기에 모두 배를 곯으며 그저 멍하니 서 있다. 아득히 넓은 우주에 떠 있는, 지금은 지적 생명체가 사는 유일한 별인 지구. 고독한 행성은 우리 한 사람 한 사람과 닮은꼴이다. 그러나 이시다 이라는 그런 쓸쓸한 광경에 고개를 젓는다. "For 정신"을 갖고 고독한 우리에게 극락의 모습을 슬며시 보여 주는 작가다.

내 머릿속에서는 한 가지 말이 빙글빙글 돌았다.
리카를 위해서 할 수 있는 것, 리카를 위해서 할 수 있는 것, 리카를 위해서 할 수 있는 것.

《이케부쿠로 웨스트 게이트 파크》의 주인공 마코토는 살해당한 친구를 위해서 할 수 있는 것을 필사적으로 생각한다. 그리고 행동으로 옮긴다. 마침내 진상이 밝혀지자, 이번에는 그 범인을 위해서조차 무언가를 하지 않고는 못 견딘다. 경찰에도 알리지 않고 돈도 없는 애송이의 문제 해결에만 분주하다. 은둔형 외톨이가 되어 버린 옛 동급생의 방 앞에 쪼그리고 앉아 문 너머에 있는 말 없는 상대에게 많은 이야기를 한다. 며칠이고, 며칠이고……

아홉 살 소녀를 죽인 열세 살 남동생을 둔 《아름다운 아이》의 화자 '나'는 남동생의 마음 깊은 곳에 숨은 진실을 알기 위해서 사건 조사를 시작한다. 그 과정에서 자신과 함께 행동한다는 이유로 소중한 두 친구가 동급생들에게 받은 잔혹한 모욕에 굉장히 상처를 받는다.

나는 그때까지 내가 괴롭힘을 당해서 눈물을 흘린 적은 없었다. 그러나 그때는 참을 수 없었다. 나는 진정한 친구 둘을 위해서, 우리 셋을 위해서, 그리고 녹나무 아래에서 즐거웠던 많은 밤을 위해서 울었다.

'나'는 남동생에게 영향력을 행사한 사건의 흑막이라고 할 인물이 쓴 독후감을 읽고도 눈물을 흘린다. 그 깊은 절망과 고독을 헤아려서. 그리고 그를 구하고 싶다고 생각한다. 자신이 아닌 누군가의 마음을 생각하고 다가가, 적대해야 할 인물에게도 악의를 품지 않는 '나'의 마음은 온화하다. 그렇기에 어떤 일이 있어도 뚝 꺾이지 않는다. 어떤 어려움과 마주하더라도 포기하지 않는다. 긍정적인 자세를 절대 무너뜨리지 않는다.

이시다 이라 소설의 특징이 거기에 있다. 온화하고 유연하며 "For 정신"이 왕성한 마음. 1미터짜리 젓가락을 들었다면, 단연코 누군가에게 무언가를 먹여 줬을 것이 분명한 등장인물들. 그들의 존재가 이시다 작품을 빛나게 한다. 《엔젤》또한 그렇다.

이야기의 무대는 현대 도쿄. 어느 여름날 밤, 준이치는 자기 시체가 매장되는 광경을 유령이 되어 목격하고 만다. 누군가에게 살해된 준이치에게는 죽음으로부터 거슬러 올라가는 두 해 동안의 기억이 하나도 없다. 잃어버린 기억과 죽음의 수수께끼를 쫓아, 그는 탐욕스러운 현대인들의 생활을 엿보는데…….

이 이야기의 주인공은 유령. 그러나 죽은 자가 영혼이 되어 이 세상에 되살아나 산 자의 생활을 엿보거나, 생전 이루지 못했던 뜻이나 복수를 이루거나, 혹은 사랑하는 연인을 지키거나 하는 설정 자체는 그리 드물진 않다. 이 소설의 특징은 그런 (과학적으로 해명되지 않았다는 의미에서) 있을 수 없는 상황을 독자에게 이해시킬 만큼 설득력 넘치는 문체, 그 정교한 방식에 있다.

예를 들어 유령이 된 준이치가 자기 시체가 매장되는 장면을 목격하는 프롤로그 뒤에 배치된 플래시백의 장. 여기에서 작가는 주인공에게 짧았던 자기 생애를 한 번 더 새롭게 경험시킨다. 이 세상에 태어난 순간. 그리고 동시에 잃어버린 어머니. 선천적으로 안 좋았던 다리에 댄 교정기가 주는 격통. 게임과의 만남. 씁쓸한 뒷맛만 남았던 첫 체험. 기업 매매와 재건에 거액을 움직이는 냉혈한 아버지와의 불화. 그 아버지에게서 연을 끊을 때 받았던 10억 엔이라는 싸늘한 돈. 그 돈을 밑천으로 게임 제작을 비롯한 다양한 프로젝트를 자금 면에서 후원하는 벤처캐피털이라는 일을 선택한 자신.

어른이 된 지금, 이미 결말을 알고 있는 체험에 처음 도전하는 한때의 자신을 주인공은 어쩌지도 못하고 지켜본다. 50페이지에 걸쳐 고도 성장기부터 거품 붕괴기까지 달음박질해 나가는 플래시백 인생에, 준이치의 눈과 감정의 동요를 함께함으로써, 독자는 유령이라는 비현실적인 존재인 주인공의 심정에 순조롭게 공감하게 된다. 그렇게 사전 준비한 덕분에 사후 생이라는 공상 산물이나 앞으로 벌어질 때때로 기상천외한 사건을 현실로 받아들일 수 있다.

갑작스러운 교통사고로 죽음을 맞은 자산가 아버지. 육친처럼 살뜰히 준이치의 상담에 응해 준 오랜 인연인 변호사. 기억을 잃어버린 두 해 동안, 준이치의 방침을 넘은 파격적인 자금 제공이 이루어진 것으로 보이는 영화 프로덕션. 유령이 된 준이치의 마음을 사로잡은 팔리지 않는 여배우. 친구도 별로 없이 고독하게 살았던 생전의 자신. 모든 퍼즐 조각이 완벽하게 채워졌을 때, 준이치는 마지막으로 중요한 결단을 내려야만 한다. 두 해 동안의 잃어버린 기억을 되찾은 순간에 밝혀질 뜻밖의, 그리고 너무도 괴로운 진상을 뛰어넘어 주인공이 선택하는 답이란?

이시다 이라의 다른 작품이 그렇듯이 이 소설을 읽고 난 느낌역시 감동적이면서 상쾌하다. 살해당해 유령이 된 주인공이라고 하면, 아무래도 오싹오싹한 전개로 흘러가서 읽는 맛도 살벌하거나 혹은 슬픔 일색이 될 성싶은데, 그렇게 되지 않는 점이 이시다 이라의 이시다 이라다운 점이다. 그 이유는 앞에서 몇 번이고 주장한 "For 정신"에 있다. 주인공이 선택한 직업이 일단그 전형적인 상징이 아닐까.

벤처캐피털이라는 말보다 준이치 자신은 '엔젤'이라는 명칭을 선호했다. (중략) 벤처캐피털 만큼은 주식을 요구하지 않고, 절대적인 경영권을 확보하려고도 하지 않았다. 돈은 대지만 아무런 간섭도 하지 않는 개인 투자가로, 벤처 사업 창업자에게는 천사처럼 고맙고, 일본에서는 천사처럼 실제로 만나기가 어려운 존재다.

사심이 거의 없는 형태로, 의욕과 재능 넘치는 누군가를 위해서 자금을 제공하고 지원하는 일을 천직으로 삼은 준이치는 "For 정신"의 화신이라고 할 법한 인물이다. 읽다가 걱정이 될 정도로 사람이 착하다. 살해당했다고는 도저히 믿어지지 않을 정도로 원망이나 증오와 같은 부정적인 파동이 느껴지지 않는 유령이다. 여기저기 콘서트홀에 숨어들어 황홀하게 음악에 몸을 맡기거나, 순간이동 능력을 써서 생전에 그리웠던 장소를 방문하거나, 유령의 특기 기술(준이치는 전기를 조종하는 것)을 익히고는 순수하게 기뻐한다. 마치 빔 벤더스 감독의 『베를린 천사의 시』에 나오는 엔젤처럼 온순하고 평화로운 존재다. 자기를 파묻은 야쿠자 콤비를 발견해도 흥분은 하지만 금방 복수심을 불태우지는 않을 정도로 사람(?)이 된 캐릭터다.

수수께끼가 서서히 밝혀지고 적의 정체가 드러나고서도 준이치는 자기를 죽였다는 이유로는 움직이지 않는다. 상대의 주장에 가만히 귀를 기울이기까지 한다. 그가 유령의 능력을 최대한 발휘해 공격에 나서는 것은 어디까지나 소중한 사람을 지켜 내기 위해서다. 괴물의 논리가 아닌 악인의 논리. 작가는 그것을 대충 넘기지 않는다. 악인의 목숨이라고 해서 절대 하찮게 다루지 않는다. 그처럼 모든 살아 있는 것을 바라보는 따뜻한 시선 또한 이시다 문학의 특징이 아닐까. 그런 온화하고 유연한 마음은 그래서 이렇게 마음을 위로해 주는 생사관(生死觀)도 낳는다.

준이치는 생과 사의 신기한 역전 현상을 생각하지 않을 수 없었다.
나는 죽은 지금에야 비로소 마음껏 살고 있다.
이 세계에서 죽은 이로 존재하는 것은 준이치에게 그리 나쁘지 않았다.
더욱더 살고 싶었다. 정확하게는 더 죽어 있고 싶었다.
죽음 속 '생'의 달콤함을 느끼고 싶었다.

정말로 그런 사후 생이 있다면 좋을 텐데 ……. 유령이라는 존재를 일절 믿지 않았는데, 이 소설을 다 읽은 후에는 진심으로 그렇게 되기를 바라는 내가 있었다. 먼저 이 세상에서 여행을 떠난 죽은 자들을 위해서, 언젠가 죽은 자가 될 자신을 위해서. 그리고 간절히 기도하는 내가 있었다. 경사스럽게도 사후 세계에 들어간 날에는 누군가를 위해서 1미터짜리 젓가락을 사용해 평온하게 〈죽음 속의 '생'〉을 살고 싶다고.

도요자키 유미(평론가)

숲 속의 밤하늘에 둥실둥실 기분 좋게 떠다니던 남자가 본 것은 네모난 구덩이. 구덩이 속의 시체. 그 위로 흙을 덮는 두 남자. 그 시체는 자신. 누군가에게 살해당한 자신을, 누군가가 아무렇게나 매장하는 것을 남자는 영혼이 되어 지켜보고 있다. 그리고 이어지는 플래시백. 어머니 배 속에서부터 살해되기 두 해 전까지의 과거 여행. 죽음의 원인을 파헤치는 현재.

어둡고 긴 터널을 지나가는 것처럼 참으로 지루한 초반부였다. 도중에 던져 버리고 싶었다는 일본 독자의 서평이 이해도 갔다. 그러나 터널에는 끝이 있기 마련. 터널이 끝나면서부터 이야기는 탄력을 받아 흥미진진해진다. '터널 끝'이라고 생각하는 시점은 독자마다 다를 테지만. 남자, 즉 가케이 준이치와 함께 과거 여행을 하고, 현재로 돌아와서 죽음의 원인을 쫓아가며 모든 것이 지그소 퍼즐처럼 제자리를 찾는 과정까지 단숨에 읽힌다. 그리고 특이하게 마지막 페이지를 넘긴 뒤, 처음으로 책장을 넘기고 싶어지는 묘한 소설이다. 다시 돌아가서 읽을 때는 그 지루한 터널 같은 초반부가 전혀 지루하지 않다. 준이치가 살해당할 때의 느낌이 초반부에 복선처럼 촘촘히 박혀 있음을 발견하게 되기 때문이다. 마치 뫼비우스 띠 같은 소설이다.

주인공이 영혼이다. 사후 세계란 게 정말 있는지 어떤지 알 수 없지만, 이런 상상도 재미있는 것 같다. 자신을 낳다가 어머니는 세상을 떠나고, 선천적으로 왼 다리가 불편한 장애를 안고 살았던 영혼의 이름은 가케이 준이치. 스무 살에 아버지에게 10억 엔을 받고 버림받지만, 그 돈으로 삼십 대에 일찌감치 실업가가 되어 경제적으로는 부유하다. 그러나 가케이 준이치는 사회와 잘 소통하지 못하는 고독한 인생을 보내다, 어느 날 홀연히 살해당한다. 영혼이 되어 나타나서도 살해당한 이유를 알지 못하는 것은 죽기 전 두 해 동안의 기억이 사라졌기 때문. 불행하고 고독한 짧은 생을 보낸 준이치는 차라리 사후 세계에서 생전보다 행복해 보였다. 비록 자신이 살해당한 원인을 찾아다니다 끝난 사후의 삶이었지만, 고구레 히데오라는 조언자도 만나고, 사랑하는 사람을 만나 설레기도 하고. 그 사랑하는 사람을 위해 생전보다 더 치열하게 사는 사후. 살해당한 영혼이 주인공인 이런 소설조차도 이시다 이라 라는 해피엔딩으로 만들었다.

아마존에서 '딱히 읽고 싶은 책은 없지만, 뭐라도 읽고 싶은데 뭘 읽어야 할지 모를 때, 이시다 이라의 책을 선택하면 절대 실패하지 않는다' 하는 서평을 보았다. 절대 공감. 독자의 취향이 다르니 빅 재미를 주지 않을 수는 있어도, 어느 소설을 읽든 기본 이상의 읽는 즐거움을 주는 것 같다. 그만큼 스토리텔링이 훌륭한 작가이기 때문인 듯. 그래서 이시다 이라의 소설은 만날 때마다 반갑다.

권남희

엔 ANGEL
젤

초판 1쇄 찍음	2015년 10월 20일
초판 1쇄 펴냄	2015년 10월 25일

지은이	이시다 이라
옮긴이	권남희
펴낸이	정용수
펴낸곳	도서출판 예문사

박지원이 편집장을, 이수정이 책임편집을, 서은영이 표지와 내지 꾸밈을 맡다.

출판등록	1993. 2. 19. 제11-76호
주소	경기도 파주시 직지길 460(출판도시) 도서출판 예문사
대표전화	031-955-0550
대표팩스	031-955-0605
이메일	yms1993@chol.com
홈페이지	http://www.yeamoonsa.com
단행본 사업부 블로그	http://blog.naver.com/yeamoonsa3

ISBN	978-89-274-1512-1 03830

＊이 도서의 국립중앙도서관 출판예정도서목록(CIP)은 서지정보유통지원시스템 홈페이지
 (http://seoji.nl.go.kr)와 국가자료공동목록시스템(http://www.nl.go.kr/kolisnet)에서
 이용하실 수 있습니다. (CIP제어번호 : CIP2015027593)
＊책값은 뒤표지에 있습니다. 잘못된 책은 구입하신 곳에서 바꿔드립니다.